花房藩釣り役

天下太平

天気晴朗なれど波高し

ISHIHARA SYUN
石原しゅん

幻冬舎 MC

花房藩釣り役

天下太平

天気晴朗なれど波高し

目次

序章　3
第一章　鯛のしゃくり釣り　7
第二章　弁天様と八咫烏《やたがらす》　53
第三章　嵐の前の騒がしさ　111
第四章　壱の釣り、弐の釣り、そして参の釣り　143
第五章　決戦！　太平対五艘の刺客船　217
第六章　嵐奉行と切腹奉行　263
第七章　白い百日紅《さるすべり》　315
終章　最後の戦い　357

序章

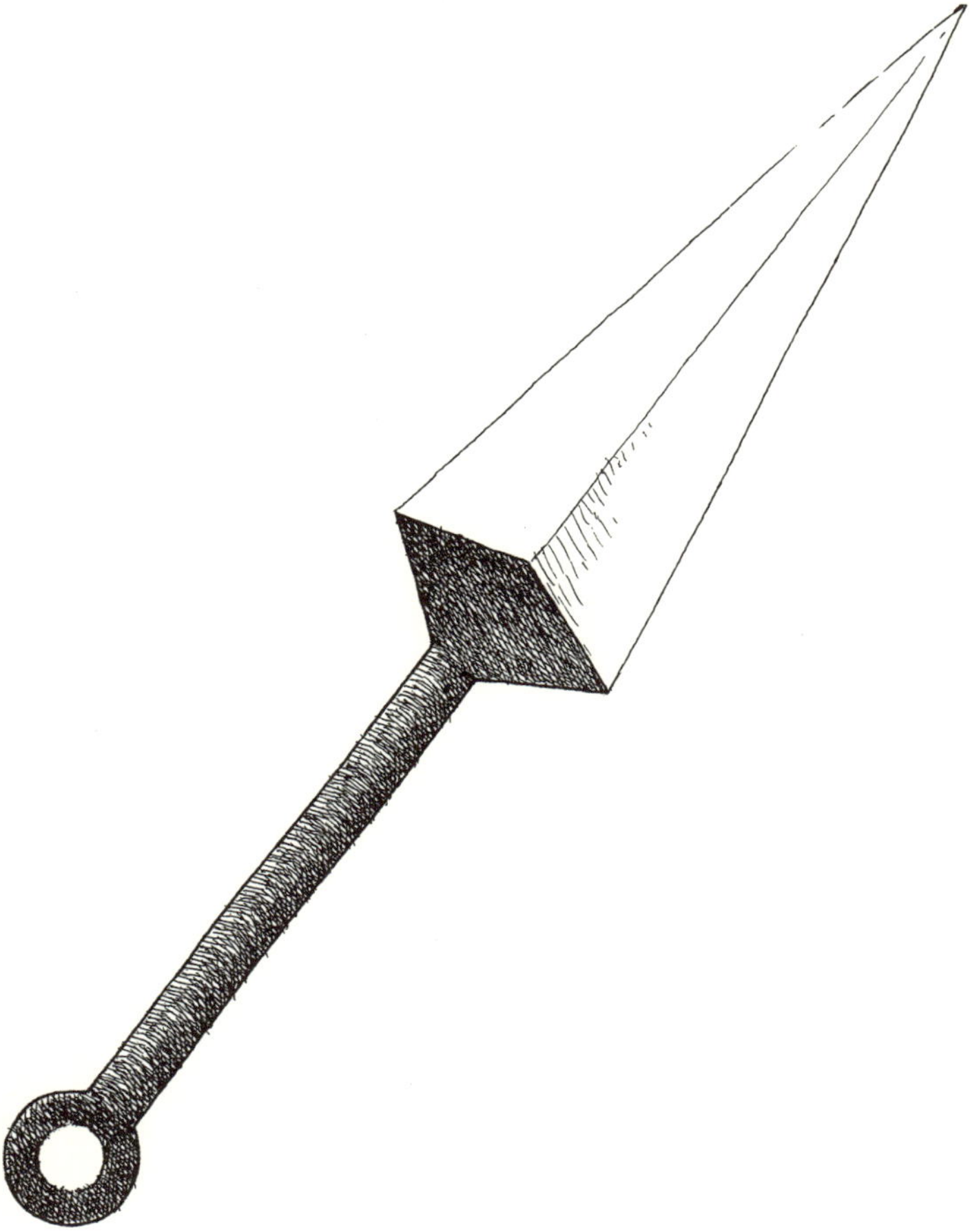

時は幕末。異国の船たちが日本の周辺を騒がせ始めた頃――

花房藩釣り役天下太平こと天賀太平は、今日も今日とて相も変らぬのほほん顔で、釣りと料理に明け暮れていた。

東海道を、桑名で折れて伊勢街道を行けば海堂藩三十三万石となり、その隣りお伊勢さんまで半日ほどのところに、花房藩五万三千石はのんびりちんまりとたたずんでいる。

花房藩釣り役天賀家は、百三十石三人扶持《ぶち》猫二匹扶持。家格としては中士となる。川に面して御成門《おなりもん》を構え、船で出入りできる天賀家で太平は、義父釣雲《ちょううん》、義母楓《かえで》、義祖母おばば様、家士の徳造。そして何匹かの船猫と呑気《のんき》に暮らしている。


そんな太平に数日前、「参の釣り御用」が降された。壱の釣りは陸で、弐の釣りは船で、そして参の釣りは……

徳川幕府がまだ盤石《ばんじゃく》とはいえなかった頃、何かがあった時には殿様と家族を船で江戸から落とす、その時の符丁が参の釣りだった。

その参の釣りが今、太平の代に蘇《よみがえ》った。

花房藩藩主花房信久は、海堂藩三男海堂継虎《つぐとら》を養子に迎えるか否かを迷っていた。海堂藩と花房藩の間には過去に遺恨があり、海堂の名を出せば藩が二つに割れかねない。それでひとまずは海上での密会とした。そのための参の釣りだった。

だが、その動きはすでに家老片桐監物《けんもつ》の知るところとなっていた。海堂藩の介入によって、自らの悪事の露見を恐れた監物は、町方与力堀江卓馬に船もろともに信久一行を海に葬むる事を命じていた。

そして太平が釣り場で知り合った浪人石動《いするぎ》とその娘五月《さつき》。石動の長屋で出会い、翌日には料亭松風で女子衆《おんなし》として働く五月と再会した。その日の松風は、五月が安易に受けた伊勢講の客で大騒ぎとなっていた。食材も職人も女子衆もまったく足りない中での、喧嘩腰の二十三人の江戸っ子たち。だが、子供の頃から松風で料理修行をしてきた太平が板前となり、その機転と料理の腕前で二十三人を黙らせた。その日をきっかけに、太平と五月もお互いに好意を深めていく。

やることと為す事頓珍漢《とんちんかん》。釣りと料理以外に何の取り柄もない。そんな太平の前に大きな嵐が襲いかかろうとしていた。

そして石動と五月も、その大きな渦に巻きこまれていく。

人物紹介

天賀太平　通称天下太平。釣りと料理をこよなく愛する呑気《のんき》な若者
ご隠居　八兵衛。城下の口入屋万十屋の隠居。もう一つの顔は、盗っ人
伊兵　万十屋の手代。八兵衛の片腕
石動《いするぎ》格之進　元港奉行。切腹奉行、嵐奉行の異名を持つ
百合《ゆり》　石動格之進の妻
五月《さつき》　石動格之進の娘。今は料亭松風で働いている
釣雲《ちょううん》　天賀家前当主。太平の義父。太平の釣りの師匠
おばば様　釣雲の義母。太平の義祖母
楓　釣雲の妻。太平の義母
花房《はなぶさ》信久　花房藩藩主。太平の良き理解者
片桐監物《けんもつ》　花房藩家老。藩の実権を握っていると噂されている
堀江卓馬　奉行所町方与力。監物の命を受けて動いている
秀次　居酒屋のれんの大将。元御家人
小夏　料亭松風の女将
猪二　松風の板前。通称鬼カサゴ。太平の料理の先生でもある
やじろ　天賀家の家士、小坂徳造の養子
勇次《いさじ》　白子《しらこ》廻船の梶取り
地蔵　地回り地蔵一家の親分
先生　地蔵一家の用心棒。狂剣士

第一章
鯛のしゃくり釣り

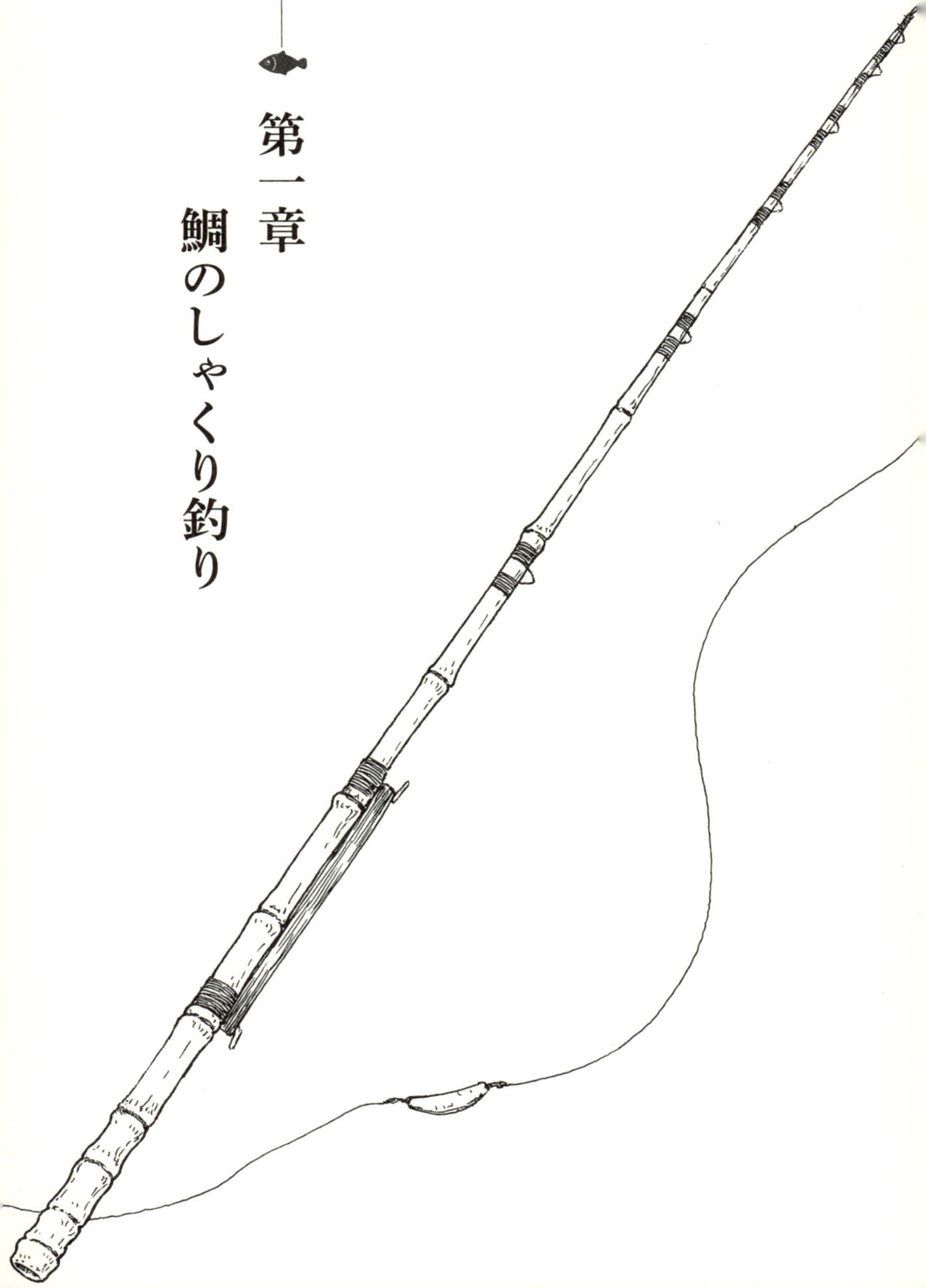

一

五月八日―小潮

「はい、ごめんなさい。もうしません」

みいに鼻を噛《か》じられて起きた太平の、その日は久々に忙しい一日となった。

まずは徳造、やじろと共に、舟屋に吊るしてあった屋根船を降ろして水路に浮かべた。

「はい、水は出てません。ええ、問題ありません」

屋根船の、座敷の畳と床板をすべて外して点検をした。

「当たり前や。お役のない時でも、時々は水に浮かべて手入れしとる」

やじろの嗄《しゃが》れ声が響く。

やじろは元は漁師だったが、徳造に見込まれて養子となった。徳造が隠居してからはやじろが船を漕いでいる。仕事は船頭だが、身分は歴とした武士だ。

天賀家抱え従士四十石取り、小坂弥次郎兵衛という立派な名も持っている。もっとも、本人に武士の自覚はない。

「漁師はやめんよ。それでええんなら養子になっちゃる」

その言葉通りに、暇があれば実家に戻っては網船の櫓を握っている。釣雲や太平が江戸詰めの時には、一年のほとんどを漁師で過ごす。武士が三分で漁師が七分、そんな見当だ。

幸いに天賀家の抱えだから、お城に上がる事も、他の武士との付き合いもない。裃《かみしも》も両刀も、釣雲への挨拶の時に一度着けたきりだ。

太平とは、太平が釣雲の弟子になった時からだから気心も知れている。

「あー、やっぱり海はいいですねえ。ええ、広くて青くて、空も青くて広くて雲は白くて。ええ、日々是れ好日、天下太平。世はなべて事も無しです」

艫《とも》でやじろが櫓を漕ぎ、船首では徳造が投網の準備を始め、舳《へ》先に立った太平は気持ちよさそうに潮風を受けている。

屋根の上には、朝の漁を終えたばかりの鷗たちが羽を休めている。三人と何羽かを乗せた船が、朝の海をゆったりと進んで行く。

沖之島の手前の浅瀬で徳造が網を打った。餌とする小魚や海老を獲るためだ。

ふわりと広がって落ちる網を、太平とやじろがじっと見守る。太平は網を打ちたくて仕方ないのだが、徳造に禁じられている。太平が打つと、網は必ずこんぐらがって上がってくる。そしてそれを解くのが徳造の仕事となるのだ。

やじろは網にも釣りにも興味がない。見ているのは、次に船をどう動かすかを決めるためだ。櫓一本で舟を自在に操る。やじろの興味はそこにしかない。

沖之島は独立した島と見えるが、砂洲で浜とつながっている。だから、中潮以上の干潮時には歩いて渡れる。浜側からは穏やかな丘山に見えるが、裏側は切り立った崖《がけ》となっている。

その涯の前の海には大小様々の岩礁が散らばり、あちこちが白く泡立ち渦を巻いている。だからこそ絶好の漁場となっているのだが、少しでも操船を誤れば、隠れた岩に舟底を切り裂かれる。

だからよほどの腕自慢以外はこの海に舟を入れない。

屋根船の座敷から、太平と徳造が並んで竿を出した。二人が手にしているのは四尺（百二十センチ）ほどの手跳《ば》ね竿だ。

竿の手元には、鍵形の金具が一尺ほどの間隔で二つ逆向きに付いていて、そこに四十尋《ひろ》ほど（七、八十メートル）の糸が畳んで巻かれている。その糸は、竿の何カ所かに付けられた環を潜《くぐ》って海に向かう。

狙うタナを二十尋と決めれば、巻かれた道糸の二十尋分を解いて、足元の盥《たらい》に入れておく。タナとは狙う魚のいそうな深さの事だ。一尋は糸を持って両手を広げた長さの事で、だいたい五、六尺（約一・五〜一・八メートル）となる。仕掛けを海に投じれば、道糸が環を潜り、竿先の輪になった蛇口《へびぐち》を通って海に落ちていく。

道糸が伸び切って、竿先が、こくりこくり、とお辞儀を始めたら、竿を大きくしゃくって誘いをかける。当たりが有れば竿で合わせ、鈎掛《が》かりをすれば、竿を捨てての手釣りとなる。

太平が房州で覚えた「鯛のしゃくり釣り」だ。

この釣りを信久も気に入った。それまでは手釣りだったのだが、誘いと合わせが大変だった。手を目一杯に振り上げても、鈎に伝わるまでには間ができる。

立ち上がって全身を使いたいところだが、大名の釣りは座っての釣りと決まっている。大名の仕事の第一が世継ぎを作る事で、第二がそれまで生きている事だ。小舟の中で立ち上がるなどもっての外となる。

「やじろ、この辺りや」

「あいよ」

徳造の言葉に、やじろが軽く答えて舟を止める。舟は走らせるよりも止める方がはるかに難しい。だがやじろは涼しい顔で、逆櫓、順櫓を巧みに使い分けながら舟を一つところに止め続けている。

北に尾張、東に知多、渥美。西に布引の山並。南は志摩に囲まれて、伊勢の海は大きな湖のように、ゆったりとたゆとうている。

太平は海老の尾羽を噛み切って、二寸ほど（五、六センチ）のてんや鈎を、海老の体を縫うように刺し通していく。体を通った鈎は海老の顎の辺りに、わずかに鈎先をのぞかせる。

てんや鈎は、「し」の字を長く伸ばした形の鈎のちもと（付け根、糸を結ぶ部分）に、鉛《なまり》を叩いて付けて錘《おもり》と鈎が一つとなっている。一緒に短い糸も叩き込んで乳輪《ちちわ》にしてあるから、簡単に道糸につけられる。

海老を通したてんや鈎を、摘まんで海に投げ入れる。

ぽしゃん、と落ちた鈎が沈むにつれて、盥の中に丸まっていた糸が、しゅるっしゅるっと伸びて後を追う。

海に落ちて行く糸を太平が真剣に、そして幸せそうに見詰めている。何百遍と釣りをしてきても、その日の一投目は格別なのだ。

「あらん？」

落ちていた糸が、ふわん、と動きを止めた。太平が直ぐに途中の糸を摘まんで静かに引く。たわんでいた糸が直線となり、竿先がくくんとお辞儀をする。即座に太平が竿を跳ね上げると、竿が半月になった。

「はい、がしっのぎゅんです」

目の前の糸を掴むと、竿を捨てて両手で糸を手繰っていく。糸は舟縁に付けてある竹竿に擦れて、きゅっきゅっと鳴きながら上がってくる。そして、再び盥の中に丸くおさまっていく。

釣れたのは七、八寸ほど（二十二、三センチ）の小振りの鯛だった。

「ええ、塩焼きに丁度です。でも浅すぎます」

今日のタナは二十尋辺り、太平はそう読んでいた。だが、糸が十尋も出ないうちに食ってきた。糸には印が打ってあるから、出た長さは直ぐに分かる。だが分かるのは長さであって深さではない。

糸は潮に押されて真っ直《すぐ》には落ちない。それを考えればあまりに浅い。

似たような大きさを二枚、徳造が良型のスズキを一尾釣ったところで竿を納めた。今日の目的は、船の具合を見ながらみおし丸に行く事だ。釣りをしたのは太平の「ええ、ついでですから」に過ぎない。みおし丸は下浜の網元の一人で、昔から釣り御用の時の餌を頼んでいる。

「やっぱり、鯛には早いんでしょうか」

みおし丸の浜小屋で、お昼を呼ばれながら太平が聞いた。

「網に入っとるのは細《こま》いのばかりや。スズキは太いのがばんばん入っとる。狙うんならスズキやろ」

みおし丸こと弥太太夫《やただゆう》が、石螌のような厳《いか》つい顔でそう教えてくれた。弥太太夫は地曳き網と巻き網の網元で、みおし丸は持ち船の名からきた屋号で通り名だ。

ちなみに、弥太太夫とやじろは親子なのだがあまり似ていない。顔も体も石螌のようにがしりとした弥太太夫に対して、やじろは頭二つほど背が高く、顔も逆さにしたらっきょのようで、螌よりはヤドカリに似ている。

「やっぱりスズキですよねえ。でも信久さんは鯛のしゃくり釣りが大好きなんですよ。ええ、実に残念です」

太平の実に残念そうな顔は、信久公のためばかりとはとても思えない。

「太平よ。イカ獲れたら飼っといてやる」

弥太太夫が、海で刻まれた皺に笑い皺を加えた。

「あ、はい。それです、やたろさん」

太平の顔が一気に明るくなった。

しゃくり釣りに活きイカは滅多に使わない。海老よりも泳ぐ力が強いから、誘いをかけるのが難しい。それに、海老のように一発で食ってくれないから合わせも難しくなる。

「はい。でも、イカに来る鯛は飛びっ切りですから」

帰りの船では、やじろに代わって徳造が櫓を握った。やじろは座敷で大の字となっての高鼾《いびき》だ。

太平は舳先《へさき》に座って、飽きる事なく海を眺めていたが、途中でことんと動かなくなった。膝をついて、背中はさっきまで座っていた船梁に預け、海老反ったまま頭は船底に着いている。

「ようあんな格好で寝られる。本当に天下太平や」

三人を乗せた船が進む海は、午后の陽差を受けて眩しいほどの銀色に輝いていた。


「お出かけですか、太平さん」

台所を出たところで徳造と鉢合わせをした。太平の提げた手桶には、塩焼きにしたばかりの鯛とスズキが入っている。

「あ、これは五月、ええ、今月は五月ですから、来月は水無月となります。ええ、海を前にして水無月というのはですね」

「明日はどうします」

太平の訳の分からない話は聞き流す。徳造はそう決めている。

「あ、はい、明日ですね。明日はお昼前に舟を出そうと思ってます。ですから四ツすぎに来てください。あ、遅れたら遅れたでかまいません。ええ、海は逃げたりしませんから」

玄関に向かったところで、今度は楓《かえで》と鉢合わせをした。

「これは釣雲殿の着替えです！」

太平が何かを言う前に吃《き》っと睨まれた。見れば、胸に風呂敷包みを抱えている。

「釣雲殿は、放っておけば何日でも同じ物を着続けて臭くてなりません」

だから着替を持って行く。それのどこが悪い。と言わんばかりに太平を睨みつける。

太平に文句はない。釣雲の着物など気にした事もない。それを言えば自分の着物だってだ。思わず、袖口に鼻を当てて臭いを嗅いでみた。

「太平様！　あなたのお着物は私が洗って枕元に置いております！　よもや、今日までそれを知らなかったと！」

楓の目が吊り上がり、唇がわなわなと震えだしている。

「あ、はい。いつもありがとうございます！」

一目散に駆け出した。

太平の後ろ姿を一睨みして振り向くと、徳造とやじろが、やじろの船で出て行くところだった。楓に向けて頭を下げる二人に、楓も頭を下げる。その顔が、心なしか赤らんでいる。

今日は十日に一度、楓が着替えを持って釣雲の離れを訪れる日だ。おばば様もとっくに友達のところに出かけた。おばば様に友達がいる事も驚きだが、釣雲が離れに移って五年。まったく気づいていない太平も天晴《あっぱ》れだ。

二

「一と月振りか。お政元気やろか」

やじろの小船の上で徳造が呟いた。この一と月ほどは釣り御用が無くて、やじろもみおし丸に行ったきりだったから、お政に会えなかったのだ。

「四《し》、五日《ごんち》前に魚届けた時は元気やったで」

「会うたんか！　何で声かけてくれんの」

徳造が恨めしそうにやじろを見る。

徳造。十三年前に浮気がばれて家への出入りを禁じられた。

「もし、一歩でも入ったら賊として成敗します」

そう言って、お政が懐剣を握りしめた。

女房のお政は、おっとりした顔つき体つきだが、至って気は強くて力も強い。

だからやじろを養子にする時も、玄関の土間に立って相談した。

「どうぞ、お家のためです。ただし、そのやじろべえとやらも家には上がらせません」

そう言って、今度は懐剣を抜いた。

やじろには、「武士のまね事、親子のまね事をしてくれたらええ」そう言ったのだが。

「武士をやった事はないけど子ならある」

やじろはそう言って、自分の小舟に、布団と身の回りを積んでやってきた。

徳造の家は天賀家から深入川を少し下った対岸。船手組屋敷のある、船町と呼ばれる町の中の長屋の一軒だ。

花房藩となった時に、水軍はすべてその一帯に集められた。かつてはそこに、花房の御三家と呼ばれた安楽も祝《いおり》も天賀も、船大将としての屋敷を構え、そこに郎党たちと住んでいた。

やじろが来た日は、天気晴朗なれど波の高い日で、やじろの腕をもってしても、小舟の荷はしっかりと波を被ってしまった。

「寝小便《ねしょんべん》たれのいる家って、こんなんなのかなぁ」

うららかな陽差しの中で、庭に干された布団やら着物やらを眺めながら、お政がほわりと呟いた。

それ以来、やじろと一緒の時だけは徳造も家に上がらせてもらえるし、飯と酒も出してもらえるようになった。しかも、やじろの部屋に（元は徳造の部屋なのだが）一緒に泊まらせてもらえるようにもなった。まったく、やじろ様々だ。

「なあ、おやじ。島を回り込んだ時に舟持って行かれそうになったんや。何や、あの汐？」

「あん時か。何かぎこぎこしてる思ったわ。わしも引っ張られた事ある。やっぱり今くらいの頃やったな。お政。さん」

お政が返事もせずに立ち上がって隣りの仏間に入って行く。六畳の仏間の壁の一面には棚が作られていて、おびただしい数の帳面が積み重なっている。徳造と先祖たちが、海に出るたびに記してきた帳面だ。

お政がその中から一冊を抜き取ると、ひょいっと徳造に放った。

「あ、わっ！　もっと大事に扱って、わしの一番の財産や」

徳造が家を追い出されて舟屋の二階に住むとなった時に、「そんなに大事な物なら一緒に持って行け」と言われたのだが、「駄目や。あっこは鼠だらけや」と、大嘘をついて家に置いて来た。

必要な時には、家に来てお政に探してもらう。それを玄関土間に立ったまま読んで、上り框《がまち》に置いて帰る。お茶も水も出ないが、帳面を頼む時と、持って来てもらった時の二度だけはお政の顔を拝めるのだ。

「あの助平おやじ、仕事はちゃんとやってるんやな」

『魚釣レタ、殿喜ブ』そんないい加減な御先祖様もいる中で、徳造の帳面は事細かく、所々には絵まで入れて記されていた。

玄関で長居はされたくないから、直ぐに見つけられるようにと、暇さえあれば帳面に目を通した。今では帳面の場所と中身が、徳造以上にしっかりと頭に入っている。

「五月十日。口黒岩、上げ時に汐下がる。それと違うか」

お政が自分の膳の前に座り直す。

「そうや、これや。あの日の二枚汐は奇妙やった」

上げ潮と言っても、潮は上げるだけではない。陸にぶつかった潮は戻される。川のように水道《みずみち》を作る事もあれば、底に潜る事もある。

「やじろ、今度舟に乗せてくれんか。私、舟で海に出た事ないんや」

徳造の帳面を何度も読み返すうちに、その海を自分の目で見たくなった。

「あ、わしも」

「やじろの小舟であんたは邪魔や。殿さんの船なら乗せてやってもいいけど」

「うん、盗んででも持ってくる」

帳面を肴に、酒を飲む徳造とやじろ。それを見ながら茶を飲むお政。久々の一家団欒《だんらん》だ。

そしてこの時の会話と帳面のおかげで、やじろは自分の命を拾う事になるのだが、それはもう少し先での話。


長屋の井戸端でお粂ばあさんが洗濯をしている。ように、太平には見えた。

お粂ばあさんは一人世帯だから、洗い物も洗濯物もそうは出ない。だけど井戸端ほど世間に目を光らせられる場所はないから、しょっ中ここに陣取っている。

今、洗濯板の上でこねくり回しているのはそのための着物だ。もう何年も洗って干してを繰り返した結果、元の形も柄も良く分からなくなっている。

「そろそろ代え時かね」

そうつぶやいた時に獲物が飛び込んできた。

「太平しゃん。五月ちゃんならおらんで」

お粂ばあさんの顔が輝き、太平の顔がしょぼんとなる。昼と夕の間なら中抜けで戻っているのでは、そう期待していたのだ。

「あ、これ、スズキです。長屋の皆さんでどうぞ。軽く塩焼きにしてますから、食べる前にもう一度炙《あぶ》ってください。ええ、このまま煮付けにしてもおいしいですよ」

「ごっつぉしゃん。後で皆に配っとくわ」

太平が石動の家に入るのを見届けて、お粂ばあさんも布の塊を持ち上げる。

「今日の日和《ひよ》りなら裏の障子も開けてるやろ」

壁越しよりは、庭で洗濯物を干すついでの方が良く聞こえるはずだ。

「よいところにお越しくださいました。少し形を変えたいと思ってましたの」

枕元にきた太平に百合が微笑む。

体を起こす。たったそれだけの事が、今日は億劫《おっくう》でならなかったのだ。

「あ、でしたらですね」

太平が百合の体ごと布団の向きを変えて、頭の側を壁にくっつける。そして部屋の隅に畳んであった布団を丸めて、起こした百合の背に当てる。

「あら、とても楽ですわ」

「でしょう。それにですね、この形だとお庭もお台所もよく見えます。ええ、一獲千金と言うやつです」

　太平が得意気に胸を張る。

「一石二鳥、ではなくて」

戸惑い気味の百合の言葉に、太平が少し考え込む。

「はい、それでもけっこうです。でも、私は鳥に石をぶつけたくはありません。ええ、私としては一獲千金の方をおすすめします」

「おやまあ」

　間違っている事に間違いはないのに、何だか一獲千金の方が好ましく思えてきた。

「お台所お借りします。スズキを切り分けなきゃいけません。ええ、でも鯛の事はお条さんには言ってませんから」

　一人喋りながら台所に向かう太平の後ろ姿に、昨夜の五月の言葉が思いだされた。

「太平さんて少し変ってるんです。思った事が直ぐに口に出てしまうんです」

「おやまあ」

「うむ」

　会ったその日にその事は分かっている。それに、とても少しだとも思えない。

「えーと、あのですね、そのお……」

太平は板間に盥《たらい》を置き、その上にまな板を乗せて、百合に向かって座っている。

「今日は、お一人様、なのでしょうか？」

「はい、お一人様です」

百合が笑いをこらえながら答える。

どうやら太平にも、思った事をそのまま口にできない時もあるようだ。だけど、何を聞きたいかは顔にはっきりと書いてある。

「石動は釣りに出かけました」

少し意地悪をした。

「いするぎ？　あ、ウマヅラさん」

石動の事なんかすっかり忘れていた。

「昨日はありがとうございました。五月からすべて聞きました」

意地悪はやめにした。

「え、あ、すべて、ですか」

太平の顔が見るみる赤く染まっていく。太平にとって昨日のすべてと言えば、五月の胸の膨らみと唇の柔らかさだけなのだ。

「五月は少し前にお店に戻りました。今日は、夕のお客様が早いのだそうです」

太平の顔に後悔が浮かぶ。

「あ、少し前ですか」

失敗した。焼かないで持ってくるんだった。

「太平さん、お水を一杯いただけませんか」

百合が太平に頼んだ。今日は何だかすぐに喉が渇く。

「あ、はい。すぐに」

土間に下りて、水瓶の蓋を開けた太平の顔が曇った。

この辺りは海に近いせいで井戸水に汐気が混じる。それで飲み水は水売りから買うのだが、貧乏長屋を回る水売りだ。元より上質でない物が、この二、三日の温気《うんき》で傷み始めていた。

「これは生はいけません。ええ、ついでですから」

何がついでなのかは太平にしか分からない。

太平が、いつもの道具袋をごそごそやって、鍋と反故紙《ほごし》で包んだ炭を取り出した。炭は高価だから、自分の勝手で人の家のは使えない。それで家から持って来た。鍋は火の通りの速い唐金だから、炭を無駄にせずにすむ。

七輪に火を起こして鍋をかける。そこに、これも持参の生姜を、マカリで薄く削って入れていく。湯が沸くにつれて、湯が薄っすらと飴色になっていく。

「良い匂いなこと」

何時の間にか、百合が鍋をのぞき込んでいた。

「ごめんなさい、お邪魔ですか？」

「とんでもありません。大歓迎です」

さっきは起きるのも大儀そうだった百合に、ここまでくる元気が出たのは嬉しい事だ。それに、話し相手は近い方が良い。

「太平さんはお料理がお好きなのですね」

百合には、料理をする武士というのがぴんとこない。もちろん、台所方や勝手方の武士がいる事は知っている。だけどその人たちが、今の太平のように楽しそうに料理をしているとはとても思えない。

「はい、釣りと同じくらい大好きです。でもですね、ゴンさんに言わせるとですね。あ、ゴンさんはですね」

「松風の脇板のゴンさんですね。五月から聞いてます」

それなら話が早い。皆がちゃんと知っていてくれれば、太平だって回り道をせずにすむのだ。

「ええ、私は食べるのが一番好きで、そのために釣りと料理をしている。そう言うんですよ。でも誰だってそうじゃないですか。釣りをしない人だって、おいしいものを食べたいから自分で作る、あっ」

例外を思い出してしまった。おばば様と楓だ。

二人は食べるだけで決して作らない。それでいて文句はつけるから、天賀家の女中は長続きしない。女中のいない間は太平がほとんどを作り、時々に徳造が、ごくまれに釣雲が作る。

「作らないのはまったくかまわないんです。ええ、人には得手不得手《えてふえて》があるんですから。本当に困るのはお凜《りん》様なんです」

「おりん様？」

「あ、お凜様というのはですね」

話が長くなりそうだ。

三

太平の母のお凜様は、食べるのも作るのも大好きだった。

もっとも、普段の料理は女中に任せて手は出さない。燃えないのだ。だが、外でおいしい物、珍しい物を口にすると一気に燃え上がる。そしてその味の再現に、無謀かつ勇猛果敢に挑戦する。

お凜様は自分の舌に自信を持っている。だが太平のように、一度口にした味は忘れない、とてもそこまではいかない。それで曖昧なところは、柔軟かつ奔放な想像力でおぎなう。

「ええ、あのぴりっとした味は八角に間違いありません。残念ながら我が家に八角はありません。太平、山椒っ！」

誰かに買いに行かせて待つ。それがお凜様にはできない。もっとも、買いに行かせても無駄だ。そもそも八角は使われておらず、あのぴりっとした味はまさしく山椒だったのだから。

凛々しくも白鉢巻に白襷《だすき》のお凛様が、太平の持ってきた粉山椒を「えいやっ！」と豪快に鍋に放り込む。

「あ、お凛様、入れすぎです。山椒は一つまみずつ味を見ながらですね」

太平、松風で料理を覚え始めた頃だった。

「えーい猪口才《ちょこざい》な。男が何を小賢《こざか》しい事を、ん、む、ぐ」

お玉一杯を豪快に飲み干したお凛様が目を白黒させる。

「太平、水！」「砂糖！」「蜜！」

「はいっ」「はいっ」太平がこま鼠のごとくに台所を駆け回る。

「甘い！　醤油！」「辛い！　水！」「味醂！」「お鍋！」

最初は小鍋で作っていた物が、最後は大鍋にいっぱいとなっていた。

「昨日松風でいただいたお料理、とてもおいしかったのよ。これから太平のために作ってあげますね」

「うわあ、楽しみです！」

そんな心楽しい言葉で始まった料理が、いつも何だか分からない物か、真黒な何かで終わる。何度裏切られてもめげない太平と、何度失敗しても懲りないお凛様。

「太平、この次はちゃんとしましょうね」

「はい、ごめんなさい」

最後には太平と、何かの入った鍋か、真黒な何かが残される。

「おやまあ」

百合が茶椀から一口を飲んで声を上げた。生姜を煮た湯に、少しの味噌と刻んだ青紫蘇。たったそれだけなのに深い味わいがある。

「お砂糖……？」

口の中に優しい甘さが残っているが、砂糖や味醂の甘さとは違っている。

「水飴……。まさか、蜂蜜ですか？」

「はい、蜂蜜です」

太平が嬉しそうに、短い竹筒をかざして見せる。

春になれば、一面が黄色に染まる菜の花畑には蜜蜂が群舞する。そんな蜂の一群れが、安楽家の庭の片隅に忘れられていた桶に巣を作った。

そして太平がその巣を見守り、工夫もして三つの巣箱となり（それ以上増やす事はお凜様より禁じられた）毎年、充分の蜜をもたらしてくれている。

「ええ、砂糖ではこうはいきません」

太平の顔がへへへの字となっている。砂糖と蜂蜜の違いに気づいてくれる人は滅多にいないのだ。

「私ですね、子供の頃に一度だけ風邪をひいた事があるんです」

太平が得意気に胸を張る。

「一度、だけですか？」

百合が思わず聞き返した。あの、丈夫の塊のような石動だって三度ほどは寝込んでいる。

「はい、本当にひいたんです」

そこは譲れない。誰かが「馬鹿は風邪をひかない」と言うたびに「私はひいた事がありますす」と胸を張ってきたのだ。

生まれて初めて寝込んだ太平を見て、お凜様の眠れる母性が一気に燃え上がった。得意の料理の腕を振るって、お粥かおじやのような物を作っては持ってくる。

しかもこの頃には、八角やら枸杞《くこ》やらの薬種も色々と揃っていたから、実に不思議な色と異様な臭いを放っていた。

「食べようとは思うんですけど、体が受け付けないんです。ええ、病気のせいで舌と鼻がおかしくなっていたんでしょうね」

いや。太平の舌と鼻は、必死で自分たちと太平を守ろうとしていたのだ。

でも、このまま何も食べないでいたら死んじゃう。子供心にもそう思って、熱で朦朧《もうろう》としながらも台所に向かった。幸いな事に、お凜様は自分の部屋でぐっすりと眠っていた。

「それでこの生姜湯を作っておじやにしました。ええ、とてもおいしくてお鍋が空になっちゃいました」

そのまま台所で幸せに眠り、人の気配で起きた時には、風邪もけろりと治っていた。

「おやまあ」

病いで舌と鼻が変る。その言葉が百合には身につまされる。鈍くなる感覚もあれば、鋭くなる感覚もある。

魚の生臭さ。百合の体はそれを受けつけなくなってきている。鯉の生き肝は薬だと思って飲みくだすが、五月の作る味噌汁ですら生臭く感じる時がある。

「これは、お出汁は取ってないんですね」

「やだなあ、百合様。お出汁を取ったらお味噌汁じゃないですか。これはですね、生姜湯のお味噌仕立て、隠し蜂蜜なんですから」

百合の変調に気づいた訳ではなく、単に自分が病気の時においしかった物を作った。それだけのようだった。

「とてもおいしかったです」

しっかりと一杯を飲み干して、そう言ったところで意識が消えた。

百合の体が「くたん」と崩れて、落ちた湯呑み茶碗が転がっていく。

「あ、わ、わ」

太平には、何が起きたかも、どうしていいかも分からない。

「太平！　布団に運べ！　わし、先生を呼んでくる」

庭先からお粂ばあさんが怒鳴っていた。

「ご無理はなさらんように」

そう言い置いて帰る医者と一緒に、お粂ばあさんも出ていった。

「竹庵、あんだけの事で見料取る気か」

「見料って、わし易者やないんやから」

どうやら診察代をねぎってくれているようだ。二人の声が遠ざかっていく。

「ごめんなさい、太平さん。少しはしゃぎ過ぎたようです」

太平と話したくて、台所に行って楽しく話した。どうやら、自分の元気の限界はその辺りだったらしい。

「あ、お布団はこのままで。もう少し庭を見ていたいんです」

布団を戻そうとする太平を百合が止めた。

「あっ、やぶからしです」

庭に目を向けた太平が声を上げる。

「やぶからしをご存知なんですか？」

「はい、やぶからしとへくそかずらは良く知ってます。あ、犬のふぐりもです」

太平、換章館での講義の中でその名を知った。

「万物は名を得て初めて実《じつ》と成る」

虎フグみたいな丸顔に、真ん丸の眼鏡をかけた先生が続けて「とは言うてもや。名あなんてもんは人の都合で付けとるだけや。藪枯らしに屁糞《へくそ》かずら、ついでに犬の陰嚢《ふぐり》や。こんな名あ付けられたらどう思う？」

絶対に嫌だ。そう思ったから良く覚えている。もちろん先生の名も、何の講義だったかもまったく覚えていない。

「へくそかずらは仕方ありません。ええ、これは本人にも責任があります」

いったん気になれば放っておけない太平。一年後に、ようやく屁糞かずらと対面を果たした。

「ええ、言語道断です。おえっ」

口にしただけで、あの時が甦《よみがえ》ってくる。

「ここに越してきた翌日に、石動が草をむしってくれましたの」

百合も太平と同じ藪枯らしを見詰めていた。

「あー、わしには要る草と要らぬ草の区別がつかぬ。よしなに指図せよ。そう言って猛然とむしり始めましたの」

「猛然とですか」

「はい、猛然とです」

一心に草をむしる石動の姿に、五月の生まれた頃が思い出された。「五月を蚊には刺させぬ」そう言って、雑草もそれ以外も、一本残らず抜いてしまった。

あの日のように汗まみれとなった石動が、竹垣にまとわりついた蔓草に手を掛けた。

「あ」思わず息を呑んだ百合の前で、石動がその草を不思議そうに見ていた。

「あー、これは五月のあれか？」

「はい。五月のやぶからしです」

五月がなぜか気に入り、せがまれて一本だけを残したやぶからし。

「うむ。あー、一本を残せば良いのであったな」

「はい。たった一本だけを」

答える百合の頬に、温たかな涙が一筋つたっていった。


「ええ、もうすぐ小っちゃな花がいっぱい咲いて、その後に甘い実がいっぱいつくんですよね」

太平がうっとりとつぶやいた。

「食べられたのですか？」

「まさか！　子供じゃないんですから。あ、その時は子供でした。でも食べてません。ええ、ちょこっと舐めただけです」

その小さな実には（実ではなく花盤なのだが）蜂が次々に寄って来ていた。蜂の寄る花が甘くないはずがない。それで舐めてみた。確かに甘味はあったが、一つ一つが余りに小さくて「甘い！」と喜ぶほどでもなかったので、後は蜂に任せる事にした。

「お帰りなさいませ」

布団の場所はそのままにしてもらった。おかげで玄関も良く見える。

「うむ、戻った。あー、そのままで良い」

起きようとする百合を制して、手拭いで足を拭く。今日は珍しく井戸端に、あの梅干しのような婆さんがいなかったので、心置きなく足を洗えたのだ。

「あー、生き肝じゃ。すぐに食せ」

石動が手堤籠―これは秀次からの借り物だ。要らぬと言う石動に、「盥を抱えてくるよりかはマシでしょう。それに、ご隠居のいない日には鯉を抱いてくるおつもりですかい」そう言われた―から油紙で封をした猪口《ちょこ》を取り出す。

昼過ぎに、釣れた鯉を持ってのれんに行くと秀次が、「すまねえ、石動さん。昨夜《ゆんべ》はよんどころない事情《わけ》があって今日の仕込みが遅れた。手が空くまで待ってくんねえか。あ、ください。そのかし酒は勝手に飲《や》ってくんねえ。あ、飲んでください」

デコとお文の三人で、太平のサンガを肴に楽しく飲み過ぎて寝坊をしてしまったのだ。

「あー、昼酒は飲まん。水で良い」

それで帰りが遅くなった。

「今日も釣れましたか。この分では鯉がいなくなってしまうのではないですか？」

百合が冗談めかして石動に聞く。

「うむ。わしもそう思って聞いてみた」

秀次がまじまじと石動の顔を見て、冗談ではないと分かると、腕を組んで考え込んだ。

「うーん、魚や人なんてえもんは無尽蔵だと思ってましたぜ。確かに考えてみりゃ、この城下の人間だって数は決まってる。毎日一人、二人を釣り上げて、時には網でも使って五人、十人と獲って行きゃあ、いつかは誰もいなくなるって寸法だ。面白えや石動さん。堀溜の鯉の、最後の一匹まで釣り上げてくだせえや」

「うむ」

この先も毎日釣れるとは思えない。実際、ご隠居が釣るところは一度も見ていない。それに最後の一匹のはるか前に、鯉を釣る必要がなくなる。そんな予感もある。

「石動さん、鯉の身は全部うちで使わせて欲しいんでさ。そのかし、海老でも鯛でも代わりは出しやす」

鯉こくの評判が上々なのだ。こんな田舎料理、と馬鹿にしていた旅籠の主人たちも、「秀さん、毎日頼むわ」と手の平を返した。

「あた棒よ。毎日毎日のお上品に飽き飽きしてたところに田舎の御馳走《ごっつお》のお出ましだ。嬉しくて座り小便ってなもんだ。あ、すいやせん」

目の前の石動は、いつも通りに無表情で座っている。石動は無礼討ちはしない。そうは分かっているが、時折にぎろりとやられると、すいっと金玉が縮み上がる。

「うむ」

石動に必要なのは生き肝だけだから、他がどうなろうとどうでもいい。

「ついては、こいつを」

秀次が五合の酒徳利を石動の前に置いた。石動と太平のおかげで商売の売りができた。その礼だけはきちんとしておきたい。

「うむっ」

石動のこめかみがびくんと震える。

釣ってきた鯉の肝と身の一部をもらう。そこまではいい。だが、鯉の代価として酒を受け取ればそれは商売と成る。石動は、浪人はしたがまだ武士だ。

「勘違いしないでくだせえ。こいつは鯉のお代なんかじゃねえ」

秀次も元は御家人だ。商人《あきんど》の筋と、武士《さむらい》の筋を読み違えた事にすぐに気づいた。このままなら石動は立ち上がって出て行く。そして、ここには二度とこない。

「こいつはお神酒《みき》でさ」

料理の修行以上に喧嘩の修行も積んできている。喧嘩をする呼吸も、させない呼吸も身に染《し》みている。

「お神酒？」

「へい。あっしも釣りは好きで結構やってまさ。ですがずぶの素人が初めてであれだけの大物、しかも三日続けての尺物。こいつはもう石動の旦那に釣りの神様がついているとしか思えねえ。ですから、この酒を石動さんちの神棚に供えて欲しいんでさ。そしてそん時に、のれんの秀次からですって、そう言ってもらいてえ。どうか頼んます」

秀次が一気に語り終えて、両手を合わせて頭を下げた。

釣り人はそうまでして釣りたいものかと呆れたが、石動もこの三日ほどで釣りの面白さは身に染みてきている。

「あー、家の神棚はすこぶる小さい。とてもその徳利は乗らん」

「へい、神様は酒好きだけど下戸《げこ》って言いやす。盃に一杯を上げてもらえりゃそれで充分でさ」

「ふむ、神様は下戸か。ならばもっと少しでも良かろう」

「冗談じゃねえ」

この唐変木め！　そう言いかけてやめた。話の通じない相手に話を通す。それは太平相手に鍛えられている。

「神様相手にケチはできねえ。それに、神様はその家の神様でさあ。神様と一緒に家の皆が楽しく飲む。そんで神様も機嫌良くなって、そういえばこの酒はのれんの秀次からの寄進であったの。よし、この次は秀次とやらにも大物を釣らせてやろうって、そうなる寸法だってえんだ。です」

ここまで言って通じねえ相手なら、この先の付き合いはこっちからご免こうむる。秀次がぐっと石動の眼を見据える。

石動も秀次の気持ちは分かっている。だが、分かるのと筋が通るのとは別なのだ。

「有り難くいただく」

「へい」

「秀次殿、今後ともよしなに頼む」

「へい」

それが、秀次と石動の最後の会話となった。

四

「おやまあ。お神酒でございますか」

「うむ」

石動は酒に強い。

飲んでも乱れないし、二日酔いをした事もない。なければないでもかまわない。

毎日二合の晩酌、その習慣もあの事件で途絶え、そして旅の中で再び始まった。伊勢神宮を参った後の旅の宿で、膳に徳利が一本ついていた。

「父上。精進落としと申します」

五月がそう言って酒を進めてきた。

父が酒を口にしなくなったのは家族への申し訳なさから、そう思った五月が頼んだ一本だった。

「あー、うむ」

久し振りの酒は、やはりうまかった。

そういえばあの日、家に帰ってから「酒は要らぬ」そう言った。上意の使者と会う時に酒気を帯びていては不敬となる。そう思ったからなのだが、「今日《きょう》は」を言い忘れた。

お沙汰が降った後は飲んで良かったのだが、出ないから飲まなかった。それだけの事だった。

「あー、五月も飲むか」

そういえば、五月と飲んだ事はなかった。

「はい、いただきます」

五月は酒が嫌いではない。嫌なのは、父や父の客と飲む事だった。だけど、今の父となら飲んでも良い。

二合を飲み、さらに三合を追加した。百合も盃に二杯ほどを付き合った。

初めて目にする娘の酒は、話上戸の笑い上戸だった。一合ほどで頬を上気させて、旅の中でのあれこれを話してはころころと笑う。二合に近づく頃には、石動の「うむ」だけで笑い出した。

「うむ」

その晩からは、三人で三合の晩酌が習慣となった。

「籠を洗ってまいる」

手提籠を持って井戸に向かった。

幅一尺（三十センチ）、長さが二尺ほどで深さが一尺ほど。細竹を編み込んだ籠で蓋もついている。幅一寸（三センチ）ほどの竹板の持ち手はコの字になっていて、腕を入れて肩に担ぐ事ができる。

江戸の魚河岸や野菜場《やっちゃば》では普通に見かける物だが、この地ではこれが第一号だった。

秀次が、竹籠や笊《ざる》を作っている職人に細々と注文をつけて作ってもらった物だ。長年を大事に使い込まれて、今は鼈甲《べっこう》色となって風格を見せている。

秀次、死ぬまでこの籠を使い続ける気だったが、一と月ほど前にその時の職人が新しい籠を持って来た。

聞けば、秀次が籠を肩に掛けて颯爽と市場に出入りする姿が評判となり、注文が引きも切らないのだと言う。

「お礼をせならん。そやけど、職人の礼は腕で言うもんや」そう考えて、暇を見ては色々と工夫も重ねながら仕事をした。

そしてようやく、今の自分の一番。そう思える物ができたので持って来たのだという。

「軽いな、こいつぁいいや」

職人が自信を持つだけあって良くできていた。前よりも竹を細くして、編み方も工夫したのだと言う。

「底三寸は水も通さん」

一目で気に入った。だが、如何にも新品といった若々しさが気恥ずかしい。それに、今の籠をお役ご免とするのも忍びない。秀次とのれんの歴史の詰まった籠なのだ。

踏ん切りがつかぬままに一と月ほどが過ぎた頃。

「すまぬ秀次殿。これより進めぬ」

勝手口に、魚桶を抱えた石動が立っていた。

盥のような桶を持てば両手がふさがる。それで、竿は帯に差して背に回したのだが、その竿が勝手口の軒庇《のきびさし》に当たって前に進めない。

桶を置いて竿を抜けばいいのだが、それができない。桶を置いた時に鯉が跳ねて地に触れたら鯉は死ぬ。なぜかそう思ってしまった。

しかも今日の鯉は飛びっ切りに元気がいい。顔にかけた手拭いなど物ともせずに飛び跳ねる。跳ねるたびに桶で追って動きを封じるのだが、一度は完全に飛び出した。腰を沈めて桶を差しだして、地に落ちる寸前を受け止めた。

はたから見れば、往来で泥鰌すくいを踊っているとしか見えない。ただし、踊っているのが髭もじゃにぎょろりの大目玉の大男だから、誰もが目をそらして通り過ぎる。

ようやくのれんの勝手口にたどり着いた時には、桶の水はほとんど残っていなかった。

「あー、大丈夫であろうか？」

死なれては生き肝が取れない。

「鯉は水が無くなったくらいじゃ諦めやせん。いずれは龍に成ろうって奴ですからね」

秀次が桶を受け取ってそう受けあった。桶を抱えての石動の道中を想像すれば、思わず笑えてくる。

『本当に太平と似てやがる。外見《そとみ》も外聞も気にしねえ』そこで気がついた。

『そうじゃねえ。石動さんは気にしてらんねえんだ』鯉を生きたまま持ってくる。石動にはその一心しか無いのだと。

それで、石動に籠を託した。

「ただし」魚を入れた後は必ず良く洗って陰干しにする。それだけは頼んだ。


「あら、蓬《よもぎ》ですか？」

五月が石動の手元をのぞき込んでいた。

蓬の葉を使うと魚臭さが取れる。そう教えられたから、途中でたっぷりと摘《つ》んできた。

「あら、そんなに強くしては潰れてしまいます。軽く揉み洗いをして、後は水に漬けてアクを抜くんです。あら、ずい分と薹《とう》の立った物まで。この時期は先葉の柔らかい物を二、三枚ですね」

「五月」

「はい、父上」

「わしは籠を洗っておる。蓬を洗っておるのではない」

「あら、まあ」

「うむ」


「おや、今日は早かったのですね？」

百合の言葉に五月の目が揺れる。

今日は一日の勝手休み。小夏にそう言われていたのに行ってしまった。

「五月。あんたんの顔見えたんは嬉しい」

昨日の責任を感じて辞めるかも、そう案じていた五月の顔を見られたのは嬉しい。

「そやけど、あんたんは今日は休みのはずや」

客商売だ、忙しい日もあれば暇日もある。だが、忙しい日に合わせて人を雇っていたら店が立ちゆかない。どうしても無理をしてもらう日もある。

ことに、昨日のような大騒動、突然の二十三人の客を、いつもの三分の一ほどの人数で乗り切った女子衆《おんなし》にはそれなりに報いたい。だが特別の手当てを出せば、いなかった女子衆に不公平となる。だから一日の勝手休みだったのだ。

「そやから、ここが家《うち》みたいなお梅はんも善じいも休んでくれてる」

本当は休みたくない二人も、お女将の顔を立てて休んでくれているのだ。

「善じいなら、玄関の掃除すませてからお酒の仕入れに行きましたで。お梅はんは広間の掃除してる思いますで」

　今日の女中頭のお勢が小夏に伝える。

「お竹とお喜美は寄席に行くって。夕前には帰るから、忙しかったら呼んでって言うてました」

「何やのん！　みんなうちの言う事は聞けんのか！」

　小夏の小鼻が目一杯に広がった。

「あ、お鶴は今日は帰らんて、お化粧ばっちりで出てったそうです」

　ちゃんと休みを取ったのはお鶴一人だけのようだ。

「五月。お願い、休んだって」

「あ、はい」

　お女将に頭を下げられては休むしかない。

五

「太平さんがいらっしゃいました」

　どこかしょんぼりと、上がり框に腰を下ろした五月に百合が声をかける。

「太平さんが」

「うむう」

戻って来た石動が唸る。

「で？」

五月の体が、百合に向かって前のめりとなっていた。

「で、とは何がですか」

百合の言葉に、五月が「くん」と小さく唇を噛んだ。その仕種《しぐさ》に、昔の自分が重なった。


石動は（当時は旧姓の清水だったのだが石動で通させていただく）百合の父が営む学塾の塾生だった。

石動の家は父の切腹のおかげで取り潰しは免れたものの、家禄は半減となった。それで、石動は月謝を補うために、学塾での薪割《まきわ》りやら庭仕事やらを引き受けていた。

「うーん、美しい」

庭で薪割りをしていた石動が、百合の顔をまじまじと見てそう言った。

「はい、良く言われます。石動様も私の顔がお好きですか」

百合が平然と答えて石動の顔を見据える。

血気盛んな若者だらけの学塾に、たった一人の年頃の娘だ。付け文やら告白はしょっ中の事だから今さら驚かない。

石動は薪割りが好きだ。

何より体の鍛練になるし、筋を見切ってナタを振り下ろした時に、すぱんと二つに割れる瞬間が心地いい。

　諸肌を脱いで、汗みずくとなって一心にナタを振っているところに「あの、これを」と声がかかって白い物が差し出された。

「うん」と、それを受け取って割台の上に置き「むん」とナタを振り下ろす。

「あら」

「うむ」

　ナタは、白い手拭いの上に紙一重を残して止まっていた。

「汗をお拭きください」

　目の前に、取り込んだ洗濯物を抱えた百合が微笑んでいた。その笑顔は眩しいほどに美しかった。だから、そのままを口にした。

「はい、顔だけです」

「あら」

　他の若者なら、いえ、お心根の優しさも、とか言うところだ。

「あー、わしは百合様の顔の他を知らぬ。楽しそうならわしも楽しい。悲しそうなら悲しい。怒っておれば、何に怒ったかが気になる」

「おやまあ」

　武骨で無口。それだけの若者と思っていた石動が、自分のことをそんな風に見ていたとは知らなかった。

「いつですか」

百合が目をきらりとさせて石動に聞いた。

「うん」

「私が怒っていたのはいつですか？　その時、私はどう見えましたか？」

「あー、忘れた」

思わず「くん」と唇を噛んだ。

しばらくして兄から、石動がお前を望んでいると言われたので「はい」と返事をした。石動の身分があまりに軽格だったから、両親も縁者も皆反対した。一人、兄だけが、「あの漢《おとこ》は必ず出世します」と両親を説得してくれた。

そしてその言葉通りに石動は出世した。兄が港を訪れた時には港奉行と成っていたのだ。

「本当に出世するとは思わなんだ」

兄が百合の耳元にささやいた。

「石動は出世は願っておりません。いつも、目の前のお役に真っ正直に取り組む、ただそれだけです。ここに来てからは嵐、それしか頭にありません」

「そうか。今でも漢のままに生きておるか。やはり、わしの眼に狂いはなかったな」

「いいえ。私の眼です」

兄と妹が、ゆったりと笑みを交わす。

「ですから、太平さんは何のご用でまいられたのですか」

五月の目が少し吊り上がっている。

子供の頃の五月は癇《かん》の強い子だった。これ以上じらすと、あの頃のように癇癪玉《かんしゃくだま》を破裂させかねない。

「鯛の塩焼きを持ってきてくださいました。ついでに、とてもおいしい生姜湯を作ってくださいました」

「あ、これですね」

七輪の上に、見慣れぬ赤銅《あかがね》の鍋が乗っていた。すぐにお玉を手にして、残っていた汁の味を見る。

「太平さんは生姜と」

「言わないでください。同じ物を作って見せます！」

そう言って生姜を刻み始めた。癇の強さは負けず嫌いでもあるようだ。

「少うし違います」

「分かってます。どうしても同じ甘さにならないんです」

五月が悔しそうに唇を噛む。仕方ない、太平の持ってきた蜂蜜は、「ええ、これはもう蟻さんの大好物ですから」の言葉とともに、油紙でしっかりと包まれて水屋の中にある。

「父上、父上も味見を」

これはとんだとばっちりだ。そもそも石動は元を知らないのだから。

「あー、うまい。と思う」

言った途端に吃《き》っと睨まれた。以前は目を合わそうともしなかった五月に、近頃は良く睨まれる。

「うむ」

縁側に行って竿の手入れをする事にした。

湿らせた布で汚れを拭《ぬぐ》い、乾いた布で拭き上げる。どこか刀の手入れにも似たこの作業を石動は気に入っている。

『良う働いてくれた。次も頼むぞ』

心の中で、竿に語りかけながら手入れをする。自分の刀の働きは未だ見た事がないが、この竿の働きは、今日存分に見せてもらった。

「石動様。竿を代えてもらえんでしょうか」

堀溜に行くと、ご隠居が小さな目をしばたたかせながら言ってきた。

「太平さんに頼まれたんです。これが代わりの竿で、太平さんの作った鯉竿です」

「うむ」

元々太平に借りた竿だ。換えるのに異存はない。ただ、あの大鯉を共に釣り上げたこの竿には、いささかの愛着が生まれていた。

「その竿は黒鯛竿です。もちろん鯉だってちゃんと釣ります。そやけど、昨日みたいなんが何度も続いたらあきません」

「折れるか？」

「まさか。太平さんの作った竿です、釣り人に腕があれば折れるもんですか。ただ、竿がのされます」

鯉と黒鯛では、重さと強さがまったく違う。黒鯛の力をいなしながら戦う黒鯛竿と、鯉の重さにじっと耐えながら戦う鯉竿。同じ竿と言いながらもまったく違う物なのだ。

無理を重ねれば竹が延《の》されて粘りを失う。そうなれば、また火入れをして力を戻すしかない。それを怠れば、いずれは折れる。

「ええ、で有ります故に、ご隠居様の持ち奉ります竿と、代え奉りたく候」

朝。八兵衛の家を訪ねてきた、裃姿の太平に頼まれた。

「な、なんでわしの竿を。太平さんの竿をやったらええやないですか」

「あいにく、我が家には鯉竿が、御座無く、奉って候（以降は翻訳文にて）」

あの時は、竿になりたがっている竹がたまたま目に入り、それを組んだら、たまたま鯉竿に丁度だったのだ。

それで大好きなご隠居さんに「良い竿ができました。是非使ってください」そう言って渡したのだ。

「どうせ使ってないじゃないですか」

「だって、大事な竿やもん」

ご隠居の小さな目が半泣きとなっていく。

一目で気に入った竿だ。「もし」を考えたらとても使えない。釣り場にきたら、まず竿を組んで竿受けに乗せる。そして、しばしうっとりと眺めてから、再び竿袋に納める。そして別の竿を出す。

「ええ、まったくもって宝の持ち腐れです」

作った本人が言うのだから間違いない。

「うーむ」

石動が、組み上げた竿を手にして大きく唸った。

真竹三尺の四本継ぎ二本仕舞い。まず、その重さと長さに驚いた。とても片手では扱えない。

両手で持って、軽く素振りをくれて見た。昨日の竿はそれだけで、馬がいななくように全身を震わせたが、この竿は静まったままだった。

大きく振ると、ようやく竿全体がゆるりとしなる。だが、すぐに「しん」と元に戻る。前の竿と較べればあまりに鈍い、そう思えた。

だが、鯉が掛かってすぐにこの竿の真価が見えた。竿は慌てふためく事なく、どしりと鯉の重さを受け止めていた。

「牛」

昨日の黒鯛竿が、どこに走り出すか分からない悍馬《かんば》だとすれば、この鯉竿は牛方の使う牛だった。重い荷を背負って、一歩一歩をどしりと踏みしめながら、必ず目的地まで運び届ける。そんな安心感があった。

「うむ」

魚に合わせた竿。その事がようやく実感できた。

だったらあの竿で黒鯛を釣ったら、あの竿はどんな働きを見せるのだろう。そして見事に釣り上げたら、太平はどんな顔をするのだろう。

「ええ、お見事です、ウマヅラさん」

満面の笑みで、まるで自分が釣ったかのように喜ぶ太平の顔が浮かんだ。

「ふむ」

いつか、太平と共に黒鯛を釣る。それも悪くない。

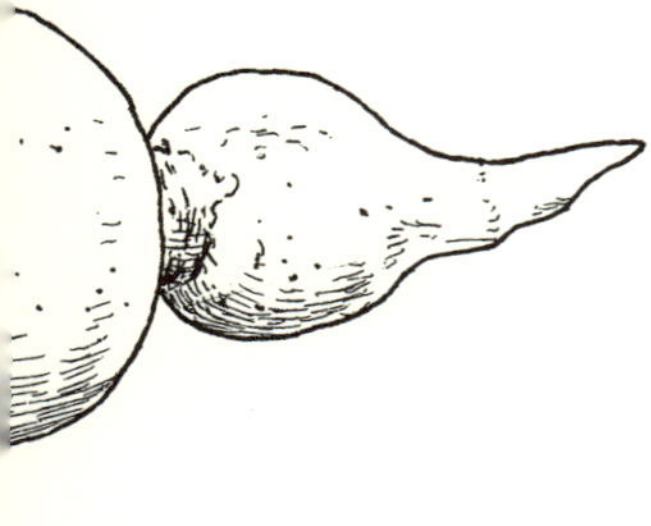

第二章

弁天様と八咫烏《やたがらす》

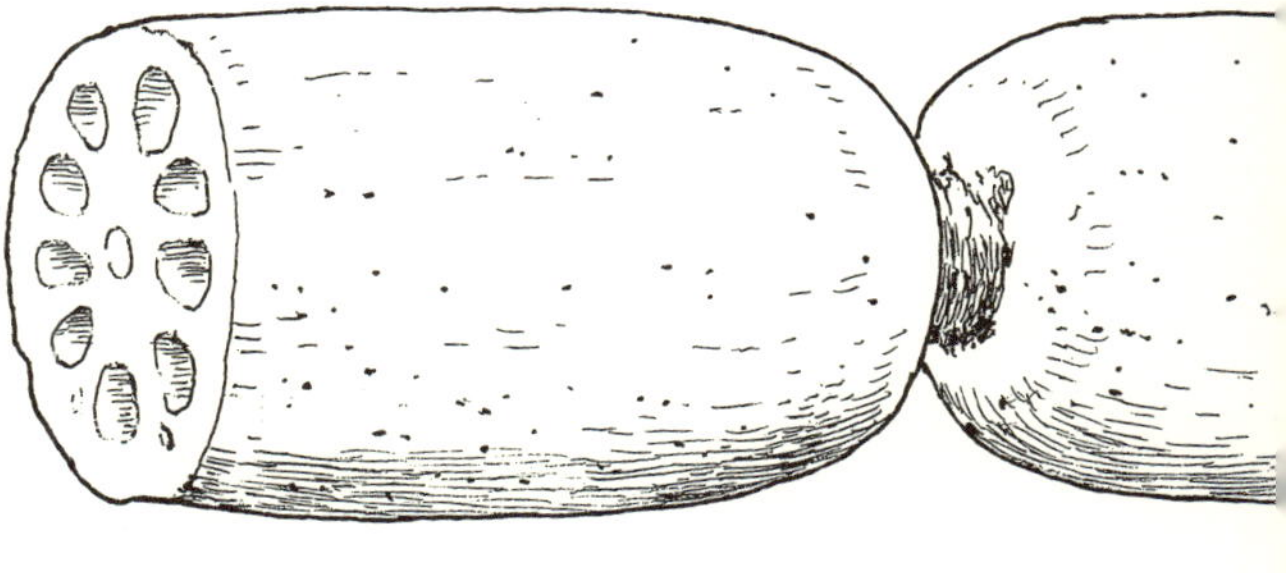

一

翌朝。石動は堀溜ではなく、口入屋の前に立っていた。

海堂藩の城下に評判の良い蘭方医がいると聞いた。だが、今の百合が半日ほどの旅にも耐えられるとは思えない。

ならば医者を呼ぶしかないのだが、どれほどの金がかかるか見当もつかない。

青の長暖簾に、大きく「口入」の文字が、左の裾に小さく「万十屋」と白く抜かれている。石動がこの店を訪れるのは二度目だ。最初の時には仕官の口をたずねた。

「申し訳ございません。仕官いうたらお武家様の内々《うちうち》の話。町人相手のうち辺りにはとても聞こえてまいりません。うちで紹介できますのんは、奉公人、日傭《ひようと》取りといったところでございます」

実直そうな若主人が、申し訳なさそうに頭を下げた。

「うむ」

思えば、あの時にはまだ武士の体面を気にしていた。

「あー、わしにできる仕事であれば何でも良い」

言うべき事を口の中につぶやいて、一歩を踏み出した。

「お武家様。仕事をお探しですか？」

暖簾の陰から、手代と覚しき男が揉み手をしながら近づいてきた。

「うむ」

「旦那、剣術の方は？」

「うむ」

　手代が次の言葉を待ったが、「うむ」で終わりのようだった。それはそれでかまわない。「からっきし」とか言われるよりはよほどいい。見た目がこれだけ強そうなのだからそれで充分だ。

「丁度、急ぎの仕事で金もいいってのが有るんですけど」

　十日ほど前の事だった。堀江と名乗る武家が店にやってきて、腕の良い水主《かこ》と腕の立つ浪人を探している。本人には一両の前金、店には一人に付き一分をその場で払うという。こんなに割のいい話はない。

　主人の惣兵衛は話にきな臭さは感じたが、堀江という武士は信頼できる、と見て話を受けた。その事は翌日店に顔を出した八兵衛にも報告した。

「堀江は監物の飼い犬や。関わらん方がええ」

　珍しく八兵衛の声に怒気がこもっていた。何年か前に片桐家に紹介した女中が、玉井と監物のせいで心を病んだ。それ以来、玉井と監物には目を光らせている。もちろん、娘の借りを返すためだ。

　石動が案内されたのは、街道を下った海近くの寺人《じにん》長屋だった。

長屋木戸を入ると、どぶ板路地をはさんで三軒長屋が二棟。路地の中ほどに井戸があり、突き当たりは腰高の石垣と黒板塀となっている。

石垣の中央に三段ほどの石段があり、その上には木戸があった。寺人たちが寺への出入りに使っていた木戸なのだろうが、その木戸には斜めに板が打ちつけられていた。

寺と寺人たちの間に何があったかは分からない。その向うの寺の名も、今、有るかも石動には分からない。一つ分かるのは、人目を避けるのにこれほど格好の場所はない。それだけだ。

何軒かに人の気配はあるが生活《くらし》の匂いはなく、荒《すさ》んだ空気だけが漂っていた。

「ふむ」

どうやら碌な仕事ではなさそうだ。だが仕方ない。仕事に好悪は言わぬ、そう決めて家を出てきたのだ。


「あら、お竿は？」

出がけに、百合に声をかけられた。

「あー、本日は仕事を求めに参る」

「おや、まあ。ではお髪《ぐし》を」

「これで良い」

実は、月代も髭も剃ろうかと思った。だがそれをすれば、またしても武士の気が頭をもたげてくる。そう思ってやめた。なのに両刀を腰にしてしまった。仕方ない、刀も竿も無しではあまりに落ち着かない。

「はい。今のあなたのお姿は私も大好きです。でも、いくら何でもお髪《ぐし》が好き勝手ですわ」

板間に座った石動の頭を、櫛を持った百合が膝立ちでのぞき込む。

「あら、白いものが」

「むん！」

ぱつんと抜き取った白髪を、百合が愛おしそうにかざして見せる。

「そうですか、とも白髪まで添いとげたのですね」

百合の髪は、この半月ほどで白がさらに増えていた。

「見事な白髪です。後で五月にも」

言葉が消えて、百合の体がふわりと揺らいだ。石動が振り向いて百合を受け取める。百合の顔が石動の肩に乗り、頬が石動の頬に当たっていた。

「すみません。少し目まいが」

「うむ。あー、痛くはないか」

「はい、痛いです」

石動のごわごわした髭が、百合の頬にちくちくと当たっていた。

「もう少し、このままで」

「うむ」

力を入れれば壊れそうな百合の体を、そっと抱きしめた。


「どうぞ、ひとまず奥へ」

堀江が、石動を中に推めて後ろに回る。

その浪人が今までの浪人とは別格、一目でそう感じた。だが実際がどうかはまだ分からない。石動の背後で、堀江の手が刀に掛かる。

「あー、やるなら本気で掛かられよ。我が流儀に試しはござらぬゆえ」

どこかのんびりと、だが、凜とした声が発せられた。

「失礼を致した」

もちろん本気ではなかった。背後から殺気を飛ばして鯉口を切る。それだけだ。今までの浪人たちは気づきもしなかった。だがこの浪人は、堀江が刀に手を伸ばす、それだけの気配ですべてを察した。

四畳ほどの玄関土間に、四畳ほどの板間と八畳間。石動の長屋よりはわずかに広いが、襖も障子もあちこちが破れ、畳も所々が擦り切れている。開け放たれた障子の向こうの庭も、草木が好き勝手に生い茂っていた。

「私は堀江卓馬と申します」

堀江が名乗って石動をじっと見る。年上に名を聞く失礼はできない。

「うむ。わしは、あー」

適当な名を言えばいい。そうは思うのだが、その適当が、石動にはなかなか難しい。泳いだ目の先の庭には、見覚えのある草が一面をおおっていた。五月のやぶからしだった。

「五月《さつき》、五月馬之助でござる。うむ」

我ながら上手い名を思いついた。

「五月馬之助、様」

今が五月で、馬のような顔の男の名が五月馬之助。これほど真っ正直な偽名は初めて聞いた。だが呼ぶ名がある、堀江にはそれで充分だ。

「五月様の御流派は」

「うむ」

流派を言えば藩が分かる。浪人をしたとはいえ、藩にこれ以上の迷惑はかけたくない。

「あー、居合を少々使う」

「居合。でしたか」

堀江の背を冷たい汗が一筋這う。

堀江があの時鯉口を切っていたら、五月は振り向きざまに居合を放っていたのだろう。

堀江も腕には自信があるが、刀よりは脇差の方が早い。それに、あの時の堀江は本気じゃなかったのだ。

堀江のお役は、寺社町奉行所町方調役《しらべ》与力、となっている。だが実際には家老の片桐監物の命を受けて動いている事は、奉行所内の誰もが知っている。だから上役も、堀江のする事には口を出さない。

今回の件は監物が考え、玉井が段取りをして、その後を堀江が任された。

玉井はこの計画には乗り気ではなかった。失敗した時の危険が大きすぎる。監物のおかげで良い目も見てきたが、監物と心中する気はない。それで、話を堀江に振った。

「殿様。こういう時のために堀江を飼ってるんとちゃいまっか？」

玉井がにたりと監物をうかがった。

「そやな、たまにはあいつにも体張ってもらわんとな」

玉井が失敗《しくじ》ればすぐに監物につながる。だが、堀江とは表でのつながりは無いから何とでも言い抜けられる。

二

堀江は長屋に行って愕然とした。

そこにいたのは欲と怠惰、それしか持たない連中だった。堀江は直ぐに城下の口入屋、さらには隣り宿の口入屋にも口をかけた。そうしなければならないほどに、今の連中が酷すぎた。

玉井は段取りのほとんどを地回りの親分に任せていた。集まったのは、その親分の賭場の一つを仕切っていた男とその弟分。賭場の用心棒だった浪人たちと、博打の借金で身動きの取れない元水主《かこ》たち。

堀江が訪れた時には、全員が長屋の一軒で博打をしていた。

「巳之助《みのすけ》、いいます。こいつらのまとめやらしてもらってます」

頬に一筋、刃傷の入った男が胡座《あぐら》をかいたままで軽く頭をさげた。

「膝を直せ」

「あ、へい。こいつは失礼を」

「博打は天下の御法度である」

「そんな大袈裟な。ただの暇潰《つぶ》し、手玩《てなぐ》さみってやつですやん」

巳之助が、堀江の顔を見上げながらにっと笑った。蛇が笑うとそんな顔になる、そう思わせるような嫌な笑顔だった。

「二度と許さぬ」

堀江はその日から、木戸門に一番近い長屋に住み込んだ。それでも、堀江の目を盗んで博打は続いているらしい。

後金の前借りを申し込んできた男によれば、水主たちの全員がすでに前金を巻き上げられ、新たな借金を作っているという。博打のせいでこんなところに来ているのに、また博打に手を出してさらに借金を増やす。馬鹿としか言いようがない。

堀江の父がそんな馬鹿の一人だった。

それで、堀江と親戚一同で父を勘当した。藩への届けは、出家による隠居とした。頭を丸め、白のお遍路姿の父に、あちこちから掻き集めて来た三両を渡した。

「すまんなあ。でも、やっとでお前たちに迷惑かけずにすむなあ」

そう言って金を押し頂き、どこかほっとしたような顔で出て行った。何日かで金を使い果たして戻ってくる。そう覚悟していたが、父の顔を見る事は二度と無かった。

父は愚かで弱かった。そして優しかった。だから、人の弱さを喰い物にする連中が堀江には許せない。

「巳之助を追い出す」

そう決めた。だが、親分のところに駆け込まれては面倒になる。駆け込めなくする、そう決めて刀を手にした時に、勇次《いさじ》が来た。

「どうしても三両が要る」

身の丈六尺（約百八十二センチ）を超える大男が、堀江の前に座るなりそう切りだした。男は白子《しらこ》廻船の梶取り、勇次と名乗った。

梶取りは船頭（船長）に次ぐ重職で、現代で言えば一等航海士、副船長の格となる。現代と違うのは、己れの体を使って梶を取る事だ。勇次の乗る廻船の梶板は畳八畳分ほどもある。そこに当たる海の強大な力と、己れの体一つで戦うのだ。

勇次には五才になったばかりの一人娘がいる。遅くにできた子で可愛くてならない。少しでも一緒にいたくて、次の航海で船を降りると決め、兄とともに網船を新造した。今までの蓄えのほとんどをその船に注ぎ込んだ。

そんな最中《さなか》に娘が病いとなった。地元の医者では埒《らち》があかないので、隣り宿の蘭方医に看《み》せにきた。旅籠《やど》は病人を泊めないから、町中に一軒屋を借りて、女房が娘の世話をしている。

「娘のために金は要るが命は要らん」

堀江はその場で、後金を含めての三両を渡した。

「こんな形ですんません」

その金を押しいただいて、財布にしまった勇次が詫びを言う。勇次の右足は胡座の形だが、左足は、前にやや曲げて投げだされていた。

何年か前の嵐の時、一晩中梶棒を握って踏ん張っていたら、左の足がうまく畳めなくなってしまった。

「仲間に会わせてもらえんですか」

命を預け、預かる仲間の顔はすぐにでも見ておきたい。

水主たちが寝泊まりをしている一軒は、玄関を閉め切り、心張り棒まで支《か》ってあった。

その向こうからは、「こい、こい」や「四五六《しごろ》や」と抑えた声が聞こえてくる。

「だいぶなアホどもが集ってるようで」

勇次が苦く笑う。勇次も若い頃は、そんな阿呆の一人だった。

「庭に回ろう」

堀江の目が吊り上がっている。博打は禁じてある。もちろん守るとは思っていないが、昼に、それも自分がいる時にまでとは。

「いえ。アホを相手の時は真っ正面からに限ります」

そう言った勇次が堀江の前に出て。

「堀江様。ここから先は船乗り同士、すべてわしにまかせてもらえんですか」

「うむ、好きにやってくれ」

堀江の言葉で、勇次が下駄を脱ぎ捨てる。

「下駄よりは、わっしの足の裏の方がだいぶ頑丈にできてますんで」

にやりと笑って、腰高障子に思いっ切りに蹴りを入れた。障子戸が心張り棒ごとに中に吹っ飛んで行く。勇次は直ぐに板間に駆け上がり、閉め切られていた襖も容赦なく蹴り倒す。


部屋の中には、褌一丁で汗まみれの男たちが、行灯と蠟燭の薄明かりの中で蠢《うご》めいていた。勇次はサイコロの入った丼やら花札を蹴散らし、蠟燭の火を足裏で踏み消しながら真っ直に進んで行く。

そして閉め切られていた雨戸を障子ごとに蹴り飛ばした。途端に、外からの光と風が部屋の中の淀んだ空気を一気に吹き払っていく。

「何じゃあ、われ！」

襖の下敷となり、勇次に踏まれた男が吠えた。

「わしは白子の勇次じゃあ‼」

海で鍛え上げた大音声で勇次が吠える。

白子の勇次。その名で男たちの体が固まった。江戸へ、大坂へと、大海原を駆け巡る白子廻船。その中でも一番の梶取りとされる白子の勇次。この辺りの水主でその名を知らない者はいない。

誰もが諦めた時でも勇次は諦めない。たった一人となっても海と戦い続ける。そして、必ず仲間を港に連れ帰る。白子の勇次は、すでに伝説と成っている。

「われら、もう船乗りの覚悟は捨てたんか」

勇次が淋しげに言う。船乗りに火事ほど恐ろしい物はない。だがこいつらは倒れた蠟燭よりも、散った札《ふだ》を掻き集めるのに必死となっていた。

「はい。褌は毎日かえる」

無精髭で、藻くず蟹のような顔の男が胸を張って答えた。

「そっちかよ。いや、そっちも大事や」

船の中では荷の間の狭い空間が船乗りの暮らす場だ。長い航海の中では、臭い、臭くない。そんな事でも喧嘩の因《もと》となる。

そして、嵐の中で覚悟を決めた時には新しい褌にかえる。浜に打ち上がった時に、褌が汚かったら一生の恥だ。

「それ、本当に今日かえたんか？」

暗がりの中でも、ずい分と黄ばんで見えた。

「はい。ただ、そのう……」

持ってきた二本の褌は毎日かえている。ただ、博打に忙しくて洗う暇がない。

「すぐに洗ってこい！　体もじゃあ！」

「へえーい！」

勇次の一声で全員が飛び出して行った。

「堀江様。舟を用意してください、明日っからあいつらと海に出ます」

玄関土間に立ったまま、成り行きを見守っていた堀江にそう告げた。

「あ、いけねえ。やりすぎた」

自分が蹴倒した襖を戻そうとしたが、形が変りすぎて元に戻らない。

「かまわん、他から持ってくれれば良い」

堀江の顔に、久し振りの笑みが浮かんでいた。

「新入りさんかい。おれは巳之助だ、よろしく頼まあ」

庭先に、いかにも遊び人といった男が懐手で立っていた。

水主たちからは搾れるだけを搾った。それで、賭場は弟分の長吉に任せて隣りで寝ていたら大声で起こされた。

どうやら新入りが意気がっているようだ。ナマな新入りは最初に〆《しめ》る。それが稼業の掟だから、眠い眼をこすりながらやってきた。

「あんたと仲良くする気はない」

素っ気なくそう言われた。部屋の中が暗くて、大男、そのくらいしか見えない。

「つれないなあ、仲間やないか」

大男で力自慢。自分が一番強いと思っている、そんな奴なんだろう。どんな大男でも、急所に刃を入れれば簡単に死ぬ。そんな事も分かっていない阿呆だ。巳之助の手が、懐の匕首《あいくち》をそっと撫でる。

「あんたと仲間になる気はない。だからわしの仲間には近づかんでもらいたい」

勇次の言葉に、巳之助の眼がすっと細《すぼ》まる。

「そうかい。そやけどお仲間さんの考えはちょっと違うんやないか。なあ、お仲間さんよ」

部屋の入り口からは、戻ってきた男たちが恐る恐るにのぞき込んでいた。

「俺と手え切るいうんなら、今まで貸した金、この場ですっぱりきれいにしてもらおやないか。そやないと、背中のこいつが黙っとらんで！」

縁側に腰を落として、ばんと諸肌を脱いだ巳之助の背には、色鮮やかな弁天様が艶然と微笑んでいた。

刺青《いれずみ》は、堅気の世界とは縁を切ったとの証《あかし》であり、それを晒すのは、「この先何をするか分からんで、覚悟せえや！」との宣言だ。

弁天様の肩越しに、薄い笑いを浮かべた巳之助が男たちの顔をねめつけていく。その視線から逃げるように男たちの顔が次々に伏せられていく。

「博打で巻き上げた金か」

「あんたとは話しとらん。今はこの弁天様がそいつらと話しとるんじゃ。なあ、お仲間さんよ」

男たちの顔がさらに下を向く。できるものなら逃げ出したい。だけど、それができなかったから、今ここにいる。

「なら、その弁天様と話をしよう」

勇次が両手を袖に引っ込めて胸前に回し、その腕をばんと弾き上げる。その勢いで帯が切れ、後ろに飛んだ着物が落ちた後には、真っ赤な褌一丁の勇次が仁王様のごとくに立っていた。

海に灼かれ海に鍛え上げられたその体は、赤銅で造られた金剛力士像そのものだ。そしてその分厚い胸板には、熊野権現の使い神、三本足の八咫烏《やたがらす》が黒々と刻まれていた。

「わしは梶取りや。わしの後ろには海しか無い。だから胸に彫った」

嵐の中で、後は天に祈るしかない。そんな時でも勇次は梶棒を握って戦い続ける。そんな勇次に仲間たちが手を合わせる。

「あほか。わしを拝んでどうなる」

それで、胸に八咫烏を彫った。仲間の願いを熊野の権現様に届けるために。

赤銅色の仁王様と八咫烏が巳之助を睨みつけている。とても弁天様では太刀打ちできそうにない。こんな事なら龍か唐獅子にしておくんだった。

「全部ちゃらにせえとは言わん。一人一分、その辺で手を打て」

勇次の言葉で、水主たちの顔に希望がもどる。

「二分、二分やったら許してやる」

四分で一両だから、七人分で三両と二分。これまでに巻き上げた金と合わせれば悪い稼ぎではない。

「その金は俺が払おう」

水主たちの後ろから堀江が現れた。

「あ、旦那。いらしてたんですか」

巳之助が、慌てて弁天様をしまい込んだ。

「皆、巳之助への借財を申し立てよ。巳之助、二分を越えた分は差し戻せ」

とんだ大岡裁きが始まった。堀江は博打での借金は認めなかったから、結局皆の借金はちゃらとなり、巳之助の財布はだいぶ軽くなった。

「へい」

仁王様と二本差しに組まれたら諦めるしかない。それに、博打は巳之助の小遣い稼ぎであって本来の仕事ではない。この胡散臭い話の裏を嗅ぎ当てろ、そう言われてきているのだ。こんなところで追い出されたら、地蔵の親分に、いや先生に殺される。

堀江は石動に、勇次と同じ三両を渡した。

その後で、堀江は他の仲間を部屋に集めた。勇次は水主たちと海に出ていたので、残っていた浪人三人と巳之助が部屋にきた。

「五月馬之助である」

庭を背に座った石動がそれだけを言って、前に座った浪人の一人をぎろりと見据える。

新入りはどんな奴だ。興味津々でやってきたら髭もじゃの大男が座っていた。胡座の膝に手を置き、自分たちを見もせず微動だにしない。

一瞬眠っているかと思ったが、眼は薄く開かれていた。「半眼」武芸の達人は回りを見ながらも、眼の動きを読まれないようにそうすると、講釈か落語で聞いた事がある。

皆が座り終えた後で、その眼がぎろりと開かれて、今、自分を射抜くかのように見据えている。自分たちとは格が違う。即座にそう悟った。

「や、山城、山城大悟です」

胡座を正座に直して答えた。

「うむ」

石動の眼が隣りの浪人に向かう。

「館林、信二郎じゃ」

「うむ」

「梅宮弘之進じゃ」

胡座のままで軽く頭を下げる。

「うむ」

「巳之助だ。よろしく頼まあ」

壁にもたれて座った巳之助が、目も合わさずに答えた。

「うむ」はなかった。

無言のままに時が流れる。巳之助がちらりと見ると、逆光の中に大きな目だけが白く光って巳之助を凝《じ》っと見ていた。

嵐に立ち向かうには長《おさ》が要る。ふさわしい人間がいれば石動はその下知に従う。それを見極めるためなら一日こうしていてもかまわない。
石動はそれでかまわないが巳之助はたまらない。他の連中の視線が矢のように突き刺さってくる。『どうした、弁天の巳之助さんよ。〆《しめ》るんか、〆《しめ》んのか』
「巳之助です。よろしく頼んます」
足を正座に直して頭を下げた。冗談じゃない、相手は二本差だ。正面からはやれない。

「うむ」

どうやら自分が長として働くしかないようだ。

堀江は、勇次の時と同じく玄関土間から様子をうかがっていた。そして、これで事は成る、そう確信した。だが内心には悔しさもある。堀江にはできなかった事を、勇次と五月は軽々とやってのけた。

だが、自分も今回の修羅場を潜り抜ければ、必ず二人のようになれるはずだ。それが、主殺しという大罪であったとしても。


「おや、石動様。今日はずいぶんと遅いお越しで」

八兵衛が竿袋を手に声をかける。今日は太平も石動もこないし、いつも通りに何も釣れない。それで竿を納《しま》おうとしていたところだった。

「うむ、今日は釣りはせぬ。ご隠居殿に頼みがあって参った」

寺人長屋を出てから急いできたのだが、どうやら間に合ったようだ。

「はい、何なりと」

八兵衛が後を聞かずに引き受け、隣りで伊兵もこくりとうなずく。

「この金で医者を頼みたい」

受け取ったばかりの、懐紙に包まれた三両を八兵衛に渡した。隣り宿の蘭方医に百合を診てもらいたいのだが、どうすれば良いか見当もつかない。

「あー、それはひとまずだ。金はまだある」

「分かりました。ひとまずお預かりして、まずはできる事を探ります」

八兵衛が言い終わる前に、伊兵が桶を持ち上げて歩きだした。

「あー、そんなに急がずとも良い」

「石動様、相手は病《やま》いです。少しでも早いに越した事はありません」

そう言い残して足速に立ち去った。

「うむ。世話になる」

「はい、お世話させてもらいます」

残った二人で頭を下げ合った。


「戻った」

いつものように、建てつけの悪い腰高障子をがたりと開けて、いつものように奥に声をかける。いつもの「お帰りなさいませ」は無かった。

いつもの布団の上で、百合は静かに眠っていた。やつれてはいるが、穏やかで優しい寝顔だった。

三

「ふむ」

石動は、百合と五月の会話を思い出しながら松風を探していた。迷う事は覚悟の上だった。少なくとも、迷っている間は五月と会わずにすむ。

だが意外にあっさりと松風は見つかった。町屋の中に、黒板塀と軽やかな縦格子の門が有り、門柱につけられた軒行灯に「松風」と、涼やかな字で書かれていた。

門を入ると、白の玉砂利の敷かれた坪庭となっていて、所々に熊笹が繁り、何本かの南天が白い花を咲かせていた。十ほど置かれた敷石の先には玄関格子があり、鬱金《うこん》色の麻暖簾がかかっていた。

「おやまあ、お風呂があるのですか？」

「ええ、お風呂にはいってからお食事。そんなお客さんも多いんですって」

だから昼と夕の間も玄関は閉めないのだと、五月が話していた。

中に入ると貧乏神のような爺さんと、背筋をしゃんと立てた婆さんがいた。善じいとお梅さん、すぐに分かった。

「いらっしゃいませ」

「おいでなさりませ」

善じいが直ぐに手桶を持って立ち上がり、お梅が表座敷に手を突いて頭を下げる。

初めての客だった。善じいとお梅が知らない客はいない。ましてこんな大男で、馬のような顔を見忘れるはずがない。

「お待ち合わせでしょうか」

「うむ、いや一人だ」

「お足を濯ぎます」

善じいが水の入った手桶と盥を持って男に近づく。髭のせいで顔が変っていても、足さえ見れば思い出せるはずだ。

「無用」

あっさりと断られた。

「お名前、うかがえますやろか」

「うむ、石動と申す」

善じいとお梅が顔を見合わせて横に振る。二人ともに聞き覚えがない。

「はい、いしゅるぎ様、少々お待ちを」

お梅が奥に飛んでいく。

「小夏っちゃん大変や！　いしゅるぎたら言う毛むくじゃらの大男が因縁つけにきよった」

その言葉で駆けつけて、いしゅるぎの前に手を突いた。

「お女将でござります。お客様、どないなご用だっしゃろか」

「あー、小夏殿か」

一目で分かった。五月の話のほとんどが小夏の事だったのだ。

「あ、ひょっとして」

「うむ、五月がいかい世話になっておる」

大男は五月の父親だった。だが、まだ気は抜けない。働く女子衆にとって、身内は時として敵となる。親兄弟、親戚やらが、給銀の前借りに来るのは珍しい事ではないのだ。そんな家族から女子衆を守るのも、お女将の大事な仕事の一つだ。

「五月に、何のご用だっしゃろ」

笑みを浮かべたままで、きりっと石動の目を見る。

「あー、大した用ではない。伝えたき事があって立ち寄った」

「今、呼ばせます。お梅」

どうやら、娘を喰い物にする親ではないようだ。

「あー、それほど急いでおらぬ。仕事が終わってからで良い」

実を言えば、あのまま百合とともに五月の帰りを待つつもりだった。だがそれをすれば、百合と五月の両方に叱られる。そんな気がしたのだ。

「それやったら、うちの部屋でお茶でも飲んでておくれやす」

「無用。このままで良い」

その言葉で、小夏の小鼻がぴくんと膨らんだ。

「それではうちが迷惑だす。そんな怖いお顔が玄関に突っ立っとったら、気いの弱いお客はんは良う入ってこられまへん」

「うむ」

恐い顔らしい。それは知っていたが、こうもはっきりと言われたのは初めてだった。

「あー、家で待つ」

石動が踵《きびす》を返そうとした途端に、小夏の小鼻が弾《はじ》けた。

「冗談やおへん。一度でも暖簾くぐったらうちの客や。まして女子衆の親御はんに茶ぁの一杯も出さんで帰す。そんなみっともない真似は死んでもやらん」

小夏の目が一直線に石動を見据える。

「あー」

「お願いや石動はん。お茶の一杯、お菓子の一つくらいはつまんだって」

小夏が小さく手を合わせた。

「うむ」

「立ち入るようどすけど、何のご用からかがってもよろしいだっしゃろか？」

玄関脇の三畳間。客の出入りがすぐに分かる小夏の部屋で、小夏がお茶を淹れながら聞いた。

「うむ。百合が、あー、妻女が身罷《みまか》った」

「み、みまかったって」

小夏の目が大きく瞠かれる。

「あー、亡くなった」

「そんな事分かったる！」

小夏が吠えて立ち上がる。

「お梅！　善じい！　誰でもええ！　すぐに五月呼んだって！」

「あー、仕事が終わってからで」

「何言うてんねん！　そら仕事は大事や。そやけど親の生き死により大事な仕事なんてあらへん！」

吠える小夏の目には涙がにじんでいた。

小夏は親との縁が薄い。母は小夏が八つの時に、小夏と父を捨てて出て行った。そして十二の時に父を亡くした。

鬼カサゴとの間にも、まだ子には恵まれていない。そんな小夏にとって、松風の女子衆、男衆のすべてが自分の家族だ。家族の親なら自分の親だ。涙が次々にこぼれて落ちてゆく。

「お女将さん、ご用は……」

五月の言葉が止まる。呼ばれて駆けつけたら、涙を流す小夏と、ここにいるはずのない父の姿があった。

「お母様！」

小さく叫んで土間に下り、そのまま駆けだした。

「デコっ！　五月の下駄持って追っかけや！」

女子衆の下駄は上がり框の下に置いてある。下駄の背には名が書いてあるから間違える事はない。

「へえ、そやけど」

たまたま用を言いつかってきた秀太の下駄は、当然板場に置いてある。

「お前なんか裸足でええ。早よいけ！」

「へいー！」

秀太が下駄を抱えて飛び出して行った。

「うむ」

どうやら伝えたい事は伝わったようだ。腰を上げようとしたら、小夏に吃《き》っと睨まれた。

「石動はん。この後はどうされるおつもりだっしゃろか？」

この後には通夜と葬礼。それは分かっているが、どうすれば良いかはまったく分からない。

石動家は石動が初代のようなものだから、葬礼を出した事がない。父の時には親戚が仕切ってくれたが、この地に寄る辺はない。頼るとすればご隠居だが、家は知らないから釣り場で待つしかない。

「あー、とんと見当がつかぬ」

「それやったらうちが仕切ります。よろしいだっしゃろか」

大事な女子衆のためだ、できる事は何でもする。

「うむ。よしなに頼む」


通夜は無しにした。

石動が百合を入れた早桶を担ぎ、小夏の先導で西念寺の焼き場に運んだ。五月は、どこか虚ろな目のまま無言でついて来た。

住職の読経の中で早桶が炎に包まれていく。

「あ、お母様……」

炎に包まれた桶が崩れる時に、一瞬人の形が見えて、五月が小さく悲鳴を上げた。

「あれは百合ではない。百合の脱け殻にすぎぬ」

石動の大きな手が五月の肩に置かれた。

「はい」

父の手の上に自分の手を重ねた。まだ、自分は一人ではない。

明日の昼まではかかると言われたので、小夏たち──小夏と松風の番頭の清兵衛──と別れて長屋に戻った。

長屋では、秀太が夕食の用意をしてくれていた。

「かたじけない」

秀太に礼を言った時、百合の「くすっ」という声が聞こえた。

膳の前で箸を取ろうともしない五月に、百合なら何と声をかけるだろう。

「あー、食せ。食すのは生きておる者の勤めじゃ」

色々と考えたが、出てきたのはそれだった。

その夜、五月は父と母の布団を敷き、その横に自分の布団を敷いた。いつもは板間で寝るのだが、今日だけは、母のいた部屋で寝《やす》みたかった。

「わしは果報者であった」

布団の中で父がぼそりとつぶやいた。そして、直ぐに健やかな寝息を立て始めた。

五月はなかなか寝つけないでいた。父は幸せだったと言う。だけど母は。

病いに苦しむ母、それを必死に隠そうとする母。今の五月に浮かぶのは、そんな母の姿だけだった。


かすかな味噌の匂いで五月は目覚めた。

部屋には朝陽が差し込み、台所からは味噌汁の匂いが流れてきていた。

「お母様」

そうだ、昨日の事は悪い夢だったのだ。

跳ね起きて台所に行くと、七輪の前に父がしゃがんでいた。

「あー、生姜湯を作ってみた。食せ」

石動も百合の死が実感できないでいる。それで決めた、思い出せる限りの百合を思い出すと。思い出す事が有る限り百合は生きている、そう決めた。それで、百合がおいしいと言った生姜湯を作ってみた。

「まったく違います。何をどうすればこうなりますか」

こと料理に関しては、五月は容赦がない。

「あー、まずいか？」

「ご安心ください。まだまずくなってはいません。おいしくないだけです」

何だか太平さんみたい。口の中で小さく「くすん」と笑った。

「大丈夫です。私がおいしくします」

ますます太平みたいだった。

とにかく味が薄かった。素人が料理をすれば普通は味が濃くなる。これだけ薄くても完成したと思える父の舌は、それはそれなりに立派と言える。

味噌が入った後で生姜を煮出す訳にもいかないから、すり下ろして加えたが、やはり太平のとはだいぶ違っていた。

「でも、これはこれでおいしいです」

味を見ているうちに、お腹の虫がきゅるんと鳴きだした。仕方ない、夕べはお茶碗に一杯しか食べていないのだ。それで味噌を足し、残り御飯を入れておじやとした。

「おやまあ、おいしそうなこと」

昨夜はまったく思い出せなかった母の笑顔が、鍋の湯気の向こうに浮かんでいた。

「うむ」

珍しく、石動が後を続けた。

「うまい」

鍋いっぱいのおじやを二人で空にした。


寺には、昼よりだいぶ前に着いた。

二人が寺の裏手に回ると、寺男が燃え残った熾《おき》に砂をかけていた。

「あ、上がった。は、早かった」

三十前後と覚しき寺男は、二人を見る事なく砂をかけ続ける。

「痩せてましたものね」

五月の声にとがりが出る。

「そ、それで、早く上がった」

寺男の言葉に、五月の肩が小さく震える。

『上がったって何なのよ！』叫ぼうとする五月の肩に石動の手が置かれた。

「き、きれいで、優しいお骨。い、今はお寺」

後は「なんまいだぶ、なんまいだぶ」と唱えながら砂をかけ続ける。

「許してやれ。あの者に罪は無い」

五月の肩を抱くようにして、庫裏《くり》に向かう途中で石動がそう言った。

嵐が過ぎれば、地に残った傷痕は誰の目にも明らかとなる。だが心に残った傷は、誰にも見えないままにさらに深く刻まれていく。あの男も、そんな傷を抱えて生きているのだろう。


庫裏《くり》に行くと脂ぎった顔の住職が、汗を拭き拭き本堂に案内してくれた。

「ひん」

本堂に入った途端に五月が息を呑む。本堂の一角に白布が敷かれ、その上に白い物が人の形に並べられていた。

「えー、ご説明申し上げます。この小さなお骨《こつ》が喉仏、言いましてな。ほれ、このように、合掌した仏様のように見えとります」

白木の箸ではさんだ小さな骨を、五月の目の前にかざして見せた。

「無用！」

石動が五月の前に出て住職を一喝した。

「そやけど、お骨にはそれぞれにでんな」

「骨《ほね》は骨《ほね》。それで良い」

ぎろりと一睨みした。

続経が終わり、何やら唄のようなものが始まると、後ろから唱和する声が聞こえてきた。いつの間にか、石動と五月の後ろに小夏と鬼カサゴ、番頭と善じいが座り、その後ろには、お粂ばあさんと長屋の女房連が座っていた。

五月は父と二人だけで済ますつもりだった。母を知らない人にまで迷惑はかけられない。

「五月、間違うたらあかんで。葬礼《そうれん》は亡《の》うなったお人のためが半分、後の半分は残されたお人らのためや。あんたはんらにはうちらがついとります。それを伝えるためにもあるんやで」

葬礼が終わって住職が「では、法話でも」と言うのに小夏が「あほか。あんたは声がええさかいお経がありがたく聞こえる。そんだけのこっちゃ。誰があんたみたいな生臭の法話なんか聞くかいな」

そう言うと前に進み出て、骨壺に手を合わせた。

「お母あはん。こないに良え娘さんを育ててもろてありがとさんどした。ほんにご苦労はんどした。後はあんじょう、ゆっくりと休んでおくんなはれ」

深く頭を下げる小夏に、五月も石動も深く頭を下げた。

「石動はん。これあまりましたんでお返しします」

庫裏でお茶を出された後に、小夏が石動の前に帛紗《ふくさ》を置いた。

石動には葬礼の相場が分からない。それで、小夏にひとまず二両を預けた。

「うむ、いかい世話になった」

帛紗を開いて、中の紙包みをそのまま懐に入れようとした時に。

「石動はん。お金の事でござります」

小夏に吃っと睨まれた。

「うむ、そうであった」

懐紙の中には一両一分と、香典の額、掛かりを記した書き付けが入っていた。

高いのか安いのかは分からないが、小夏の仕事に間違いはない。その事は確信できた。

「うちの顔に何ぞついとりますか?」

つい、まじまじと小夏の顔を見ていた。

「うむ」

女丈夫《じょうふ》。そんな言葉が浮かんだ。男なら士大夫と呼ばれていただろう。五月が小夏に憧れるのにも得心がいった。

「あー、五月のこと、よろしく頼む」

若き日に、この人こそ終生の師。そう思える漢に巡り合った時の事が思い出された。

『百合、安心せよ。五月は己れの師を、己れの手で探し当てた』

寺の山門を出たところで小夏たちとは別れた。

お粂ばあさんと女房連は寺に残った。今ごろは、ずい分と生臭い法話が飛び交っている事だろう。

法名　百優　行年四十
そう書かれた半紙と、五月の胸に抱かれたお骨、それが母のすべてとなった。

母は十九の時に五月を産んだという。だったら五月は、母の人生の半分をともに生きてきた事になる。

「あっ」

「うむ？」

「何でもありません」

すっかり忘れていた。今日、五月九日は五月の誕生日だった。

「五月は本当に良い季節《とき》に生まれました。草木がぐんぐんと育ち、いろんな物がどんどんとおいしくなる頃です。さあ、たんと召し上がれ」

五月の誕生日には必ず散らし寿しを作ってくれた。散らし寿しは五月の大好物だから他の時にも作ってくれるのだが、甘辛く煮付けたトコブシが入るのは誕生日だけだった。誕生日以外の散らし寿しにトコブシをねだって駄々をこねた事があった。

「あれは特別の日のご馳走ですよ。五月は、自分の誕生日が特別の日でなくなってもよいのですか」

その特別の日は、もう失くなってしまった。

「父上」

ついた。

「うむ」

「父上が鯉を釣ったところに連れて行ってください」

父が母のために鯉を釣った場所、なぜか無性にそこが見たくなった。

「うむ」

立ち止まって首を巡らすと、お城の桜の木が見えた。道は分からないが、方角の見当はついた。

すたすたと歩きだした石動の後を、五月が速足でついて行く。その五月の目の前を、黒い物が「しゅん」とよぎった。

「ひゃん！」

よろけかけた五月の肘を、石動がしっかりと支えてくれていた。

「燕の子じゃ。飛ぶのが面白いのであろう。許してやれ」

五月の顔に戸惑いが浮かぶ。父の口から「許してやれ」を聞くのは今日二度目だった。

父は許さぬ人。そう思っていた。

「筋を通せ」「それでは筋が通らぬ」部下たちとの会話にも、そんな言葉が良く聞かれた。

だからあの事件の後、百合と五月の心配は、「切腹」ただそれだけだった。

だが父は何も言わずに藩を去った。なぜ筋を通さぬままに旅に出たのか。五月にはその事がずっと疑問だった。

だが、今ようやく分かった。父は、あの男と藩の事を許していたのだと。今、燕の子を許したように。

「うむ」

何とか無事にたどり着いた。

水面に垂れた柳の葉が、風にそよいで時折りに裏葉を銀色に光らせ、対岸には紫の花が列を作っていた。

「まあきれい。あやめでしょうか、杜若《かきつばた》でしょうか。それとも菖蒲《しょうぶ》でしょうか」

「好きに呼べ」

人に名がなければ呼ぶのに困るが、石動は花に呼びかける気はない。あの花、この花、それで充分だ。

「いつもなら、ここにご隠居たちがおる。握り飯を分けてもらった事がある」

「あら、まあ」

お結びを分けてもらう父の姿、とても想像がつかない。

「わしは、あそこで釣っておった」

石動の指差す先には、細い桟橋がきらめく水面に突き出していた。

「本当に良く釣れそうなところですね」

「うむ、わしもそう思った」

そこに太平がやってきた。

「釣りたいんですか、釣りたくないんですか？　ええ、もちろん、世の中にはですね」

初めて会った太平に教わりながら釣り上げた大鯉の話、三日続けて釣った時の、ご隠居の実にうらやましそうな顔。「のれん」の話。

「五月」

「はい」

父がこんなに話すのを見るのは初めてだった。

「戻ろう。あー、一生分を話した」

一つを話し始めたら、次々に話が出てきた。しかも、すべてどうでも良い話ばかりだった。そんなどうでも良い話を今までにもしていれば、百合の「おやまあ」というあの声と、あの笑顔をどれだけ見られたのだろう。

四

「あ、お帰りなさい」

長屋に戻った二人を太平が出迎えた。

しかも、家の中にはなんだか良い匂いが漂っていた。どうやら勝手に入り込んで勝手に料理をしていたようだ。さすがに五月も、その図々しさには腹が立った。

「太平さん！」

一体どういうおつもりですか。と言う前に太平が、五月の抱いた白い布包みに向かって。

「百合様！」

叫んだ途端に、その両目から大きな涙がぼろぼろと落ちていく。

「ごめんなさい百合様。私、私、海に出ていて、全然知らなかったんです」

今日は昼前に一流しした。目当ての大鯛は空振りだったが、それなりの釣果は得た。

御用の一環で得た魚だから、本来はお城に納めるべきなのだが松風に向かった。理由は簡単で、太平は台所奉行の坂名大膳が大っ嫌いなのだ。「ええ、お魚の事も料理の事もまったく分かっちゃいません。ええ、お魚がかわいそうです」

それに松風には五月がいる。魚も太平も幸せになれるのだ。

そして松風で話を聞いた。

お寺に行くには遅すぎる。そう思って長屋にきた。留守宅に勝手に入る訳にもいかず、井戸端をぐるぐると回っていたら、留守番に残っていた静代が声をかけてきた。

「太平さん。こういぅ時は長屋で料理作るんやけど、お粂さんたちお寺に行ってしもたん。どうしたらええやろ？」

実は、お粂ばあさんがその事を石動に言い、石動が「あー、無用に願いたい」の一幕があったのだが、お粂ばあさん、その事を静代に伝え忘れた。

「あ、お料理！　はい、作りましょう」

ただ待つよりは、何かしていた方が気が紛れる。それが料理なら申し分ない。

長屋の戸締まりは心張り棒一本だ。いる時に中から支う。いない時に戸締まりはないし、盗られるほどの物もない。留守番役の静代があちこちをのぞいては、目ぼしい物を漁《あさ》っていく。

「うわあ！　良い蓮根ですね」

細身だけど、ずしり、と持ち重りがある。

「ええ、包丁を入れたら弾けちゃいそうです」

太平の顔がへへへの字となり、静代の顔もにんまりとなる。

「そやろ。うちの宿六がもろてきたん」

静代の亭主は庭師だから、池の浚《さら》えも仕事の内だ。時にはこんな余禄もある。その蓮根で料理が決まって、長屋の子供を松風とのれんに走らせた。


「だって、あんなに、えっくく。楽しそうに、えっくく。しょっとして、あの日無理を、えっくく。なしゅって、えっくく」

涙と鼻水のついでにしゃっくりも出てきた。

大の大人が、しかも武士が人前でこうも臆面も無く泣けるものか。五月の最初の怒りは、とっくに呆れへと変っている。

「あー、お主のせいではない」

石動も正直呆れている。だが、太平の涙は百合のために流されている。

「お主のおかげで、百合の笑顔を幾つも見た。礼を言う」

その言葉で太平が天を仰いで、さらなる号泣をしかけたところに「ぱちーん」と小気味の良い音が響いた。

太平と石動の目が大きく開かれて五月を見つめる。

「あら」

五月も大きく目を瞠《みひら》いて、自分の右手を見つめる。おかげで、太平の涙としゃっくりが止まった。

「太平さん。お武家様が女子供のように取り乱して何とされますか」

五月が、姉が弟に言うかのように太平を叱る。

「ごめんなさい。はい、こんな事をしてる時じゃありません。ええ、まだ途中なんですから」

すぐに七輪の前に戻って鍋をのぞきこんだ。

「大丈夫です焦げてません」

唐金の鍋では鯛でんぶを作っていた。長屋の子供を松風に行かせて、太平の釣った小鯛を何尾か持ってこさせた。

板間の上にはお条ばあさんの家から持ってきた寿司桶が、三つ並んでほわりと湯気を立てている。

「散らし寿し、ですか」

五月の目が再び大きく開かれる。

夏場に、酢を効かせた散らし寿しはこの地の寄り合いには欠かせない定番だ。だがその華やかな色どりが、不祝儀にはふさわしくないと嫌う家もある。

「いけませんでしたか?」

「その黒いものは何ですか?」

桶の中は、後は鯛でんぶを散らすだけとなっている。梅酢で縁を紅に染めた蓮根と、細く切られた錦糸玉子が、まるで花と雄蕊《おしべ》のように幾つも散らばっていた。

その花の間から、混ぜ込んだ具が幾つか顔を出している。

「あ、椎茸と煮貝です」

「煮貝?」

「はい、トコブシの佃煮です。ええ、のれんの秀次さんに分けてもらいました」

秀次は鮑よりもトコブシが好物だ。それも、生よりは甘っ辛く煮つけた物で冷や酒を飲《や》るのが大好きだから、トコブシの佃煮を切らす事はまずないのだ。

「とこぶし……」

そう言うのがやっとだった。

帰って来たお粂ばあさんたちが、大喜びで寿司桶二つを持って行った。

「どうぞ、冷めないうちに」

太平が五寸ほどの赤絵皿（もちろん、お粂ばあさんの皿だ）に散らし寿しを取り分けて、石動と五月の前に置く。後は鯛のアラの吸物の椀（当然、お粂ばあさんからの借物だ）だけだから、箱膳を出すまでもなかった。

「ええ、もちろんお寿しなんですから冷めたっておいしいんです。でもですね、私のおすすめはほんわか温《あ》ったかです。ええ、絶対にそれが一番おいしいですから」

「はい、私も」

胸が詰まって、次の言葉が出てこない。

「うむ」

その散らし寿しで石動も思い出した。今日が五月の誕生日だった事を。

もし石動が太平と出会わず、鯉を釣る事も無ければ、その散らし寿しは百合が作っていたのかも知れない。

あまり知られていないが、鯉の生き肝（胆嚢）は強い毒を持つ。中国では、ある五年間の統計で食中毒が八十二件、死者二十一人という報告が有る。国内でも、生食の習慣のある地方での被害が報告されている（野口玉雄著『フグはなぜ毒をもつのか』ＮＨＫブックス１９９６）。

鯉の毒は肝臓の変性、壊死を惹き起こすから、体の弱っていた病人の命取りとなった可能性は高い。もちろん、百合の病名が分からない以上すべては想像でしかない。

五月はトコブシの最後の一切れを、しっかりと噛みしめた。

「おやまあ、もう食べてしまいましたか。よほどおいしかったのですね」

空になった五月の皿を、母が嬉しそうにのぞき込んでいた。

「はい、おかわりまだたっぷりありますからね」

太平が寿司桶と杓文字《しゃもじ》を持って、五月の前に座っていた。その顔に、母の顔が重なった。

「お母様」

気がついたら太平に抱きついていた。太平の首に手を回し、肩に顔を埋めたら、次から次へと涙が溢れてきた。

「あっ、いえ、はい」

寿司桶と杓文字を持った太平が首を回すと、石動が、あんぐりと口を開けてこちらを見ていた。

「ええ、はい」

「ううむ」

石動が目を外して、散らし寿しを黙々と食べ続ける。

五月は声もなく、ただただ涙を流し続けていた。心に溜っていたものが、次々に涙となって太平の肩を濡らしていく。

「あー、仕事が有るゆえ、しばらくはこの地に留まる」

横になった石動がぼそりと告げた。

「はい」

母がいなくなった今、父がこの地に留まる理由もなくなった。父は再び名古屋を目指すのだろう。その父の世話は、母に代わって自分がするしかない。その事は分かっている。分かってはいる。

石動も布団の中で思っている。百合がいなくなった今、なぜ自分は名古屋を目指すのだろうと。


名古屋にいるのは石動の剣の師で、名を東郷鉄心と言う。

東郷は薩摩藩士だったが、剣の道を志して回国修行の旅に出た。その途中で石動のいた道場に立ち寄り、一年半ほどを過ごした。

出会って直ぐに石動は東郷を生涯の師と定め、東郷は、三才年下の石動を生涯の友と定めた。東郷が去って後も、文のやり取りは続いている。

今、東郷は名古屋で道場を二つ持ち、そこには尾張藩の上士も多く通っている。だから、何かあった時には必ず私を頼ってくれ。と最近の文に書いてあった。石動の真っ直な気性を愛した東郷は、その気性ゆえに起こり得る事も危惧してくれていた。

石動は武士としての生き方しか知らない。百合も五月も、武家の妻女としての生き方しか知らない。仕官が叶えば二人をまた武家の妻女に戻せる。それで名古屋を目指した。だが百合はすでに亡く、五月は自分の足で立とうとしている。

「ふむ」

この地に残れば、石動は武士を捨てる事となる。

「この地に残りたいか、五月」

石動は、その言葉を出せずにいる。


翌朝、石動は釣りに出た。

鯉を釣る必要はなくなったのだが、他にする事もなかったので、竿を持って家を出た。手提籠は家に置いてきた。


五月は母の荷を整理していた。

父が背負っていた箱行李《はこごうり》には、母の着物一枚に帯が一本、家紋の蜻蛉《とんぼ》紋の入った黒の羽織が一枚入っていた。他には普段使いをしていた抹茶茶碗と、茶点《だ》ての一揃いに矢立と帳面。母自身の小さな振り分け行李。

それが母の形見のすべてだった。

「あら？」

小さな柳行李の中には、わずかな化粧道具とともに、帛紗に包まれた白サンゴの簪《かんざし》が入っていた。その簪は、母が旅の間ずっと挿していた物だった。

飾り物にはうとい五月から見ても、あまり高価な物とは思えなかった。

「これはね、お父様に初めておねだりをした物なんですよ」

旅の宿で、石動が風呂に行っている間に、母が悪戯っぽい笑みとともに話してくれた。

石動との結婚に両親の反対が強くて、間に入っていた兄が音を上げた。

「俺が必ず説得する。だからしばらくは顔を出すな」

石動が顔を出すたびに両親がさらに頑《かたく》なになる。そう見ての忠告だった。そして、その事を百合に伝え忘れた。

その日、友人と祭り見物にきていた百合が、石動を見つけた。

人混みの中でも頭一つ以上は飛び出しているのだ。見逃すはずがない。

「おやまあ。家にはこられなくても、お祭りにはこられるのですね」

ちくりと言って、石動の顔を吃《き》っと睨んだ。

石動は祭りの事など知らなかった。道場で知り合った剣士、東郷の寄宿する寺にきていた。そこで夜を徹して語り合い、朝から今まで汗を流しての帰り道だった。

「あー、いや」

石動の困った顔を見て百合は察した。

「兄上ですね。兄上に何か言われたのですね」

百合は怒っていた。

望むと言われて「はい」と返事をした。反対される事は分かっていた。父は家格を一番に考える人で、母も常に世間体を気にする人なのだから。

それでも「はい」と返事をした。石動が来て「行こう」と言えば「はい」と答えてついていく。そこまでの覚悟を決めての「はい」だったのだ。

「百合ちゃん、大丈夫？」

友人が小さく声をかけてきた。馬のような顔の大男を百合が睨みつけている。

「ごめんなさい、利緒ちゃん。私、この方と一緒にお祭りを見ます。この方は、私の許《いい》嫁《なずけ》です」

そう言って振り向くと、石動の顔をちくりと睨んだ。

「へっ⁉」

利緒の目が点となる。百合に許嫁がいるのも初耳だが、小柄でお人形さんのような百合と、馬のような大男。とても釣り合わない。

だが百合は、利緒とお付きの小者に頭を下げると、その若者の手をしっかりと握った。

「お母様からですか？」

「はい、大変な人混みでしたもの。手を握っていなくてははぐれてしまいます。いけませんか？」

いけなくはないがはしたない。その時はそう思った。仕方ない。その時には自分がもっとはしたない真似をするとは、五月もまだ知らなかったのだ。

若い男女が手をつないでいれば、もてない男たちに冷やかされる。だが石動がぎろりと一睨みすれば、誰もそれ以上は絡んでこない。

「あら、きれい！」

百合が露店の一軒で足を止めた。

様々の小間物が並んだ店先に、夕陽を受けて薄紅色に輝くサンゴ玉の簪があった。

「あの簪を買ってください。今日まで会いにこなかったこと、それで許してあげます」

「うむ」

石動の手が刀に掛かる。

簪には値札が付いていなかった。手持ちの金で足りなければ刀を売る。今、夕陽に照らされて輝くように微笑む百合。その笑顔のためなら刀などどうでもいい。

「それを購《あがな》う。値はいかほどでもかまわぬ」

とんだ鴨葱。と思った露店商だったが、刀に手を掛けてぎろりと睨んでくる大男相手に、値を吹っかけるだけの度胸はなかった。刀は売らずにすんだ。

「何て不器用な人。この人は私が一生守ってあげる。そう決めたの」

そう語った母の言葉が、今の五月には少しだけ分かる気がする。

母の帳面には、日々の出銭と簡単な覚え書きが記されていた。

『お伊勢様参る。祭りのよう、人に酔う。女人は禁、茶店で待つ。五月、赤福を五皿』

「違います！　四皿です」

母が一つを食べた残りは確かに五月が食べた。でも、あれはあくまで母の一皿だ。

『桜、吹雪く。まるで浄土』

『朝、蛤汁。五月ご飯を入れる。五月は食べるのが本当にじょうず』

そうだった。蛤汁が本当においしかったので、そこにご飯を入れたら母に睨まれた。

「お母様、これは汁かけご飯ではありません。お汁にご飯を入れたのですからおじやです。立派なお料理です」

五月の苦し紛れに、母がくすんと笑った。

日が経つにつれて、文字に乱れが増えてくる。一番最後は黒い点と、そこから流れる一筋の細い線で終わっていた。

『ありがとう――』

辛うじてそう読めるそれが、母の最後の言葉だった。

五

太平は海にいた。

「やっぱりスズキさんでしょうか」

昨日は小鯛が何枚か釣れたが、今日は気配すらない。上ダナを流す徳造には、順調にスズキやサバが釣れている。

今度の客は釣りが初めてと聞いたから、是非とも鯛を釣って欲しいのだが坊主は困る。一日船に揺られて何も釣れないでは、二度と釣りは御免となるだろう。

釣りは早めに切り上げてみおし丸に向かった。

長く続く砂浜の所々に岩場が海に張り出していて、その内の一カ所がみおし丸の生簀《いけす》場となっている。そこに船を着けると、直ぐに弥太太夫が磯伝いにやってきた。

「そこに沈めてある籠三つが海老や。一つに大体二十、三つで六十ほどある。これで釣れんなら釣りやめてまえ」

自然の窪みを利用して作った生簀は、幅一間ほど（約二メートル）、長さは三間ほど（四、五メートル）ある。その上には何本か丸太が渡され、結んだ縄に生簀籠が吊るされている。

「浅くないですか」

太平が心配そうに聞いた。一番上の籠は海面から一尺ほどしか沈んでいなかった。

西の空からは暗い雲が張り出してきている。多分、今夜から朝にかけて雨になるはずだ。

「ほー、偉くなったもんやのう、太平の若様よ。わしに海老の活《い》け方教えてくれるんかい」

褌一丁に、丸に弥の字の半纏を羽織った弥太太夫が、楽しそうに太平を睨んだ。

「あ、だって、あんな空の時は雨になるって教えてくれたじゃないですか。あれ、徳造さんだったかしらん？　ええ、でも海老が雨水に弱いって言ったのは絶対にやたろさんですからね」

　太平が口をとがらせて喰ってかかる。

「太平よ、雨は降る。そやけどあの色なら大降りにはならん。海老は真水で死ぬ。そやけど、ちったか真水が混じったくらいで死ぬほどやわやない」

「あ、はい。さすがやたろさんです」

　太平の顔が納得の笑顔に変る。太平にとって弥太太夫と徳造は、大事な海の先生なのだ。

「太平さんよ、わしの名は弥太太夫や」

「はい、もちろんですやたろさん。あ、やたたろさん。あ、やたたたたろうさん。あ」

「やたろでええ」


　柳の木の下には、いつものようにご隠居と伊兵がいた。

　軽く会釈を交わして、石動は柳の木の反対側の、いつもの場所で竿を出した。

　重心の遠い鯉竿は正眼には構えられないので、左手で竿尻を腰溜《こしだめ》に持ち、右手で支える。刀ではなく、長槍を持つ要領だ。

　川面に竿を出すと、色々の想いがすっと消える。後はただひたすらに、竿と浮子《うき》に集中する。穏やかだが張りつめた時間が、ゆったりと流れて行く。

「何か御用か、伊兵殿？」

振り向きもせずに石動が、背後に近づいた伊兵に声をかけた。

伊兵の顔がわずかに強《こわ》ばる。つい、気配を殺して近づいてしまった。だが一間以上の距離で悟られたのは初めての事だった。

「いえ、それでは太公望なんで」

そう言って、餌の入った割り子を差し出した。

「うむ」

餌を買ってくるのも、付けるのも忘れていた。道理で浮子が寝たままのはずだ。

「あ、私がつけます」

石動が竿を立てて飛んで来た浮子を伊兵がすっと摑まえる。

「何か体術をやっておられるか」

最前の気配の殺し方。そして日頃の身のこなし、ただの商人《あきんど》とは思えない。

「滅相《めっそう》もない」

とは答えたが、なんだか石動には、自分の少しを話したくなった。

「伊賀の生まれです。子供の頃に忍者ごっこに夢中になっていた。それだけのことです」

もちろん、伊賀にも甲賀にもすでに忍者などいない。だが惣と呼ばれる村の中には、連綿と忍術を伝え続けているところも、あるにはある。だがそこで受け継がれているのは、術ではなく技だ。人より早く走る、高く飛ぶ、長く泳ぐ。要は村総出の運動会をしょっ中やっている。そんなところだ。

八兵衛も似たような村で育った。それが、今の二人の裏稼業にはずい分と役に立っている。

しばらくすると、姿を見せた浮子がすぐに消し込んだ。

上がってきたのは、一尺には足りないが色鮮やかな緋鯉だった。

「へえー。長く釣ってますけど、こんなきれいな紅《あか》を見るんは初めてです」

ご隠居の言葉の後は三人とも無言で、桶の中を泳ぐ緋鯉に見入っていた。

「うむ。伊兵殿、放してやってくれ」

「え、生き肝は？」

「あー、もう要らぬ」

石動の言葉に、八兵衛と伊兵が息を呑む。その言葉の意味するところは一つしかない。

「お預かりした三両ですが」

一両はすでに、医者との仲立ちの男に払った。今日、明日のうちに、その男からの連絡がくるはずだった。

「要らぬ」

好きにしてくれと言いかけて止めた。それではあまりに失礼に過ぎる。

「すまぬ。しばらく預かっておいてくれ。あー、二、三日はこられぬ。その後はまた世話になる、と思う。よしなに頼む」

そして八兵衛と伊兵は、もう一度だけ石動の世話をする。そして監物と玉井、この二人とのけりをつける。そう決めるのだが、それはもう少し先でのお話。

石動は人生に迷った事がない。いや、迷っている暇がなかった。貧乏藩士の次男に生まれ、己れの道を切り拓くために必死で走ってきた。道場に入る時と、学塾に入る時の束脩《そくしゅう》は父に頼ったが、その後はほとんどを自分で工面した。大人にひけを取らない体と、大人にしか見えない顔で、大人に混じって働いた。

百合との時は迷う前に口にしていた。

役についてからも迷う事はなかった。できる事を、正しいと思う事をする。それだけの事だった。

五月の縁談の時に初めて迷った。

横矢は石動のかつての上司、西川の肝煎《きもい》りでやってきた。横矢は筆頭家老横山の庶子であり、いずれは港奉行を見据えての人事。そんな噂も一緒にやってきた。

石動は噂にも派閥にも興味がない。人が欲しいところに人が来た、だから受け取った。

「横矢は文武両道、ともに優れておる。ま、今はふらふらして見えるが、ほれ、男は家庭を持つと変るというではないか」

港番所を訪れた西川が、福々しい笑顔でそう言った。

西川はこの恵比寿様のような笑顔と、臆面もないおべっか。その二つを武器に横山の側近へと上り詰めた。

横矢は上役の奥方と関係し、それが当の上役にばれた。横矢と奥方を二つに重ねて成敗すると、息巻く男を西川が宥《なだ》めた。

男も冷静になれば、筆頭家老の子を斬るほどの度胸はないし、奥方にも未練はある。二度と横矢を城下に戻さぬ事、それを条件に矛《ほこ》をおさめた。


それで、港番所に押し込んだ。

「私もこの地で生まれ変ろうと思っています」

横矢から、回り回っての横山からの感謝。それを期待してわざわざ港番所にまで出向いた西川に、横矢が殊勝にもそう言った。

「つきましては」

石動の娘と一緒になりたい。養子でかまわないとせがまれた。

「五月さんのようにしっかりした娘さんが一緒になってくれれば、さぞかし御家老もお喜びであろう」

五月と会った事もない西川に娘を褒められても嬉しくはない。だが、五月にとって悪い話ではない。そうは思った。

「嫌なら断れ」

横矢に対しての一抹の不信が、余分の一言となった。自分の迷いを五月に預けてしまった。

五月が横矢と出会い茶屋に入った。

その噂は石動の耳にも入ったが、五月には何も言わなかった。それぞれ大人の男と女だ。石動だって婚礼の前に百合と結ばれている。あの祭りの夜に。

知行召し上げの上、領内所払《ところ》い。

そのお沙汰が重いのか軽いのか、石動には正直分からなかった。だが五月の事を考えればありがたいと思った。

「傷物」女を物としか見ない言葉が、この地にいる限りは付きまとう。だったら新しい地でやり直せばいい。

そして今、五月はこの地で生き生きと生きている。そして自分は。

「ふむ」

石動は、初めて自分の人生を迷っている。

第三章

嵐の前の騒がしさ

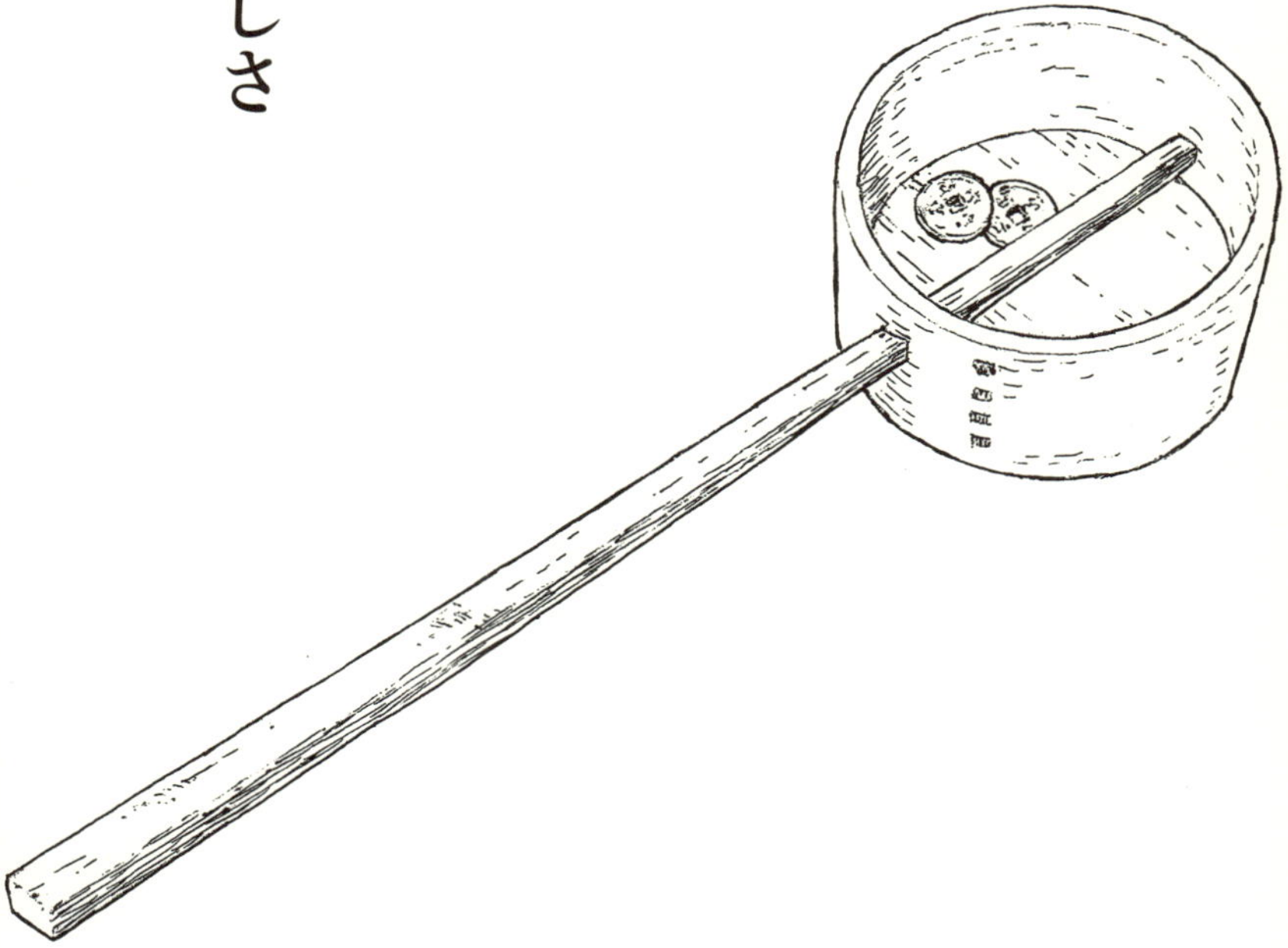

一

お粂さんから借りた経机に骨壺を置き、その前に法名の書かれた半紙を立てかける。その横に、お粂さんが持ってきてくれた綸と線香立、蠟燭立を置いて仏壇とした。

昼前に小夏が線香を上げにきてくれた。その時に五月は、今晩からでも松風に出たいと小夏に訴えた。

「あかん。七日が明けるまでは客前には出されへん」

客商売は縁起商売でもある。喪中の女子衆を店には出せない。

「お風呂番でもお庭掃除でも、何でもいいんです」

「五月。うちの女子衆には親の縁の薄い子がようけいてる。あんたに気いつかう子もおれば、葬礼の次の日から仕事やて、何て薄情な。そう思う子もいてる。悪気やない。そやけど、そう思うた気いはずっと腹に残る」

だからせめて七日は、そう言いかけて気がついた。この狭い家の中でお母やんのお骨と二人。する事もなく、どこかに出かける友人もいない。五月が気を紛らわせられる場所は松風しかないのだと。

「分かった。三日や、三日の忌明けでうちにきてよろし」

七日を三日にまけてあげた。

「ありがとうございます、お女将さん」

五月の顔が輝く。明日が過ぎれば、また松風に出られるのだ。

「あら、お女将さん」

指を折って見たら、今日が通夜から三日目だった。

「え、ほんまか？」

小夏が指を折ったら、今日はまだ葬礼から二日目だった。どちらが正しいかなんて、二人ともに分からない。

「あかん。やっぱ、明日一日は我慢したって」

「はい、喜んで」

小夏と五月の間に、久し振りの笑顔がかわされた。

今日と明日は、父のために何か飛びっ切りの物を作ろう。そう思い立って、買い物に出ようとしたところに父が帰ってきた。

「あー、この後出かける。帰りは明日か明後日となる」

なぜ？　どこに？　母も五月もそれを聞いた事はない。「あー、旅に出る。支度せよ」

あの時もそうだった。

「あー、仕事だ。留守番のようなものだ。もちろん、賊と見《まみ》ゆれば刀を抜くかも知れん」

珍しく、父の方からなぜを話してくれた。

「うむ。それなりの覚悟はしておくように」

久々に聞く言葉だった。嵐の近づく中で家を出る時、父は必ずそう言って出ていった。

「はい、心おきなくおつとめなされませ。ご無事のお帰りをお待ちしております」

床に手をついて、いつもの母の言葉をそっくりと真似をした。

「あー、まだ出ぬ。茶をくれ、柏餅を買って来た」

「まあ、父上がお菓子を」

「菓子ではない。柏餅じゃ」

大きく目を瞠いた五月を、もっと大きな目でぎろりと睨んだ。

堀溜からの帰り道で「柏餅」の貼り紙を見かけた。

堀江からは、今日の夜までに長屋に戻ってくれれば良いと言われている。道に迷うのは嫌だから陽のあるうちに行くつもりだったが、「柏餅」の貼り紙を見て夕食の事を聞かなかった事に気づいた。それで柏餅を買う事にした。

嵐で番所に詰める時、握り飯もありがたいが、一番重宝したのが大福餅だった。腹持ちもするし日持ちもする。固くなっても、焼けば一層うまくなる。何よりも、緊張の続く中でのあの甘味にはずい分と助けられた。

だから石動にとって大福餅は大事な兵糧だ。当然、柏餅も断じて菓子ではない。

白地に「椿茶屋」と柔らかな字で書かれた暖簾を潜って「柏餅を貰う」と言ったら、中にいた勝気そうな娘に「どれになさいます？」と聞かれた。

柏餅にどれがあるとは知らなかった。娘が笊に掛けてあった布巾をはぐると、柏の葉の間から、白以外にも、薄紅やら緑がのぞいていた。

「どれでも良い」

言った途端に、娘に吃っと睨まれた。

「あー、済まぬ」

白は粒餡で紅はこし餡。緑が蓬餅で薄茶は味噌餡と、娘が説明してくれたが聞き流した。

食えば分かる。

自分用に白を六つ、百合に紅を一つ。五月には四つともを買った。

「ふむ、花は咲くものだな」

縁側で、五月とともに柏餅を頬張りながらつぶやいた。

根こそぎに抜かれて土だけだったところも緑となり、百合に言われて残した草もそれぞれに花を咲かせていた。

「あの紫は露草ですね。その横の小さな薄紅は犬のふぐりです、ずい分遅咲きですね」

「待て。ふぐりとはあのふぐりか？」

「はい、あのふぐり、です……」

五月の顔が赤らんだ。まさか父の前で、ふぐりを口にするとは思わなかった。

「ふむ」

花の名と言えば、たおやかで優し気な物と思っていた。まさか犬の金玉《ふぐり》、そんな花があるとは思ってもみなかった。

「あれは雪の下ですね。あ、蛍袋。白の蛍袋は初めて見ました。あちらの花は」

「五月、名はもう良い。名がなくとも花は咲く」

五月の点てた茶を、ぐっと飲み干して石動が立ち上がる。

「わしの知る花の名は、百合と五月。その二つで充分じゃ」

羽織に裁着袴《たっつけ》。両刀を腰に佩《は》き、革足袋に草鞋で足をこしらえて手には菅笠。これから長い旅に出る。五月には、父の姿がそんな風に見えた。

「心おきなくおつとめなされませ」

そこまで言ったら、父の鼻がくすんと鳴った。

「あー、さっき聞いた」

五月が顔を上げると、父がふわりと笑っていた。

「行って参る。よしなに過ごせ」

「はい、行ってらっしゃいませ」

ご無事で、は言いそびれてしまった。

二

石動は寺人長屋の木戸をくぐったところで足を止めた。

とっつきの一軒、堀江の住まいから言い争うような声が聞こえていた。

「御免」

声をかけて中に入ると声はやんだ。草鞋を脱いで奥に行くと、浪人と水主たちが堀江の前を囲うように座っていた。

「五月殿」

堀江の声に安堵が浮かぶ。

堀江は限界寸前だった。たかがあぶれ浪人、たかがあぶれ水主たちを数日抑えて置く、それがこれほど大変とは思わなかった。

昨日の夕。

勇次の元に、娘の容態を伝える使いがきた。

「一目、一目見たら戻ってくる。絶対に仕事に穴はあけん」

そう言って畳に額をすりつけた。

隣り宿までは早足で二刻（約四時間）ほどだ。明日の夕までには充分戻ってこられる。

「分かった、すぐに行ってやれ」

堀江は、勇次と五月には絶対の信を置いている。それに、この二人がいなければ今度の計画の成功は危《あや》うい。

勇次という抑えのはずれた水主たちを、巳之助が焚《た》きつけた。

「俺も娘の顔が見てえ」「女房に会いてえ」とっくに家族に愛想を尽かされている男たちが、次々に勝手を言ってきた。

「前金には足止め料も含まれておる」

しかも毎日の弁当も、一人一合の酒も堀江が持っているのだ。

「そやけど堀江の旦那。わしらは足止めやのに、勇次と五月さんは家に帰れる。それに、二人には三両を弾みなさったそうで」

巳之助の、蛇のような眼がにやりと光る。

「ほんまかいな。わし、たったの二分やで。そらあ、わしらにももう少し色をつけてもらわんとなあ」

梅宮が言葉を重ねる。すでに巳之助と浪人たちの間では話ができている。こんな胡散臭い話の後金を信じるほど初心《うぶ》では無い。確かなのは、堀江の懐には金がある。それだけだ。

堀江は腕が立ちそうだが、所詮は道場剣法。人を斬った事はない。と巳之助の本能が告げている。

堀江には隙がない。だったら作ればいい。挑発し怒らせる。堀江の手が刀に掛かったら、手近の水主の尻を蹴ってぶつける。その時に浪人たちが堀江を斬る。

この話の裏を探れ、と言った親分は怒るだろうが、浪人の一人が勝手に始めたと言えば何とかなる。その浪人ももう決めてある。お人好しの山城だ。他の二人は同じ穴の狢《むじな》だから、余分を喋べる心配はない。山城は、

「死人に口無しや」

さあ、もっと堀江を怒らせよう。懐の匕首《あいくち》を撫でながらそう思った時に、石動がやってきた。

巳之助はこの浪人が苦手だ。隙がないだけでなく、ためらう事なく人を斬る。そんな威圧感がある。この浪人は何人か人を斬っている、巳之助の本能がそう告げている。

石動は無言のまま堀江の隣りに座り、手にしていた刀を右横に置いた。

部屋に入り、浪人三人の位置取りを見ただけで、何をしようとしているか察しがついた。

「で」

一言を言って、真っ直に巳之助の目を見据えた。

「やだなあ、旦那。そんな怖い顔しないでくださいよ」

巳之助の手が匕首から離れる。

「いえね、旦那たちが三両って聞いて、皆に不満が出ましてね。そりゃあ役者が違うんやから金が違うのはしょうがない。そやけど違いすぎや。せめて、この場で一両はもらいてえ。それが駄目やいうんなら」

巳之助の赤い舌が、薄い上唇をすっと舐める。

「この仕事降ろさせてもらう。もちろん、ここの全員がや」

ここにきて人がいなくなれば困るのは堀江だ。巳之助が太々《ふてぶて》しい笑みを浮かべて堀江を見据える。

「おのれっ！」

刀に手を伸ばす堀江に、石動がのんびりと声をかける。

「あー、堀江殿。明日の仕事は、あー、船にて船を襲う。そう理解しておるが、それでよろしいか」

淡々とした石動の言葉に一同が息を呑む。だが、船と水主と浪人。確かにそれ以外の答えはない。

「はい」

今晩、勇次と五月にはすべてを話すつもりだった。もちろん、狙いは藩主信久。それ以外をだ。

「うむ。敵は何船で何人じゃ」

「一船、四、五人」

「ふむ。ならばわしと堀江殿で足りる。後は船手がおればそれで良い」

事も無げに言って水主たちに目を向ける。

「あー、船乗りの衆に聞く。約定通りに船に乗る者はおるか」

「俺は乗る。勇次さんと働きてえ」

「わしも勇次さんの船に乗りてえ」

次々に声が上がる。勇次なら、何があっても船組を必ず陸に戻してくれる。誰もがそう信じている。

「いさじ、とは？」

「白子廻船の梶取りです。腕も人も信じられる。私はそう見ました」

「うむ」

堀江という若者は、世に擦れたように振るまっているが、その心根は純であると石動は感じている。その堀江が信を置いたのなら自分も信じよう。それに、白子の勇次。その名には聞き覚えがあった。

「ふむ」

名を変えておいて良かった。たぶん石動の名も、船乗りの間ではそれなりに知られているはずだ。

「ならば充分だ。他は要らぬ、眠っておれ」

仕事の邪魔にならぬように大人しくしておれ。そんなつもりだったのだが、石動のぎろりとともに言われると別の意味になってしまった。

「じょ、冗談じゃねえ！　こんなところで殺されてたまるか！」

梅宮が立ち上がりざまに刀を抜き放つと、他の二人も続いた。水主たちが飛び出していった部屋の中に、浪人三人と、石動と堀江が残った。

堀江も刀を持って立ち上がっている。石動一人が膝に手を置いたまま端然と座っていた。

「五月殿」

堀江が思わず声をかける。

「あー、わしは居合じゃ」

立っていても座っていてもあまり変らない。

「堀江殿も脇差を使われよ。刀を使われるなら、突くか払うに徹せられよ」

その言葉で部屋の狭さに気づいた。大上段に振りかぶれば刀は天井を突いていただろう。堀江より長身の五月が座ったままなのも頷けた。刀を足元に落として脇差に手を掛ける。どうせ格下の相手だ。

「油断めさるな。敵は狭い中での戦いに慣れておろう。窮鼠猫を咬《か》むの例えもある、抜く以上は必殺でのぞまれよ」

「はい、先生」

思わずそう言っていた。

「堀江殿、二足ほど退がってもらえるか」

堀江が石動の左、やや斜め後ろに退がる。正面に山城、右に梅宮、左に館林。

「あー、梅宮殿と館林殿は一緒に飛び込んでこよう。わしが梅宮殿を斬るゆえ、堀江殿には館林殿を願おう」

梅宮と館林の額にじっとりと汗がにじむ。いつもならとっくに斬りかかっているのに、その一歩がなかなか踏み出せないでいる。

「館林殿は元は左利きのようじゃ。太刀筋にいささか癖がござろう」

そこで言葉を止めた。

「失礼つかまつった。よしなに動かれよ」

石動は自分を恥じた。まるで太平のように饒舌になっていた。真剣での戦いを目前にして平常心を失っていた。

「あー、山城殿。できればそのままでおられよ」

山城からは戦意が感じられなかった。だが、血が飛びかかった時にどう変るかは分からない。石動自身、自分がどう変るか分からない。

仕方ない。真剣での斬り合いは今が初めてなのだから。

梅宮と館林が目を交わす。

二人、ともに腕に自信がある。だが、それは腕力と狂暴さで得た物であって技術ではない。己れの技量も、人の技量を見る目もともに持っていない。ただあるのは「俺は大丈夫だ。他の奴とは違う」そんな根拠のない自信と運だけで、今日までをやってきた。

だから、今日も何とかなる。

「ちゃあ！」

梅宮が刀を横殴りに振り込んだ。

「ふげっ」

その前に、石動の拳が梅宮の鳩尾《みぞおち》に打ち込まれていた。

「ふむ」

平常心となってみれば、刀を抜くほどの相手でもなかった。抜き打ちの要領で一歩を踏み込み、膝立ちのまま、刀の代わりに拳を飛ばした。

堀江は突いてきた館林の刀を難なくかわすと、その左手に痛烈な手刀を打ち込んだ。

「控えよ！」

刀を取り落とした館林に一声かけると、部屋の外から見ていた水主たちに、

「わしは寺社町奉行所の堀江卓馬である」

皆の顔に驚きが走る。

「こたびの仕事は我が藩のために必ずやり遂げねばならんのだ。そのためにはお前たちの力が要る。後金は一両を約束する。明日一日を俺に貸してくれ、頼む」

堀江が頭を下げる。

堀江は本気だった。これをやらねば藩の未来はなく、そして日本の未来もない。堀江は本気でそう信じている。だから、生まれて初めて町人に頭を下げている。

もちろん、皆には藩の事などどうでもいい。大事なのは堀江が奉行所の役人だった事だ。どうやら後金はちゃんともらえそうだ。

「おう、みんな。堀江の旦那がここまでおっしゃってるんや、力貸したろやないか」

巳之助が襖の陰からしゃしゃり出てきた。

館林と山城が「ああ」と生返事をし、水主たちは目も合わせない。

巳之助は皆にどう思われようがかまわない。堀江の財布を奪えなかったからにはここに留まるしかないのだ。さもないと親分に、いや、先生に斬られる。

三

騒ぎが落ち着いたところに弁当が届いたので、各自に持たせてそれぞれの長屋に戻らせた。

「五月殿、ありがとうございました」

「うむ」

礼を言われる必要はなかった。結局は、堀江が身分を明かし覚悟を見せる事で決着をつけたのだ。よほどに自分の正義を信じているのだろう。

弁当は三つ残っていた。

「あ、茶なら私が」

薬缶を手にした石動に堀江が言う。

「良い。慣れておる」

船見櫓《やぐら》に詰める者のために、石動も土瓶や薬缶を持って、あの長い梯子を何度も上《のぼ》り下りしたものだ。

水桶の水を薬缶に注ぎ足したところに、下駄を両手に持った男が飛び込んできた。

「も、申し訳ねえ！　お、遅うなった」

隣り宿からここまでを駆け続けてきた。

膝に手を当て、肩で息をする勇次の背からは湯気が上がり、前屈みの顔からは汗が次々とこぼれて落ちていく。

「飲まれよ」

勇次が下駄を手から外して薬缶を受け取ると、吸い口に口をつけてごくりごくり、と喉を鳴らしながら一気に飲み干した。

「ぷはーっ！　値千金、生き返りました」

着物の前はすっかりはだけ、八咫烏が汗で水浴びをしていた。

「あー、勇次殿か？」

「へい、白子の勇次です。旦那は？」

「わしは五月馬の、あー、馬之助である」

馬之助か馬之進か、一瞬迷ってしまった。

二人、ともに今が初対面だった。背格好はほぼ同じだが、腕と足の太さは勇次が勝っている。顔の大きさと長さでは石動に軍配が上がる。

「わしの方がええ男や」

勇次がにこりと笑う。途端に、汐灼けでひびだらけの顔が得も言われぬ温かい顔となった。

「うむ」

この笑顔は石動には到底できない。嵐の中でのこの笑顔ほど、仲間を力づけるものはないだろう。

弁当が出たので柏餅は勇次に託した。水主は力仕事だ。懐に柏餅が一つあるだけでも心強いはずだ。

「堀江殿。勇次殿の船にはわしが乗る」

勇次と会って確信した。二人でできない仕事なら誰にもできない。

「五月様。勇次、と呼んでもらえんでしょうか」

お武家様に「殿」を付けられては、どうにも尻がこそばゆい。

石動にとっては、嵐に一緒に立ち向かう者はすべて仲間だ。嵐の前には武士も町人も無い。

「あー、勇次」

「へい、何でしょう」

「あー、忘れて殿を付けるやも知れん。その時は許せ」

「へい」

勇次が思わず顔を伏せて笑いを噛み殺す。やっぱりこの旦那は変わっていない。髭のせいで見違えたが、やっぱり「嵐奉行」その人だった。

「どこに行く」

辺りをうかがいながら、木戸を出て来た巳之助に、石動が声をかけた。

「ひっ。あ、いえ」

巳之助の言葉が切れて、ひゅっと息を吐きながら崩れ落ちた。

言い訳を聞く気はない。声をかけたのはこちらを向かせるためだ。体がこちらを向いたところで鳩尾に拳を入れた。

巳之助か誰かが、必ず外の誰かと連絡を取ろうとするはず。そう思って外に出たら、案の定、遊び人風の若い男が木戸塀にもたれて立っていた。

「何か用か？」

石動が一睨みすると、風を切って逃げ去った。それで、そこで誰かが出てくるのを待っていた。

「ふむ」

二度とも上手く決まった。道場仲間と試した時にはなかなか決まらなくて、お互いにずい分と痛い思いをした。

身構えている相手に当て身は決まらない。油断、その隙を捉えて初めて成功すると学んだ。もっとも、それをいえば剣技のほとんどがそういうものなのだが。

手近の長屋で巳之助を縛り上げてから浪人たちの長屋に行った。庭先に回ると、閉め切った障子越しに男たちの声が聞こえてきた。

「だから船でやるんや。堀江の船に乗った奴が後ろから刺す、そんだけのこっちゃ」

この声は梅宮だろう。

「いや、俺は仕事をやって後金をもらいたい」

山城のようだ。

「金は金や、後も先もあるかいな。それに、これは巳之助の指示や」

これは館林となる。

「あー、巳之助は眠った」

縁側に上がって障子を開けた。これ以上蚊に喰われたくない。

「起きてはこん」

縛って転がしてあるから起きられない。そういう意味だったが、別に取られた。

「わりゃあ！」

梅宮と館林が刀に手を伸ばす。

巳之助がどうなろうと知った事ではないが、用心棒が三人もついていて巳之助が殺されたとあっては親分に面目が立たない。下手をすれば、先生に斬られる。

「うげぇっ」

梅宮が刀を掴もうとして崩れ、館林が刀を抜こうとして「けほっ」と息を吐いて崩れる。

「ふむ」

館林は静かに眠ったが、梅宮は苦し気にのたうっている。刀を取ろうとしゃがんだところに無理に入れたのと、刀を抜こうと体が開いたところに入れた、その差が出たようだ。

なかなかに難しい。

「あー、山城殿は金が入り用か？」

石動は自分と同年配と見えるこの浪人に好感を抱いている。石動が踏み込んだ時に、逸早く刀を手にしたのが山城だった。だが石動と認めて直ぐに刀を置いた。

石動は山城と共に、梅宮と館林を別々の長屋に縛りつけた。人を括《くく》れるような裸柱は一軒に一本しか無かったのだ。二人を一緒に括れば長屋が壊されかねない。

「うむ、見事である」

山城は、関節の動きを封じるように縛り上げ、手際よく猿轡《さるぐつわ》を咬ませていく。

「お恥ずかしい」

こんな事も仕事の内だったのだ。

「これはいけません。これでは手が死にます」

石動の縛った巳之助を見て、山城が慌てて縛り直す。力まかせに縛ると血の流れが止まり、その先が腐るのだと言う。

「あー、すまぬ」

仕方ない。石動、人を縛るのはこれが初めてだったのだから。

石動から話を聞いた堀江が皆を集めた。

「長吉、おめえもどこかに縛っといてやろうか?」

勇次が長吉に声をかける。

長吉は水主たちとともに暮らしている。もちろん巳之助に言われての事だ。だから、明日皆が出る時にどこかに縛っておいてやる。そうすれば巳之助への言い訳となる。

勇次は、どこか線の細いこの若者が気に入っている。

勇次が水主たちと船を出す時に、乗せてくださいと言ってきた。巳之助の弟分、そうと知っている水主たちは嫌な顔をしたが勇次は気にしなかった。

「おう、乗りたい奴は乗れ。降りたい奴は降りろ。それが船や」

勇次の言葉で皆納得した。自分が船に向いているかどうかは海に出てみるまで誰にも分からない。船に酔うか酔わないか、酔っても我慢できるかできないか。そして、その先に待ち受ける過酷な労働と荒れる海。それに打ち勝って、ようやく船乗りとなる。

そうしてなった船乗りを、サイコロの目と引き換えにしてしまった男たちが、今、久し振りの海の上にいる。

昇る朝日を受けて金色に光る海を前に、男たちの胸にある想いは一つ。海は、俺を許してくれるだろうか、それだけだ。

船は三艘用意されていた。二丁櫓の網船が二艘、一丁櫓の小早が一艘。

勇次は一番大きな網船に全員を乗せた。一人を最後尾の櫓座に置き、他は舷側沿いに左右に座らせた。船縁には五寸釘を打ち込んで櫂《かい》受けとして、全員に漕がせた。全員分の櫂など無かったから、船小屋に積まれていた竹を代わりとした。

船首に座った勇次の「せーい、やー!」の掛け声に合わせて皆が海を掻いて行く。もちろん、丸竹だから力一杯に漕いでも船を進める役には立たない。船を進めているのは櫓一本だ。

「次、雄太!」

「助かったあ」

雄太に櫓を渡した玄造が、へなへなと崩れ落ちる。普通なら疲れが見え始めたところで交代なのだが、今回は時間が無い。それぞれの技量と体力を早く見極める必要がある。だから櫓漕ぎ以外にも海を掻かせている。

「よっしゃあ! 全員、休めえ!」

勇次の言葉で、皆がぷはあーっと大きく息を吐いてその場に崩れ落ちた。

「あほんだらあ! 伝助ェ!」

勇次が船の震えるような大声を上げて艫《とも》に向かっていく。

伝二郎が跳ね起きて櫓を手にする。櫓は梶でもある。梶取りが梶を離していいのは交代が梶を握った時だけだ。それ以外は死んでも離せない。

勇次に櫓を渡して、伝二郎が再び崩れ落ちる。

皆がそれぞれに寝っ転がって、どこか充ち足りた顔で空を仰いでいる。そのうちに、あちらこちらから寝息と鼾《いびき》が聞こえ始めた。ゆったりと櫓を漕ぐ勇次の顔に優しい笑みが浮かぶ。

大丈夫だ。こいつらはまだ船乗りだ。

「あのう、ちょこっとだけ触ってもいいですか？」

長吉がおずおずと声をかけてきた。

「お前、酔わんかったんか？」

「はい、大丈夫みたいです」

それで櫓を持たせてやった。

「どうやればいいんですか？」

「好きにやってみい」

形は様になっていた。皆が漕ぐのを一生懸命に見ていたのだろう。だが、見ていただけでは櫓に伝わる海の力までは分からない。

「な、何やあ、嵐か？」「あかん、酔う」

幸せそうに寝ていた男たちが、次々に起き上がる。

「よーし、もう一流しじゃ。嫌ならこのまま長吉に漕がせるぞ！」

勇次の言葉に男たちから悲鳴が上がる。

「長吉、こうやるんじゃ！」

伝二郎が長吉の後ろに回って一緒に櫓を握る。海の上では仲間がすべてなのだ。

長吉は江戸の生まれで、十二の時に呉服店の丁稚《でっち》となった。

「お人形さんみたい」

長吉を見た女たちが、必ずそう言うほどの美少年だった。だから呉服店の丁稚になれた。呉服とは絹物をいい、木綿や麻は太物といって格が下がる。本来呉服店は太物は扱わないし、太物店は絹物は扱えない。

呉服店の大店はほとんどが上方に本店がある。越後屋（現三越）は伊勢松坂が本店だが、まあ、江戸から見たら上方だ。

店の中で話されるのも上方言葉。そんな呉服店だから、江戸の長屋育ちの長吉を丁稚にするなど、本来はあり得ない。

長吉の長屋の差配が長吉の可愛さに目をつけて、かねて懇意の番頭に紹介した。番頭も一目見て長吉を気に入った。

呉服店の上得意は女客だ。その女客たちも一目見て長吉を気に入った。店にくると長吉を指名する。丁稚だから、お茶を持って出て隅に座っているだけなのだが、それだけで座が華やぎ、ついでに財布の口も華やいだ。

店の女たちだって放ってはおかない。何かにつけては長吉の歓心をひこうとする。当然、先輩、同輩からは妬《ねた》まれ憎まれいじめられた。丁稚部屋の布団の中で、一人声を殺して泣く夜が続いた。

「なあ、分かってるやろ、長吉」

女子衆以外では唯一の味方。そう思っていた番頭はんが、蔵の中で手を握り頰っぺたを舐めてきた。

「ひゃーん！」

一声悲鳴を上げて蔵を飛び出し、ついでに店も飛び出した。その足で近所の神社に行って柄杓《ひしゃく》を一本拝借すると、そのままお伊勢参りの旅に出た。

柄杓一本はお伊勢参りの印。その一本があれば、無一文でもお伊勢さんにたどり着ける。丁稚部屋で、誰かが夢見るように言っていた言葉は本当だった。

「お伊勢さんか、偉えな坊主。おいらなんか一生行けそうにねえや。おいらの分も拝んできてくんねえ」

そう言って、柄杓にお金を入れてくれた。

無一文で店を飛び出し、その日を凌ぐためのお伊勢さんだったが、途中で本気に変った。柄杓一本で生きていける。そしてそれを許してくれるお伊勢さん。どうしても一目拝みたくなった。

そして、そのお伊勢さんまで後一日、そこで地蔵の親分に捕まった。

路銀が心細くなったので脇道に入った。街道沿いの旅籠や茶店は、柄杓のお伊勢さんなんか相手にしてくれない。旅の中で付いた知恵だ。

間口の広い商家のような家が大きく戸を開けていたので、柄杓を掲げて中に入った。

「ほうか、お伊勢さんか。若いのに偉いもんや」

上がり座敷に褌一丁で腹這いになった男が、煙草をくゆらせながらそう言った。見れば尻の方でも煙が上がっている。どうやら灸を据えているようだ。

「そやけどなあ、ぼん。あ、そこでは遠い、こっちおいで」

煙管《きせる》で手招きされた。

「おい、誰ぞ。このぼんにお茶とお菓子や」

「へい」

部屋の奥にたむろしていた男たちの一人が、すぐに立ち上がってどこかに消えた。残った男たちは思い思いの格好で、面白そうに長吉を見ている。

どうやら、入るべきでは無いところに入ってしまったようだ。戻ろうとすると戸口の前に、頬に一筋刃傷のある男が立っていて、にっ、と蛇のような笑いを向けてきた。

「そやけどな、人の金を頼っての神信心。そいつはちょっと違うんやないか？」

男が、口と尻から煙を上げながら続ける。体は色白でがっしりしているが、ふっくらと丸い顔は妙に浅黒く、無数の痘痕《あばた》が散っていた。それで地蔵の親分、と呼ばれているとは後で知った。

「自分で稼いだ金でお参りする。賽銭はわずかでも、自分で汗水垂らして稼いだ金や。わしやったらそこで胸張りたいなあ。ぼんはそう思わんか？」

お地蔵さんのような顔に、じっと睨まれた。

「はい、そう思います」

そう言うしかない。

「ほうか、それやったら丁度ええ仕事がある。巳之助。このぼんの暮らしが立つようにあんじょう世話してやりいな」

そこで柄杓を取り上げられて巳之助に預けられた。それからは後家さんたちや、坊主の相手もさせられた。逃げたくてたまらない。だが逃げ損ねれば、あの巳之助にどれほどいたぶられるか。

四

「お願いです。どっかに連れてってください」

長吉が畳に頭をすりつける。

船を盗んで逃げる。そんな思いで櫓を握らせてもらったが、今の自分には到底無理と分かった。

長吉の身の上話を聞いた水主たちが、縋《すが》るような目で勇次を見ていた。

「脱いで見い」

勇次の言葉に長吉が、はっと衿元を押さえる。

「あほんだら。そっちの趣味はないわい」

勇次が苦笑する。そして、そんな気はないのにそれを強いられてきた長吉の、心の苦しさもわずかに見えた。

石動も真剣な目を向けている。線は細いが、尻から足の筋肉はしっかりしている。まあ、それなりの運動を毎日のようにしてきたおかげだろう。

「まだ間に合う。船乗りになれ。いや、俺がしちゃる」

次の航海には長吉を連れていく。そう決めた。

勇次の言葉に、見守っていた男たちから「ほっ」と大きな息がもれた。気の早い奴はもう涙ぐんでいる。

「お、俺がなれますか、勇次さんみたいな船乗りに！」

「あー、それは無理だ」

石動の素っ気ない言葉に長吉が肩を落とし、皆の視線が石動に突き立つ。

「あー、勇次には勇次しかなれぬ。長吉は長吉になれば良い」

石動の言葉に、勇次がにやりとする。

この旦那は芯を突いてくる。長吉が船乗りになれるかどうか、それはまだ勇次にも分からない。だが大船の乗組に大事なのは、人に好かれる事と人を好きになれる事、その二つだと勇次は知っている。

そうでなければ長い航海を一緒には暮らせない。そして長吉にはそれがある。勇次にはそう見えている。

「巳之助だろうが地蔵さんだろうが、白子の船組には一切手出しはさせせん」

「あ、ありがとうございます」

勇次の断固とした言葉に、長吉の目に涙が溢れる。何年か振りかの嬉し涙だった。

こんな汚れた体でお伊勢さんにお参りするのは畏れ多い、と諦めていた。だけど海に出て海に清めてもらえば、いつかはきっと、お伊勢さんにお参りできる。


二丁櫓の小さい方に石動と勇次、長吉と伝二郎が乗ると決めた。「水主は多い方が」と言う堀江に、石動が、「無用」の一言で答えた。

「荷が増えればその分船足が落ちます」

勇次が言葉を足した。

もう一艘の二丁櫓には山城と水主四人、一丁櫓には堀江と水主二人。水主たちを帰した後でそう決めた。

「敵船には五人が乗っているはずです。全員武士です」

とは言っても、一人は年寄りで一人は元漁師、もう一人は釣り以外に能はない。

客の腕は未知数だが、噂通りなら真剣を振るった事などないはずだ。

「中に座っている男、これは腕が立ちます」

原の事だ。

「うむ。まずはその男を封じる」

「いえ、まずは漕いでいる男を」

やじろの事だ。

勇次が息を呑んで堀江を見詰める。

「武士です。身分はまごう方なき武士です」

堀江が、勇次には目を合わさずに石動に言う。

「うむ」

ならば仕方がない。武士は戦うために禄を喰《は》んでいるのだ。

「その次には、船首にいる男を」

太平の事だ。

やじろと太平を失えば、船はただ海を漂うしかない。その上で全員を殺して海に沈める。

「ふむ」

思った以上に嫌な仕事だった。

だがやめる気はない。すでに戦は始まっている。武士である限り戦場から逃げ出す事は許されない。そのための禄もすでに受け取った。

それに、目の前の堀江という若者。石動よりもはるかに器用に生きていけそうな若者が、石動よりもはるかに不器用に生きている。そう感じた時に、この若者のためにできる限りをする。そう決めたのだ。

「明日のこの義は我が藩の将来、そして日本の」

「無用」

石動が静かに一喝した。どんな大義も、殺される人間への手向《たむ》けとはならない。

「それは堀江殿の腹にあれば良い。わしはわしの役目を果たす。それだけのこと」

「そうや、わしはわしの都合でこの仕事を受けた。受けた以上は最後までやる、そんだけのこっちゃ」

勇次が、徳利の酒を湯呑みに注ぎながら言う。勇次は海に出る前の晩には必ず酒を飲む。お清め。と言っているが要は好きなのだ。石動も飲んでいる。勇次が注いだから飲んでいる。

「乗った船からは決っして逃げん。板子一枚下は地獄。その地獄の上で生きてきた船乗りの意地や！」

赤銅色の勇次の顔がさらに赤く輝いている。どうやら、酒にはあまり強くないようだ。

「ふむ」

そうか、船の下は地獄か。ならば船で死ぬ訳にはいかない。百合がいるのは極楽に決まっているのだから。

百合の顔を浮かべながら、ごくりと酒を飲み干した。この夜の酒が、石動の最後の酒となった。

第四章

壱の釣り、弐の釣り、そして参の釣り

一

太平は明け六ツの鐘の前に目覚めた。

横になったまま、鼻をくんくんさせて空気を嗅ぐ。夕べの蒸し暑さが嘘のように、空気は冷んやりと湿っていた。やはり夜に雨があったようだ。

「はい、今日は上天気間違いなしです」

小さくつぶやいて、そっと起き上がる。みいは太平の事は平気で起こす癖に、自分が起こされるとすぐにむくれるのだ。みいは掛け具に体を半分いれて大の字になっていた。暑いのか寒いのか、たぶん色々と悩んだのだろう。

台所に行くと、やじろがお茶漬けを掻き込みながら、

「おはよ、太平。七輪に火い起こしといたで」

「お早うございますやじろさん。ありがとうございます」

いつものように、どちらが主人だか分からない挨拶がかわされる。

七輪は四角の紀州型で、船での簡単な煮炊きに使う。今日の役目は味噌汁を温める事だ。味噌汁は椿屋で弁当と一緒に受け取る、ついでに客も受け取る。

「ええ、椿屋さんのお弁当。それも特上ですからね」

太平の口から、早くもよだれが一本垂れていく。

五月は明け六ツの鐘に起こされた。

一人っ切りの夜も朝も初めての事だった。

蠟燭に火を点し、線香を上げて鈴を鳴らした。その音は思ったより大きく、「りーん……」と殺風景な部屋に響き渡っていった。


石動はとっくに目覚めていた。

「寝られなんだか、堀江殿」

「あ、いえ。はい」

何度か眠りかけてそのつど、血煙りを上げて海に落ちる太平の姿で目が覚めた。太平が三度海に落ちたところで眠るのを諦めた。

離れて眠る石動は、すでに健やかな寝息を立てていた。大事の前を泰然と過ごす。正に、堀江の希《ねが》う武士《もののふ》の姿だった。

「あー、わしは人を斬った事がない」

寝床の中で、石動がぼそりと言う。

「え、え？」

堀江が跳ね起きる。「その顔で！」の言葉は呑み込んだ。

「斬るべき時には斬る。切るべき時には切る。その覚悟で生きて参った」

だが、今日までその必要がなかった。

「堀江殿。やるべき事をやる。すべき事をする。それだけのことでござる」

二人が布団を畳んでいるところに、明け六ツの鐘がごおおんと大きく響いた。裏の、いや表の寺は潰れてはいなかったようだ。

朝一番で届いた握り飯を持って、縛っていた三人を回った。縄を解いて用を足させ、飯を食わせてまた縛る。

「てめえら、ただですむと思うなよ！　地蔵の、ングッ」

凄む巳之助には直ぐに猿轡を咬ませた。

「心配するな、一日や二日食わんでも人は死なぬ。小便は好きにせよ。あー、大は我慢した方が良いと思う」

そう言って次に回った。


明け五ツ前（午前七時頃）みおし丸が天賀家の船屋門前に船を着けた。

船屋門を入るにはみおし丸は大きすぎるのだ。みおし丸の胴の間に作られた生簀からみおし丸の若い衆が餌籠を出して太平とやじろに渡していく。

「すまん。思ったほど獲れんかった」

艫に腰を据えた弥太太夫が、煙草をくゆらせながら太平に謝る。途中でも何度か網を打ったのだが、すべて空振りだった。夜から明け方の雨が思ったより冷たかったらしく、魚たちは深場に落ちたようだ。

「面白ねえ。たったの五杯（五匹）や」

磯の生簀に活けておいたイカも、半分ほどが白くなっていた。太平の言う通りに、もっと深く沈めておくんだった。

「うわあ、五杯もですか！」

海老に蟹に貝に虫餌、その上にイカが五杯。

「ええ、こんなには食べ切れません」

太平の顔がへへへの字となっていく。

今、太平の目には、餌の一つ一つがすべて魚となって見えている。

「ええ、鯛や平目の盆踊りです」

そんな太平を見る弥太太夫の目もへの字となっていく。

「やじろ。ちゃんと釣らせぇや」

「分かっとる。やたろさん」

弥太太夫がにやりと笑って、みおし丸が深入川を下《くだ》っていく。

「行きましょう！　やじろさん！」

餌は揃った。道具も万全だ。

「太平。殿さんがまだや」

「とのさん？　あっ！」

そうだった。今日は釣り御用だった。

花房藩藩主、花房信久は明け六ツの鐘で目ざめた。

そして、お吟様と雪を起こさぬように、（信久はお吟様と寝室をともにしている。大名家には珍しい事だが、お吟様がそう決めた。お吟様の決めた事には誰も逆らえない。もちろん、殿様だってだ）そっと布団を脱けだし、庭に出て自分の居室に向かった。

信久の表向きでの居室は、客を迎える十二畳と、十五畳の書斎となっている。書斎には、今は釣り竿や仕掛けが拡げられている。どの竿でどんな仕掛けでと、色々迷うのも釣りの楽しみの一つなのだ。

もちろん今日は釣りが目的ではない。だが釣りをするのも間違いない。太平がいるのだ、釣りにならないはずがない。


原は明け六ツ前に起きて布団を畳んでいた。

釣り御用の前夜は信久の居室で寝る、五郎八《いろは》が来てからそうなった。釣り道具の拡がった書斎への襖を閉め切って、その前に布団を敷いて寝る。

五郎八が釣り具にじゃれて（当然の事だが、五郎八は襖くらい自分で開けられる）怪我をしないようにだ。信久の居室は五郎八の居室でもある。五郎八は絶対に表向きからは出ないし、雪も絶対に奥向きからは出ない。同じ兄妹（姉弟？）なのに、どうやら馬が合わないようだ。

「俺は猫番か！」

最初は忸怩《じくじ》たるものもあったのだが、とある朝に、原の肩口に鼻を埋めて寝ている五郎八を見てからは、このお役も満更ではないと思っている。

「はいぃ、いろはちゃーん。おとなしくちまちょうね。もうちゅぐお殿ちゃまがまいりまちゅよー」

すでに、人間ならば壮年と言っていい五郎八に猫撫で声で話しかける。もちろん、二人きりの時だけだ。

今はいつもの謹厳実直な顔で、五郎八を抱いて座っている。信久が釣り具をいじっている間、五郎八をしっかりと抱いているのも原の役目だ。

五郎八は原の腕の中でおとなしくしている。最初の頃は大暴れ、しようとしたのだが、すべての動きを封じられた。

「フーッ！」

一声文句をつけて諦めた。仕方ない、自分より強い猫には逆らえない。目の奥に怒りを秘めた五郎八を抱く原の目は、実に幸せそうなへの字となっている。

「原」

五ツを過ぎたところで、信久が原に声をかけた。午前《ひるまえ》に重職たちと会うのも殿様の仕事の一つだ。それもあって、出発は四ツ（午前十時頃）と決めていたのだが、二人ほどと会ったところで辛抱できなくなった。

「次は片桐監物です」

それで決まった。

主従二人、こっそりと部屋を脱け出して吹出門に向かった。吹出門には常に鍵が掛けられていて門番もいない。その鍵を持っているのは、信久と原と安楽の三人だけだ。

門を出ると、両側を高い築地塀にはさまれた細い道が続く。途中には門も何もなく、ただ塀だけが続く。何かがあった時のための隠し道だ。当然、両側の屋敷の住人たちも塀の向こうは隣りの屋敷。間に道があるとは思ってもみない、振りをしている。できてから二百年だ、誰だって気がつく。

道の突き当たりに小さな門があり、そこを入れば安楽家となる。その門の鍵も吹出門と同じ鍵で開く。この道は、城を出て安楽家に行く、そのためだけの道だ。


安楽家当主安楽太一郎は、いつも通り明け六ツ（午前五時半頃）前に起き、船の点検をしてから、配下と共に朝食を取っていた。

安楽家の裏は深入川に面し、そこから堀を引いて船が出入りできるようになっている。川に面して門はあるが、帆船でも出入りできるように、天賀家のような屋根は無い。

普通、釣り御用の時には殿様は乗物で大手門を出て天賀家に向かう。それが今日は安楽家から船で天賀家に行くという。わざわざ船を出すよりは乗物の方が速い。そうは思ったが、もちろん、意見を言う気はない。

四ツにお城を出ると聞いていたから、飯を食った後、庭で配下の者たちと相撲を取って遊んでいたら、お凜様が目を吊り上げてやってきた。

「太一郎様！　お話が違います！」

お凜様はいつもならまだ寝ている。


「朝日は嫌いです、不躾《ぶしつけ》です」それで、夜には雨戸を立て切って寝る。

「夏は嫌いです、無作法です」さすがに、夏の夜に雨戸は立てられない。

今朝は、朝日でなく女中に起こされた。

「奥様。殿様やと言うお人が脇玄関にお越しですけど、いかがいたしましょうか？」

障子の向こうから、はきはきと若々しい声が聞いてきた。仕方ない、この女中は入ってまだ三日目だった。

古手の女中ならば、近くのお凜様よりは遠くの旦那様におうかがいを立てる。お凜様を起こすよりは殿様を待たせる。

「お話では四ツ過ぎだったはずです！　上に立つお方が約束を守らないと下が迷惑いたします！　太一郎様からきちんとお伝えください！」

伝えるまでもなく、すでにお凜様のすぐ後ろに信久が立っていた。

「すまぬお凜。思ったよりも早く着いてしまった」

信久も朝のお凜様の機嫌は良く知っている。だから門を入ったらそのまま船まで行くつもりだったが、若い女中に止められた。

「いえ。私の一存でお上げする訳にはまいりません」

その忠義立てが健気だったので待つ事にした。当然、太一郎のところに行ったと思っていた。

どこかで「ぱーん」と障子だか襖の開く音が響いて「太一郎様！　太一郎様！」と叫ぶ声が聞こえた。

「殿！」

「うむ、安楽が危《あや》うい」


それで、女中を待たずに駆けつけた。

「あら、信久様。まあ、お殿様が家臣の奥に頭など下げるものではございません」

怒ったおかげですっかり目の覚めたお凜様が、信久にふっくらと微笑んだ。

「そうだ！　今日は信久様のために何か飛びっ切りの物を作ってお待ちしますわ」

「ん……それは、実に、楽しみじゃ」

「ええ、久し振りに燃えてまいりました。お菊！　襷と鉢巻き！」

足取りも軽く台所に向かうお凜様の、後ろ姿を見つめる男たちの顔が引きつっている。

「殿。天賀に乗物を回しておきます。殿はそれにてお城に」

太一郎の言葉で、信久と原の顔に安堵が浮かぶ。

「しかし、それではお主が」

「これも家臣の勤め」

「うむ。武運を祈る」


信久は家臣に気を遣うようにと育てられてきた。

「藩は船だ。船頭が先を決め、梶取りが道を選び、水主と風が船を進める。藩主はただの荷じゃ。邪魔にならぬように黙って座っておれば良い」

それが花房藩の家訓、のような物だ。それでいつからか、藩政は船頭たる重職に任せる。そういう家風となった。

信久は家臣の好悪も、食の好悪も決っして口にしない。そう育てられてきた。そんな信久が心を緩ませる相手がお吟様と竹千代以外に三人だけいる。原と五郎八と、そして太平だ。

太平と初めて会った日の事を、信久は昨日の事のように覚えている。

「釣りたいのですか？　釣りたくないのですか？」

実に不思議そうに聞いてきた。

当時の信久は羽織袴に雪駄履きと、いかにも大名然として船に乗り込み、座った後はすべてを釣り役に任せていた。

「釣る気がないのに竿を出す。ええ、そういう人がいるのは知ってます。太公望さんがなぜ釣りの神様なのかは（中略）釣りたいのなら、ちゃんと動ける格好にしてください。ええ、羽織なんて物はですね（中略）自分でできる事は自分でですね（中略）ええ、そんな人に釣られたらお魚さんだって浮かばれません。あ、お魚は浮かんでくるんですけど（後略）」

それで次からは、袖無しの羽織に、筒袖と裁着袴《たっつけ》にした。餌も自分で付けるし、仕掛けも自分でかえる。おかげで釣りそのものも前より楽しくなった。


原も、太平と初めて会った日の事を昨日の事のように覚えている。

「あ、信久さん。それじゃ駄目です」

「殿と呼ばれよ、天賀殿」

「はい。慌てなくていいですよ、信久さん」

「殿と呼ばれよ」

青筋を立てた原にそう言われたが、太平にも言い分はある。

最初に会った時に、「信久である」と言ったのだ。「殿である」そう言われていたら、ちゃんと「殿さん」と呼んでいる。

「次にぐんと来たらぎゅんと合わせてくださいね。あ、ぎゅんで、ぐんでもかまいませんよ、信久さん」

「殿と呼べぇい！」

原が刀に手を掛けて吠えた。

藩主を名で呼んでいいのは公方様だけだ。それを釣り役風情が。

「うるさいっ原！　今、大事なところです」

原の目が点となる。

太平が夢中になると「さん」が飛ぶ。その事を原はまだ知らなかった。たかが釣り役風情に、しかもはるかに年下から呼び捨てにされ、うるさいとまで言われた。思わず、刀に掛けた手に力が入る。

「今です」

太平の声で、信久が糸を持った手をぐんと跳ね上げる。途端に糸がぎゅんと引き込まれた。

「はい、鯛に間違いありません。ええ、かなり大きいですよ。楽しみですね信久さん」

そう言った太平が振り向いて、

「早く会いたいですよね、原さん」

にっこりとそう言った。

必死で魚と戦う信久を、太平が母親のような目で見守る。その目は優しく、そして厳しい。

たかが釣り。それが、太平といると別な景色となって見えてくる。

いつか殿が殿でなくなり、自分も小姓頭でなくなった時、一緒に釣りをするのも悪くはない。原が、ふとそんな事を思った時に。

「ばつん！」

大きな音とともに糸が宙を舞った。

「あっ。あ、あー！　何でそうなりますか⁉　ええ、なぜここで無理をしますか！」

「いや、その、つい」

「原さんも原さんです！　何で大事な時に黙ってられないんですか！」

これはとんだとばっちりだ。

「許せ、太平」

「すまぬ。天賀殿」

主従二人で頭を下げた。


釣雲は明け六ツ前に起こされた。

昨夕にみおし丸を訪れて弥太太夫と酒を飲んだ。明け方に、網小屋の座敷で寝ているところを弥太太夫に起こされて餌の積み込みを手伝わされた。ついでに自分の分も手に入れたのだから文句は言えない。

みおし丸が戻ってくるまではする事もないから、網小屋に戻って寝直した。寝てすぐに夢を見た。

夢の中で釣雲は、今までに見た事もないほどの口黒（年を経て、口先の黒くなった石鯛）を釣り上げていた。目の前の海には、何も釣れなくて船の上でべそをかいている太平がいた。

「ばあーか！　舟でなくたって飛びっ切りは釣れんだよ。ざまあ見やがれ！」

釣雲の寝顔は実に幸せそうだ。


徳造も寝ていた。

やじろが早くに出て行ったのにも気づかぬままに寝ていた。今日の話に徳造の出番はない。だからこのまま寝かせておいてやろう。洗濯をすませたお政に追い出されるまでは。


「今日も釣りはなさらないのですか？」

原が船に乗り込むたびに太平がそう聞き、原が「せぬ」と返す。餌も仕掛けもそろっているのに釣りをしない原が太平には理解できない。もちろん原の仕事は信久さんを守る事、それは分かっている。

「でもですよ、海の上なんですよ。危険といったら舟が沈むか、海に落っこちるかじゃないですか。ええ、だったら隣りで釣ってた方がすぐに、あ。原さん、ひょっとして」

「泳げる。達者な方だ」

毎回、こんな会話が繰り返される。うんざりするよりも、すでに挨拶の一環となっている。

原は屋根船の座敷の中、釣りをする信久の斜め後ろに座って辺りに気を配る。海の上なのだから、怪しい船が見えたら備えればいい。それは分かっているのだが、仕方ない、これが習い性となっているのだ。

「原さん、夕べいい事を思いつきました」

太平の思いつきは聞かない方がいい。長年の経験でそれは分かっている。だが、どうやったところで太平はそれを話す。その事も分かっている。

「で」

「はい、信久さんの帯に縄を通して柱に結んでおくんですよ。それだったら」

屋根船には壁がないから柱は剝き出しだ。

「太平」

「はい、原さん」

「駄目」

殿様を柱に結びつける。良くもまあ思いつくものだ。呆れるを通り越して感心してしまう。

「だって、信久さんだって原さんと一緒に釣りたいでしょう」

「太平」

「はい、信久さん」

日も始まった。

「だーめ」

太平が何かを思いつくたびに、原がひやりとして信久がにやりとする。そんな一日が今

「あ、何を釣ってるんでしょう？」

船屋門を出て、深入川を少し下ったところに釣り人がいた。

深入川は河口近くからお城までが護岸されている。二段になった石積の途中の段に、男が腰を下ろして竿を出していた。この辺りは黒鯛もスズキも回って来るから、釣り人がいる事に不思議はない。

だが菅笠を被った男の手にした竿は、子供が遊びで使うような安価な延べ竿で、浮子も川に押されて横倒しとなっていた。

「もうし、そこのお方！　釣りたいのですか！　釣りたくないのですかぁ！」

舳先《へさき》から太平が声をかける間にも、船は川を下って釣り人の前を通り過ぎていく。

「太平。あいつ竿しか持ってへんで」

艫《とも》のやじろが言う。餌箱が無いという事は、餌無しで釣っていた事になる。

「はい、そういう人もいるそうです。太公望さんはですね」

太公望、周の軍師呂尚《りよしよう》は餌も付けずに一直線の鈎で釣っていたという。その事を人に問われて「私は魚ではなく天下を釣っている」と答えたと伝わっている。そんな人間が釣

りの神様となっている事が太平にはまったく理解できない。(太公望の名誉のために言えば、古代の遺跡から骨の両端を尖らせた一直線の鈎が見つかっている。鈎の真ん中に糸を結び、魚が呑んだところで合わせれば、鈎が縦になって口の中にひっかかる、らしい)

屋根船が過ぎると、その男は直ぐに護岸をよじ登った。

「出たで。四人や!」

その言葉を聞いて、松の木にもたれていた男が「四人やな!」数を確認すると直ぐに駆け出した。伝えた男も釣り竿を担いだまま後を追う。

一人は堀江たちのいる浜に、一人は地蔵の親分の元へと向かっている。

地蔵の親分は、玉井に頼まれて人と船と住まいを用意し、巳之助を数に混ぜた。それと同時に別の段取りも立てた。話の裏にぷんぷんと臭う金の匂い。絶対に逃がす気はない。

二

「で、玉井の。いや、監物の狙いは何や?」

地蔵の親分が巳之助に聞く。寺人長屋に張りつかせていた子分が、堀江たちが出ていった後で巳之助たちを助けだした。

「敵は一艘で四、五人。すんません、そんだけです」

巳之助が畳に額をすりつける。

「役に立たんこっちゃのお」

だがかまわない。昨日玉井から、屋根船が出たら堀江に報せろと言われた。それで監物の狙いも分かった。

「しゃあない、相手が上やった。ほれ、縛られ賃や」

そう言って、巳之助に粒銀を放ってやった。地蔵の親分、欲は深いが出す金は出す。だから地蔵のところには、人と話が寄ってくる。

「えー、私らは」

梅宮と館林が物欲しげに親分をうかがう。

「何で？」

用心棒のくせにおめおめと縛られた。そんな奴らにはビタ一文だって払わない。

「そや。梅宮さんにはまだ仕事があったんや」

梅宮が金をもらうのを見て、館林の顔が不貞腐《ふてくさ》れる。

「先生の船に乗ってや」

その一言で梅宮の顔が引きつり、館林の顔に幸せが浮かぶ。

「巳之助。先生呼んでこい」

今度は巳之助の顔が青ざめる。

「せ、殺生や親分。まだ朝ですやん」

「せやった。今は危ない」

先生から、朝は起こすなと言われている。先生の朝は先生が起きるまで、その事が分かるまでには何人かが痛い目を見た。

他の親分たちの隙間で小さな賭場を開帳していた地蔵が、今やこの地で一番の大親分となれたのは、先生との出会いがあったからこそだ。


「親分。ちょっと面倒な客が」

夕前に賭場に入った浪人者が一朱の札を買ったが、その後は一切賭けずに賭場の酒を飲み、時折りに稲荷寿しを摘まんでいるという。

客の中には見《けん》を立てるといって、勝負の流れを見ながら自分の潮時を待つ者もいる。だがその浪人は盆には目もくれず、壁にもたれて酒を飲み続けていた。

「お客さん、そろそろ一勝負どうですか」

見かねて若い衆が声をかけた。酒食が只《ただ》なのは、あくまでも賭ける客のためだ。

「わし、博打は嫌いや」

あっさりと言われた。

「何やと、わりゃ素見《ひやかし》か」の声は、浪人と目が合って「なんや……」で終わった。そしてそのまま奥の部屋に向かった。

「賭けんのなら帰ってくれ。そう言えばすむ事だろう」

用心棒の倉田が軽く言う。

「よう言わん。あれ、幽霊《ゆうれん》の目や」

ひょろりと背が高く、頬もそげてはいるが、女にもてそうな優男だ。それで強く出ようとして目が合った。

何の感情も無い、唯ひたすらに真っ暗な目だった。

「あほらしい。幽霊が酒を飲んで稲荷を食うか」

倉田が刀を手に立ち上がる。

「倉田さん、派手はあきませんで」

賭場を預かる代貨《だいがし》が釘を刺した。まだできたての賭場だ、騒ぎは起こしたくない。

「巳之助、親分呼んでこい」

一番の下っ端を走らせた。

賭場にきて博打をしない浪人。他の一家からの嫌がらせとしか思えない。一歩対応を間違えば出入《でい》りとなる。そして地蔵の一家には、その戦争《でいり》を勝ち抜く力はまだない。

「ここは町人相手の遊び場じゃ。武士は武士同士、他所《よそ》で話さぬか」

「まあ、座ってや。見おろされるんは好きやない」

思いの他優しい声で、自分の前を手でさした。

刀は賭場に預けるが、武士の場合は脇差は許されるのだが、男は丸腰だった。

どうやら騒ぎを起こす気はないようだ。年は二十代半ば、食い詰めて只酒と只飯にありつきにきた。そんなところだろう。倉田は刀を脇に置いて腰を下ろした。

「足軽って武士か？」

前に置いた稲荷寿しの皿に、男が箸を伸ばしながら聞いてきた。

倉田は三百石の大身の四男だった。多くの町人百姓よりも貧しい足軽を、同じ武士と思った事など一度もない。お家の下男、その程度にしか見ていなかった。

「おう。お家のために働く立派な武士だとも。で、今は何をしておる？　何なら相談に」

「お稲荷さんを食うとる」

人を喰った言葉に倉田が憮然とする。

「冗談《てんご》や。そない怖い顔しなや。今は何もしてへん。前の仕事は人斬りや。頼まれたら誰でも斬る。侍斬るんが一番面白《いっちゃんおもろ》い」

男が稲荷寿しを頬張って、にっと笑った。その目は、確かに幽霊の目だった。

倉田が刀に手を伸ばすよりも速く男の手が一閃し、倉田の手に箸が突き立つ。さらに男の片手が箸尻を叩いて押し込んだ。

「ひっ」

悲鳴を上げかけた倉田の口に稲荷寿しが押し込まれる。

「静かにせえや。他のお客さんに迷惑やで」

倉田の耳元にささやいて若い衆を手招きする。

近づいた若い衆が息を呑む。箸は倉田の手の甲にわずかをのぞかせて、残りは手と太腿を串刺しにしていた。

「今抜くと血いが吹く。このまま連れてったり。ぎっくり腰や言うたらええ。ついでに、新しい箸持ってきてんか」

男の目は幽霊ではなく、悪戯が上手くいった子供のように輝いていた。


「で、目的は何ですねん？」

奥の部屋で、地蔵が単刀直入に聞いた。

男は部屋に入るとすぐに壁にもたれて座ったから、地蔵の方から男の前にいって座った。

「地蔵はん。今、あんたに斬りかかったらどないする」

部屋の中に緊張が走る。男は当たり前のように倉田の刀を拾って、自分の横に立てかけていた。

「切らせます。腕一本切らせて、残った腕であんさんの首を締めて殺します」

地蔵は元は沖仲仕だ。背は低いが、その全身にはみっしりと筋肉が詰まっている。

「そやけどわしの腕半端やないで。手えが落ちた時には首も飛んでるで」

少しはったりを咬ました。これほど太い腕を骨ごと断ち切る力はないし、その気もない。腕に喰い込んだ刀は即座に捨てて、他の何かを使う。指で目を突いてもいいし、地蔵の腰の道中差でもいい。

どうなるかは成り行き次第だが、自分が相手を殺している。それだけは確かだ。

「やってみよか？」

男が楽しそうに地蔵の顔をのぞき込む。

「やめときましょう。遊びで腕一本は割が合わん」

地蔵も笑顔で答えたが、その背中にはじっとりと冷たい汗が噴いている。この男は遊び半分で人を殺せる。そう確信した。

「そうか、残念やな」

残念だけど仕方ない、今日は人を斬りにきたのではなかった。

「さっきのあいつ当分使われへんで。そのあいだ代わりをやったろか。酒と飯、それと時々女。人一人一両。侍相手なら二分でもかまへん。どうや、安い買物やろ」

まさかの、用心棒の売り込みだった。

「へい、ぜひ」

こんな物騒な男に他の一家に行かれてはたまらない。

「それで、旦那のお名前は？」

「何でもええ。ぽちでもたまでも好きに呼んでや」

そうも行かないから「先生」となった。

「あのー、先生。起きてらっしゃいますかあ？」

開けっ放しの玄関から中に入った巳之助が、奥に向かって小さく声をかける。

先生の住まいは、地蔵が借金のカタに取った長屋の一軒だ。古くて汚い長屋だが先生は気にしない。

「屋根と壁があればそんでええ」

三軒長屋が二棟。住人はすべて地蔵一家の連中だから、使いっ走りもさせられるし、先生が起きるまでは静かにしている。先生にとって、目の覚《さ》める前に起こされる事ほど腹の立つ事はないのだ。

一度、騒ぐ声で起こされた事があった。

その時には枕元の抜き身（先生の部屋には常に鞘入りや裸身の刀が何本か転がっている）をぶら下げて、井戸端で大声で話している男の顔の前に刀を突きつけた。そして、「舌を出せ」静かにそう言った。男はそのまま長屋を飛び出して二度と戻らなかった。

いつの間にか、先生がそいつを切り捨てた。そう言う話になっていたが別にかまわない。おかげでゆっくりと寝られる。

「野剣や」

誰かに流儀を聞かれてそう答えた。

足軽の子だ。藩の道場に通える身分ではないし、町の道場に通う金などない。だけど強くなりたかった。それで、自分で削った木刀を持って野良犬を襲った。

野良犬は野犬ではない。各町内や寺社境内を、それぞれの縄張りとして住み暮らす犬たちだ。人から餌をもらっても、飼われている訳ではない。

野良犬は自分の縄張りの人間には従順だが、侵入者には牙を剝く。「良」の字を取れば元は野犬だから動きは俊敏で、先生の木刀などかすりもしない。何度も咬まれそうになっては逃げだした。

野良犬は自分の縄張りの外までは追って行かない。代わりに吠えたてて次に伝える。犬の町内送りというやつだ。

修行の甲斐あって、先生の動きが野良犬を上回るようになった。そのうちに、犬たちが先生を見ただけで、尻尾を巻いて隠れるようになった。

そんなある日に狂い犬（狂犬病にかかった犬）が出た。人々が逃げ惑うなか、先生が進み出て一刀の、一木の元に叩き伏せた。先生、この時に初めて犬を殺した。

狂い犬を退治した先生を、人々は狂い犬を見るような目で見ていた。

「見事な一撃だ。さすがに犬殺しだな」

一人の若侍が進み出てそう言った。

垢染みた着物で、狂ったような目で犬を殴り殺している若者がいる。そう聞いて、興味を持って探していた。

「その技、道場で見せてくれんか？」

見るからに育ちの良さそうな若侍に、穏やかに言われて「はい」と答えた。どうせ、先生の相手をしてくれる野良犬はもう一匹もいないのだから。

その若侍の屋敷は上士町の一角にあって、広い屋敷内には本格的な道場も建てられていた。そこで散々に打ち込まれ、ずい分と痛い思いもしたがかまわない。初めて本当の剣術を教わっている。その喜びの方がはるかに大きかった。

夢中になって稽古を続け、三年ほどが過ぎる頃には、その若者と互角の腕となっていた。そして道場剣法の限界も見えてきた。

道場の剣術は約束事の上に成り立っている。面、小手、胴、その中に足や背中は入っていない。だが野良犬の目からすれば足ほど格好の獲物はないのだ。「倒せる」そう確信した。一本は取れないが、殺せる。

「私は京に出る。一緒に行かぬか？」

それが道場仲間と語っていた、そんのーだのじょーいとやらのためだとは察しがついた。

「先生は、おりが必要なもし？」

「うむ、必要じゃ」

士は己れを知る者のために死す。その言葉も先生に教わった。それで、先生とともに京に向かった。

先生二十一才、先生十八才の春だった。

京に出てからは、先生に言われるままに何人も斬った。ついでに、先生も斬った。

「先生」

ふと思いついて、後ろから声をかけた。

「何だ？」

簡単に斬れた。

「何やったけなあ。月影、月形。何やそんな名やったんけどなあ」

まあいい、斬ったうちの一人に過ぎない。名も知らないままに斬った相手の方がはるかに多いのだ。

ついでに、剣の流派も己れの名も忘れた。残ったのは一匹の野良犬。それだけの事だ。


「えー、それでは出直してまいります」

巳之助がこれ幸いと外に出ようとするところに。

「ウォー！」と奥の部屋から先生の咆哮が聞こえた。

先生は目覚めると、一声吠えてから抜き身をぶら下げて出てくる。そして物干し場に三本立ててある、荒縄を巻いた物干し竿に斬りかかる。二尺ほどを地面に埋めて立てられた三本の竹の、二本は人間の背丈ほどだが一本はかなり長い。

「大上段に振り被った時の手首が丁度あのあたりや」

その三本に勝手気ままに斬り込んで、一汗流して井戸水を浴びる。

それが毎朝（先生の）の事なのだが、今日はちゃんと鞘に入った刀を、しかも腰に差して出てきた。

「巳之。刀まとめて持ってきいや」

そう言い置いて、すたすたと長屋を出ていった。


「で、何人斬るんや？」

地蔵の前に座ると、すぐにそう聞いた。

「へえ、それはまだ」

何人の前に、斬るかどうかも決まっていない。地蔵の目論見《もくろみ》では、助ける、邪魔をする、何もしない。この三つなのだが、賽の目がどう転ぶかはまだ分からない。

「その判断は巳之助に預けてます」

「ふーん。巳之がわしに指図する。そういう事か」

「ちゃ、ちゃいます！　決めるんは先生です！」

「親分、巳之はこう言うてるで」

「もちろん決めるんは先生です。ただ、そん時に巳之助の考えも、ちょこっと聞いて欲しい。へえ、そんだけの事です」

地蔵としてはそう言うしかない。

目先しか見ない巳之助と、何をしでかすか分からない先生。できれば自分が船に乗り込んで指示をしたい。だが、それができない事情がある。

痔だ。

地蔵は痔持ちだ。それもかなり性質《たち》が悪い。頼りの灸も近頃は余り効かない。立っている時と寝ている時は問題ないのだが、座ると危ない。胡座《あぐら》が最悪で、正座はまだ良いのだが、子分の前で親分が正座では格好がつかない。

船は座って地獄、立っても地獄となる。揺れに合わせて踏ん張る、これが良くないらしい。だから二人に任せるしかないのだ。

「お稲荷さん、用意しときました」

先生は食が細くて体に余分が無いから、小まめに補給しないと動きが鈍ってしまうのだ。

「酒の方も五合ほど」

「要るかいな！」

酒よりも女よりも楽しいものが、直ぐそこに待っているのだ。

四ツ前。やじろは椿屋の前の船溜りに船を入れた。

すぐに原が客を迎えに二階に上がり、太平は弁当を迎えに台所に向かった。

太平と椿屋の付き合いは長い。最初は鬼カサゴに連れられて、一徳さんも交えて釣りをした。太平の舟代は鬼カサゴか一徳さんが出していたが、途中から椿屋の主人の源兵衛が、太平の舟代は椿屋で持つと決めた。

太平は乗り合わせた客に釣れない者がいれば放っておかない。

「あのぉ、釣りたいのですか、釣りたくないのですか？　ええ、（後略）」

その後はあれこれと世話を焼き、釣れれば本人以上に喜ぶ。

源兵衛が船から手の離せない時には、客の釣った魚の処理もするし、勝手に味噌汁も作ってくれる。こんなありがたい客から金を取ったら、

「バチが当たる」

釣り修行で足の遠のいた時期もあったが、太平が天賀家の養子となり、釣雲が舟釣りを太平に丸投げをしてからは、また付き合いが戻った。

大人数での釣り御用の時には椿屋の持ち船三艘を借り上げる。船手組の船は、あくまで軍船だから釣りには使えない。

そんな時の弁当は、仕出し料理屋でもある椿屋が引き受ける。本来ならお城の台所方の仕事なのだが、腕はからっきしの癖に気位だけは高い台所奉行が駄々をこねた。

「朝と一緒に弁当なんて、とても手が回りません」

そう言った後で、人を増やすか特別のお手当をと、小狡い笑みを浮かべた。

「すまぬ。その方らの苦労を忘れておった。これよりは、弁当は外に頼むこととする」

台所奉行の当ては外れたが、信久には渡りに舟だった。これで、弁当の時だけはまともな物が食べられる。

太平が椿屋の台所に入ると、丁度、源兵衛が重箱に蓋をしているところだった。

蓋時。弁当を活かすも殺すも、この蓋時なのだと源兵衛は言う。早すぎればべちょつき、遅すぎればぱさつく。

「あほ太平！　入ってくんな、石ぶつけるで！」

台所にいた娘に怒鳴られた。その手には漬物石が握られていた。

「あ、巴恵《ともえ》ちゃん。こんなところで何してるんですか？」

「こんなとこって何や。自分ちにいて何が悪い！」

細っそりした体に利かん気そうな顔。椿屋の一人娘の巴恵だ。

太平が八才、巴恵が六才からの付き合いだから兄妹みたいなものだ。


「わし、太平兄《あん》ちゃんをお婿さんにしたる」

太平が天賀家の養子となった時に、

「太平にお侍がつとまるやろか？」

「絶対にしくじる」

「そやね。そん時はうちで面倒みてやろ」

両親がそんな話をしていた。

「わしがお嫁さんになって食わしたる。そやから安心してしくじりい」

「巴恵ちゃん。お嫁さんは、わし、とは言いません。それに、お嫁さんになるにはお乳《ちち》が小さすぎます」

「乳は大きゅうなったら大きゅうなる！」

「はい。でも大きくならなかったらどうするんですか？　ええ、それでは私が困ります」

十三才の巴恵に対して、十五才の太平の顔は真剣そのものだった。

「太平兄ちゃんはそんなに乳が好きか？」

「はい、大好きです」

仕方ない。太平の一番最初の幸せの想い出は、乳母のお豊の豊かな乳房に顔を埋めて乳を飲んでいた時なのだ。その時の味も香りもしっかりと覚えている。（ちなみに、お凜様は乳の出が悪かったのと、三人目の太平の時には子育てにすっかり飽きていたのだ）

巴恵はその後、十五で乳の小さいままに嫁いだ。椿小町と称された巴恵には、婿入り話も降るほどにあったのだが、なぜか老舗の菓子屋に嫁いで行った。

「何で？」

「しゃあない。乳が小っちゃいんやから」

源兵衛には謎の言葉の後に、

「大丈夫や、男の子二人産む。一人はこっちに回す」

そう言って嫁いで三年目に、一人娘を連れて戻ってきた。そして直ぐに椿茶屋という菓子屋を開いて繁盛させている。

「何で？」

とは、源兵衛は口にしない。椿茶屋は椿屋の目と鼻の先だし、孫の真美は椿屋にいて、じっちゃとばっちゃと遊んでくれる。これ以上を望んだら「バチが当たる」。

「ほれ、こっちが出汁の鍋や。坊主やと淋しいで」

釣った魚の入る事を考えて、出汁は昆布だけで薄く仕立ててある。

「大丈夫です。餌がたっぷりあります」

釣れなければ餌が余る、具には困らない。

三

「お初にお目にかかる。花房信久です」

海に出て暫くしたところで、信久の方から名乗った。

「痛み入ります。海堂継虎です」

海堂。

その名は、花房藩では禁忌《タブー》と言っていいほどに嫌われている。

徳川に世が定まった時に海堂藩は三十三万石を、その隣りに花房藩が五万三千石を得た。ともに戦国を生き抜いた者同士、関係は良好だったが、ある年に変った。

その年に大地震があり、海堂藩の安濃津の港が水没し土砂に埋まった。海堂藩は他は砂浜ばかりで、そこが唯一大型船を着けられる港だった。結果、回船の多くが花房藩の港を使い、海堂藩を素通りする事となった。

海堂藩としては、目と鼻の先にある花房の港が欲しくてならない。実際に、いまだ戦国の風《ふう》の残る頃に、花房に向けて兵を発した事もある。

その時には縮小途中だった花房水軍が安濃津城を望む海に集結し、花房城を襲えば安濃津城を落とす。と、刺し違える覚悟を見せた事で事なきを得た。

だが海堂藩は未だに虎視眈々と花房藩の併合を狙っている。と、花房藩の藩士（太平を除く）なら誰もがそう思っている。

だからこそ、今、花房藩主信久と、海堂藩三男の継虎が会っている事は絶対に秘さねばならないのだ。

「こんにちは次寅さん。私天賀太平です。ええ、天下の天に」

「太平。今日は太平だけで良い」

信久が早目に止めた。残念だけど、今日は太平と遊んではいられない。

「はい、太平です。後ろにいるのがやじろさんです。今日は一緒に飛びっ切りを釣りましょうね。あ、信久さん。次寅さんと席替ってください」

太平の直ぐ近くの、いつもの場所で竿を出そうとしていた信久を容赦なく追い払った。

「あ、いや。そこは上座では」

継虎が戸惑う。舟に上座下座があるかは知らないが、座敷がある以上は、上《かみ》、下《しも》があるはずだ。

「あ、いいんです。そこは一番の下手っぴいが座る場所なんです」

太平の言葉で信久がむっとし、後ろで原がにやりとする。

「次寅さんは虎ギスに似てますね」

虎ギスは、キスよりはハゼに似ている。鼻筋はキスのようにすっとは通らず、おでこからすとんと落ち込んで厚ぼったい唇へと続く。

体に暗褐色の横縞が六本入っていて、そこから虎の名が付いた。だけど虎よりは、車海老の方に良く似ている。

広いおでこに大きな目、がっしりした鼻にふっくらした唇。精悍そうでいてどこか愛嬌のある継虎の顔は、実に虎ギスに良く似ていた。

「虎ギスか。ぜひ見てみたいものだ」

「本当においしいんですよ。ええ、帰りに釣りましょう」

残念だけど、今から行く海には虎ギスはいないのだ。

「太平！」

奥から原が小さく吠えた。

「時間があったらの話です！」

太平がむくれる。太平にだって、今日の釣り御用がいつもと違うくらいは分かっている。何といっても「参」の釣りなのだ。

太平と話し、太平と信久や原との会話を聞いているうちに、継虎の肩から力が抜けていった。

信久公が会いたがっている。

原にそう伝えられたのは半年以上も前の事だった。そして、今日ようやくそれが実現した。

養子。

それを含んでの品定めとは分かっている。当然、継虎も花房信久という男の品定めをするつもりで乗り込んできた。相手を見定めるための真剣勝負。そんな気負いも、おだやかに吹く潮風に流されていく。

「継虎殿。何はともあれ、ひとまずは釣りをしませんかな」

隣りで信久が、竿をかざしてゆったりと微笑んだ。

「はい。ですが、私は釣りは初めてでして」

釣りどころか、こんな風に海の上にいる事も初めてだった。

「はい。誰にだって初めてがあります。でもですね、初めての人に大物が掛かるってけっこうあるんですよ。ええ、石動さんもですね」

竿と仕掛けについても色々と教えてくれるのだが、継虎には太平の言っている事のほとんどが分からない。

「いいんです。今分かんなくてもその時になったら分かります。ええ、釣りってそういうものなんですから。あっ、信久さん糸出しすぎです。最初はちゃんと私の言ったタナでやってくださいね。ええ、今日は二人だからまだいいですよ。でも大勢の時に勝手をするとお祭りしちゃいますからね」

タナ、お祭り。やはり太平の言う事は分からない。

継虎は釣りこそ初めてだが、武芸はもちろん、漢詩に和歌、能に茶の湯と、武士の嗜《たしな》みとされる物は一通りやってきている。

継虎は江戸の藩邸で育ったが、三男だから藩主になる事はまずない。養子の口がかからなければ一生を部屋住みで終える。ただ居候を続けるのも癪《しゃく》だからこの地に移った。

いずれは藩校で国学と和歌を教える、そう決めた。そして蘭学と出会った。

国学の師の主宰する歌会で、前年に開業したばかりの蘭方医、尾形玄庵と出会った。

「なぜ、蘭方医のあなたが国学を？」

蘭学者といえば「日本は百年遅れている」頭ごなしにそう言う連中。それが継虎の印象だった。

「長崎で修行中に、異人たちから日本の事を色々と聞かれました。その時に思い知ったのです。私はこの国の事を何も知らないと」

その日から、継虎が国学を、玄庵が蘭学を教え合うという関係が始まった。継虎が十九歳、玄庵が二十五歳、今から六年前の事だった。

幸いに、開業したての玄庵には患者もほとんどいなかったから、二人ともに暇は充分にあったし、継虎の藩主の子という立場を使って、最新の洋書も手に入れられた。

『老いたる獅子、清は英吉利を始めとする餓狼たちに全身を貪《むさぼ》り喰われ、今や息絶える寸前である』

その餓狼たちが、次の獲物として虎視眈々と狙っているのが日本。異国の脅威から我が国を守るには何をなすべきか。

二人で書き上げた建白書（その頃には玄庵はだいぶ忙しくなっていたので、後半は、ほぼ継虎一人で書き上げた）を、継虎は幕府に送った。

もちろん、その建白書は江戸藩邸で握り潰された。仕方ない。目立たぬ事、それが江戸留守居役の第一の仕事なのだから。

だが玄庵が大坂の師に送った写しの方は、師の評価を得て世に出た。その写しの写しが、回り回って信久の元にも届いた。

信久は、近頃声高に叫ばれる攘夷と言う言葉が嫌いだった。神国日本を穢《けが》されないために外国船はすべて打ち払え。こんな乱暴な話はない。

継虎の建白書では、異人も人であり、異国も国である。とごく当たり前を前提としていた。

ただ、彼らは今、際限のない欲望の中にいる。その欲望から身を守るには、『幸い、我が国は米利堅《めりけん》と同じく合州国であり——』三百余藩、三百余の国々が、それぞれに自国を守る手立てを考え、足りぬところを大棟梁たる幕府が担《にな》う。『そのためにも、一刻も早く諸侯を集めて合議すべし』と論は続く。

何度読んでも、信久はそこで笑ってしまう。江戸城の大広間に三百諸侯が集って、日本の将来を議論する。無理に決まっている。だが実に面白い。

さらに、将軍も合議によって決めれば良いと続く。そうすれば、皇帝を手に入れれば中国のすべてが手に入る、を避けられる。将軍が異国に取り込まれたなら、残った三百国で新たな将軍を立てれば良い。玉《ぎょく》を取られれば金が玉に、金を取られれば銀が。いや、歩が玉と成ってもかまわない。

書いたのは海堂藩の三男だという。歩いて半日ほどのところに、こんな痛快を思いつく人間がいる。それが面白くて継虎の事を調べさせた。

それがいつの間にか、養子縁組の噂話となって信久の耳にも届いた。

「なるほど、その手があったか」

禁じ手のはずが妙手と思えた。異国の脅威が目の前に有る時に、いつまでも隣藩と対立してはいられないし、幼い我が子を藩主にしたくもない。

それに、これが上手くいけば竹千代とゆっくり舟釣りが楽しめる。


釣りには人が出る。

信久はそう思っている。釣りは思うように行かない事の連続だ。竿を振れば浮子は狙っていないところに飛んでいくし、鉤は魚の口よりも、着物のどこかに刺さりたがる。

仕掛けは必ず海の中の何かに引っ掛かるし、糸は必ず他の糸に絡んでお祭りとなる。絡む相手がいなければ一人でこんぐらがる。揺れる舟の上でそれを解《ほど》こうとしていると、溜息どころか涙が出そうになる。

　信久は主だった家臣とは一度は釣りをしている。片桐監物とも何度か釣りをした。一度で充分な相手だったのだが、勝手に舟に乗り込んでくる。

「芸事は名人に習うんが一番、言いますよってに」

　と、揉み手をしながら乗って来て、先客を追い出して信久の隣りに座る。原が文句を言いかけたが、信久が目で止めた。監物を敵に回せば原とてどうなるか分からない。

　監物との最後の釣りは、太平が釣雲の代わりに船に乗るようになって三月ほどした頃だった。

　その日、信久はいつもの自分の場所に監物を座らせた。そうしないと他の者と話もできない。おかげで太平には大変な一日となった。

　監物は「おい」と言って太平に餌を付けさせ、掛かれば「おい」と言って糸を渡す。

「いやあ、お見事。さすが名人でんな」

　信久が何かを釣るたびに臆面もなく褒め上げて、その合間に「おい」が入る。

　信久は太平とはそれまでにも何度か釣りをしている。太平は信久に当たりがないと、別の餌や仕掛けを出してくる。そして海に続く糸をじっと見詰める。

「太平、お前も釣りたいのであろう。好きにせよ」

「はい、好きにしてます。あ、信久さん。糸がふけてます。きますよ」

途端に糸が引き込まれ、信久が合わせた瞬間に「ばつん」と糸が弾けて切れた。

「あ、あーっ！　何て馬鹿なんでしょう」

太平の大声に信久が顔を伏せる。

「ええ、今日みたいな曇りの日は糸をもう一つ太くして良かったんです。ええ、何て馬鹿なんでしょう」

信久ではなく自分を責めていた。

信久が釣り上げた時には、「ね、言った通りでしょ」と言わんばかりの得意満面の笑みとなる。

「原。わしは太平の代わりに釣っているようだ」

その太平に、今日は一度も笑顔がなかった。

「あのおい様はいけません」

天賀家の台所で、釣りたての白ギスを天婦羅に揚げながら太平がつぶやいた。

「お魚が嫌いな人は釣りをしちゃいけません。ええ、お魚が可哀そうです」

「うむ、二度と乗せん」

城に戻るとすぐに、監物を探る事を原に命じた。

「監物は大野屋と組んで、その、色々とやっている、らしい、の、ですが……」

半年ほどかけて分かったのはそれだけだった。

藩の事業を大野屋に請け負わせてその見返りを得ている。だが、それはあくまで噂にすぎない。それを確かめるには帳簿に当たるしかないのだが、原は剣術は得意だが算術は苦手だ。信久に至っては算盤《そろばん》に触った事もない。

「あ、私、算盤得意ですよ！」

部屋の真ん中で五郎八と遊んでいた太平が、部屋の隅で額を寄せている、信久と原の話に割り込んできた。

「本当、にか？」

信久と原が太平の顔をまじまじと見る。

太平と算盤、どうしても結びつかない。だが確かに太平は数には実に細かいところがある。

「ええ、信久さんは三つ、原さんは七つも食べたんですよ、おかげで私はたったの四つしか食べられなかったんですから」

去年のお月見団子の事を今でも言う。

「はい、うちには大きな算盤が幾つもあるんですよ」

太平の実家、船手奉行安楽家の事だ。航海は日数《ひかず》と掛かり（費用）との戦いでもある。計数に疎《うと》くては船団は維持できない。

「ええ、私の足より大っきいんですから」

原の顔に浮かんでいた期待が戸惑いへと変る。

「はい、それに左足を乗せてですね。こう、右足で床を蹴るんです。もう速いの何のって」

その時には算盤の玉の面を下にして、キックスケーターよろしく、安楽家の長い廊下を走り回ったのだった。

「ええ、お凜様より私の方が断然速かったんですから」

得意満面の太平の前で、聞くんじゃなかった、と原が天を仰ぎ、信久が身を乗りだす。

「何と、お凜に勝ったというのか」

「はい。ぶっちぎりでした！」

あの、勝気と活発でできているお凜様に、どちらかといえばぼんやりでできているような太平が勝った。思わず「天っ晴れ！」と言いかけたが、原の顔を見てやめた。

「あ、でも弾《はじ》くのだったら則平さんが一番ですよ」

太平の釣り御用の決済をしてくれるのが、勘定方の三木だ。


「ふーう。太平、いつになったら書式覚えてくれるの」

三木が、ずり落ちる眼鏡を押さえながら太平を一睨みする。

釣雲もいい加減だったが太平はそれに輪をかけている。少なくとも釣雲の字は読めた。みみずののたくるような字だったが読めた。

太平の字はバッタが飛び跳ねる。しかもバッタの一群れから、矢印をつけて別の場所に一群れが飛んで行く。『はいこれはどうしても必要でしてええなぜかと言うとですね』

「お願い。必要な事だけ書いて」

表がいっぱいになるとバッタたちは裏に飛ぶ。

「裏に書くな！　せめて別の紙に書いて」

裏の文字が表ににじんで、さらに判別を困難にする。

「で。これ、何て書いたの」

「さあ？」

訊問のごとくに聞きながら解読をし、別紙にまとめて算盤を弾く。

「則平さんだったらチョチョンのチョンですよ。ええ、それに皮ハギも得意なんですよ。ええ、私もずい分と教えてもらいました」

「何と、皮ハギをか！」

信久が身を乗り出した。皮ハギの肝和えが大好物なのだ。

だが餌盗り名人（普通、魚は泳ぎながら餌を食うから当たりが出るのだが、皮ハギは鰭を細かく震わせて、一カ所に留まりながら餌を齧《かじ》り盗る）と呼ばれるだけあって釣るのはなかなかに難しい。その名人となれば放って置けない。

「三木を呼べ！」

「殿！」

勘定方の人間をわざわざ呼び出せば要らぬ臆測を呼ぶ。それが監物の耳に入れば三木もただではすまない。

「皮ハギ名人から教えを乞う。それだけの事だ」

ついでに別も頼む。それだけの事だ。

「明日、三木に竿と仕掛けを持ってくるように伝えよ。算盤はこちらで用意いたそう」

「あ、だったら私が持ってきます。ええ、信久さんにぴったりのがあったはずです。うわあ、楽しみです」

「太平」

「はい、信久さん」

「だーめ」

勘定方の部屋は、東に面して二十五畳、二十二畳、十二畳、十畳と細長く続いている。冬以外は間の襖も外され、皆は東向きに文机を並べて仕事をする。
最後の十畳間は書庫で、ここだけは襖と障子が立てられている。正式のお文蔵は別にあるから、ここにはお蔵入り前の書類と、先例の幾つかを記した虎の巻が何十冊か置いてあるだけだ。
そしてこの書庫が三木の仕事場なのだが、仕事はほぼ無い。たまに誰かが何かを聞きにくるか、検算を頼まれる、その程度だ。おかげで、太平と釣り談議をする時間もたっぷりとある。（ちなみに、皆が太平のバッタに音を上げて、太平の担当は三木となった）
「殿、三木殿は算用の天才です。頭の中に算盤が入っております」

信久の書斎に三木と二人で籠《こ》もっていた原が、出てくるなり興奮気味にそう告げた。

しかも三木の頭の中には算盤だけでなく、過去に見た帳簿もすべて詰まっていた。まさしく言えば、すっきりと収まらなかった数字。辻褄の合わない数字。それらが頭に引っかかって残っていた。

「気のすむまで、とことん調べてくれ」

信久のその言葉で三木は夢中になった。幸い、お文蔵の鍵を持っているのは、勘定奉行と三木だけだった。

「良ければ皮ハギも」

算盤の音だけが響いていた。

数字はきちんと収まる物、三木はそう信じている。だから収まらない帳簿、辻褄の合わない数字は上役に報告した。

「忖度《そんたく》せよ」その言葉で終わった。

だが算術に「忖度」という記号はない。気がつけば書庫に追いやられていた。

「ずぶずぶですな」

三木が、大きな鷲鼻に掛かった眼鏡を押さえながら言う。

監物の関わる事業の多くが上手くいっており、藩の財政の建て直しに大きく貢献している、はずだった。

「五分の一ほどがどこかに消えてます」

消える先は一つしかない。

「欲には歯止めがかけられぬか」

信久が淋し気につぶやく。

監物は有能だ。だから、多少私腹を肥やすくらいは、そう思っていた。

「それと、大野屋からの借り入れも増えております」

その辺にから繰りがありそうだが、それは三木にも未だ見えない。辻褄が合っていたはずの帳簿も、すべて洗い直す必要がある。

「このままですと」

花房藩は大野屋に首根っ子を押さえられてしまう。大野屋と組む片桐監物の権力はさらに強大と成り、監物に取り込まれている和久が藩主となれば、実質的な藩主は片桐監物となる。

それはそれでかまわない。藩主はただの神輿《みこし》だと教わってきた。他の神輿を担ぎたいなら担げばいい。

だが、藩は家であり、藩士は子だとも教わってきた。だったら親としての務めは果たそう。それに、神輿にだって意地はあるのだ。

四

「もう少ししたら舟が止まります。私が、はいっ、て言ったら、これを投げてくださいね」

太平が、活海老を付けたてんや鈎を継虎に渡す。船はすでに沖之島の裏磯に入り、あちこちに顔を出す岩礁の回りは白く泡立っている。船を漕ぐやじろには気の抜けない海だが、いかにも魚のいそうな海でもある。

「あ、遠くに投げないでくださいね。ひょいっでいいんです。ええ、お魚は下にいるんですから」

「だったら落とすだけでも」

「いけません。次寅さんは初詣の時にお賽銭を落としますか」

「いや投げる。いや、放る、かな」

いずれにしても、釣りとお賽銭の関わりが分からない。

隣りの信久が笑みを浮かべ、後ろの原が笑いを噛み殺す。主従二人でかつて通った道だ。

「でしょう。私もひょいっです。そして、今年もおいしいお魚がいっぱい釣れますようにってお願いするんです。ええ、それと一緒です。はいっ」

「あ、今年もおいしいお魚が」

「そっちじゃありません」

海に投じられたてんや鈎が沈むに従って継虎の足元の盥から糸が、しゅっ、しゅっと伸びて行く。続いて信久が自分の仕掛けを投げ入れて、今日の釣りが始まった。

糸が伸び切ると、竿先がこくんと海に向かってお辞儀を始める。

「あ、太平殿。いや、太平、こ、これは」

継虎の声が上ずる。仕方ない、初めての釣りなのだ。

「はい、海の引きです。潮が糸を引っ張ってるだけです。ご安心ください、お魚が掛かったら誰にだって分かりますから」

「海の引き」

継虎が感にたえたように繰り返す。

海に潮の満ち干がある事は知っている。それが、日と月の関わりで起きる事も知っている。だが、それを体で感じるのは今が初めてだった。

「はい、今日は絶好の釣り日和りです」

南の空には青空がのぞいているが、他はどんよりと薄い雲でおおわれている。太平のお好みは、晴れ渡った青空にぽっかり雲が一つ、二つなのだが、残念な事に、そんな日はなかなか釣果には恵まれない。

「ええ、お天気だったらお魚の朝ご飯はとっくに終わってます。でもこのくらいだと、あ、まだ朝なのかな、って思うお魚がいます」

「つまり、そういう間抜けな魚を狙う、という事ですか？」

「油断したお魚、お腹を減らしたお魚が釣れる、とは思います」

「賢い魚は釣れぬ、と？」

釣りは魚との知恵競べ根競べだと、ついさっき信久に言われていた。

「さあ？」

太平が今までに釣った魚は、皆賢そうな顔をしていた。そして、「何で？」という目をし、時には「お前ごときに！」と睨んできた。

「はい、お魚の都合とこちらの都合。それが合うか合わないか。そこが実に玄妙でありまして」

継虎の糸を見詰める太平に口惜しさがにじんでいる。もう何年も何百遍も釣りをしてきているのに、いまだに魚の都合が良く分からない。

「あ、時折り竿をしゃくってください」

しゃくる。これも継虎には初めての言葉だったが、何となく見当はついた。それでしゃくってみた。

竿先が大きくしなり、手元にずしりと重みがくる。これが海の重さ、ふとそう思った。

「はい。そんな感じで色々やってみてください」

こうすれば釣れない、はあっても、こうすれば釣れる、はないのだ。

太平は継虎に、ひとまず必要な事を伝えると自分も竿を手にした。竿は三本で、左手の親指と人差指の間に一本、人差指と中指の間に一本、中指と薬指の間にも一本、三本を扇のように拡げて持つ。

三本の竿には、それぞれ二十尋、二十五尋、三十尋の長さの道糸を出してある。今日は二十五尋辺りで鯛が来ると太平は思っているが、魚の都合は分からないからその上下も探ってみる。決っして自分が釣りたいからではない。

そもそも釣り役は、御用の間の釣りを禁じられている。あくまで殿の世話と警護が第一なのだから当然なのだが。

「原がおる。それに、わしも自分の世話くらいは焼けるようになった」

信久のその言葉で、太平も時々竿を出すようになった。

今、太平は信久と継虎に鯛を釣らせたい、その一心で竿を出している。もちろん、魚が掛かれば釣り上げる。仕方ない、それが釣りだ。

船首に立った太平がしゃくっていると、竿の一本が大きくしなった。すかさず手を跳ね上げて合わせをくれる。

魚が掛かったのは、三十尋の糸を出した竿だった。掛かった糸を右手で掴むと、他の竿は船縁に幾つか開けてある穴に差し込み、掛けた竿は後ろに捨てて両手で糸を手繰っていく。

両手を広げた長さが一尋だから、三十尋なら三十回手を動かせばすむ。大した抵抗も見せずに上がってきたのはカサゴだった。

「三十でカサゴですから、今は潮が弱いです。二十五より下にすると根掛かりしますよ」

三十尋は糸の長さであって水深ではない。糸は潮に押されて横に流れる。それが三十尋で根魚《ねざかな》のカサゴが釣れた。糸はかなり真っ直に伸びている。

「おっ」

信久の竿がくくんと震えて、信久が竿を跳ね上げる。

釣れたのは太平の釣った物より一回り大きく、丸々と太った赤も鮮やかな鬼カサゴだった。

「ああ！　三十は出しましたね。信久さんの一尋は私より長いんだから気をつけてくださいね。ええ、根掛かりとお祭りほど時間の無駄はないんですからね」

「ごめん」

太平に叱られて、信久が子供のように首を縮《すく》める。

五月は、昨日父と行った釣り場に向かっていた。

初めて母も父もいない朝を迎え、朝を食べ、掃除をすませたら、何もする事がなかったのだ。

「あら、八兵衛さん」

柳の木の下に八兵衛と伊兵がいた。

父の言うご隠居が八兵衛さんとは思いもしなかった。

八兵衛も五月が石動の娘とは思いもかけなかった。武家の娘とは聞いたが、奉公人に名字など邪魔なだけだから聞きもしなかった。

「石動様が仕事を？」

「はい万十屋さんで紹介されたと」

五月の言葉に、八兵衛の小さな目が開かれる。

「わしの行かんかった日のようですな。店には三日に一度ほどしか顔を出さんのです」

昨日はその日だった。店に行けばすべての報告を受ける。その中に石動の名も、浪人が来たという話もなかった。

『あの話、か？』八兵衛が五月に聞こえぬように声を飛ばし、伊兵が『多分』と返す。

店の誰かが、隠れて勝手をしたようだ。

「五月さん。わし用があるんで、しばらく旦那の相手してもらえんですか」

「はい、喜んで」

五月が清々しい笑顔で返事をする。

「五月さん、やってみますか？」

傍らにしゃがんで、真剣に浮子を見つめる五月に声をかけた。

「はい、ぜひ」

太平さんと父の好きな釣り。一度はやってみたいと思っていた。

「ずい分重いんですね」

五月のために出した竿は真竹の三間ほどだからかなり重い。だから普通は途中に竿受けを置くのだが、五月は石動のように腰溜に構えていた。

「まるで巴御前や」

大柄の五月が構えると、竿がまるで薙刀《なぎなた》のように見えた。その姿は、木曽義仲と共に戦場を駆ける女武者、巴御前の武者絵のようだった。

「あら？　あっ！」

五月の竿が大きくしなっていた。

掛けた五月も必死だが、玉網を手にした八兵衛はもっと必死だ。自分で鯉をすくった事など一度もないのだから。

だが、鯉は大きく暴れる事もなく、八兵衛の差し出す玉網に素直におさまってくれた。

一尺近い緋鯉だった。

「きれい」

桶の中で泳ぐ緋鯉を、しばらく二人で眺めた。

「あのお」

「もちろんです」

緋鯉は堀に返した。

「気いつけや。次は家《うち》の池に持ってくで」

八兵衛が小さく声をかけたら、尾がぴしゃりと跳ねて八兵衛の顔に水をかけた。そして緋鯉は、そのままゆったりと堀の中に消えていった。

八兵衛は五月の母の事は知っている。だが、五月が口にしないなら八兵衛も口にしない。人の付き合いには知らない振りも欠かせない。

だから昨日石動が、今のと良く似た緋鯉を釣った事も話さなかった。いつか、親子二人の会話の中にそんな話があればいい。「まあ」「うむ」そんな日があればいい。

「やるで。監物の屋敷か玉井の別宅。あるいは両方や」

八兵衛の声に怒りが疾っていた。

勝手、をした人間の見当はすぐについた。伊兵が少し強《きつ》く訊いたらすべてを話した。

「今日中に町を出ろ。次に顔見たらただではすまさん」

そう言って一両をくれてやった。

今日か明日、必ず何かが起きる。その時に万十屋の名は決っして出てはならない。すぐに聞いた長屋に走ったが、そこはすでにもぬけの殻だった。

「石動さんに何をさせる気でしょう」

船と水主と浪人。そこには血の匂いしかしない。

「石動さんは死なへん」

伊兵の言葉に八兵衛が即答した。あの石動さんが誰かに斬られる。それだけはあり得ない。

「石動さんは役人は斬らんやろ」

役目で向かってくる人間を斬るとは思えない。捕《と》り手に囲まれれば素直にお縄につくだろう。

「伊兵、お城の図面手に入れるで。監物と玉井のあほは後回しや」

「へい。牢破りは初めてですね」

海の上では手も足も出ないが、陸《おか》の上でだったら何とでもなる。二人の顔に不敵な笑みが戻った。


「太平。ずい分と上で食ってきたぞ」

昼に差しかかる頃。信久が七、八寸の鯛を釣り上げた。餌を代えようと、仕掛けを上げる途中で食ってきた。

「はい、十二ほどでしたね」

太平の予想よりもはるかに浅いタナだった。

「それが鯛ですか」

継虎が身を乗りだして、信久の手にした鯛をのぞき込む。

「ええーっ！　次寅さん、鯛見るの初めてなんですか！」

「焼いたのは見たが、生《なま》は。いや、生きた鯛は初めて見る」

その鯛は赤と銀白に輝き、薄青の点が星のように散っていた。

「うん、塩焼きとはずいぶん違う。触ってもよろしいでしょうか、花房様」

「もちろんですとも」

信久が鯛の口に掛かったてんや鈎の、根元を持って継虎に渡す。

継虎は船に酔わない。そして、魚を嫌いではない。信久の顔に笑みが広がる。

「あー、舟の上では花房でなく、信久さん」

そこで太平の顔が目に入った。

「いや、信久様と呼んでいただけんか」

「はい、花房、あ、信久様」

継虎が時折りに跳ねる鯛をつくづくと眺め、顔を寄せて匂いを嗅いだ。

「あまり匂いませんね。もっと生臭いものと思っていました」

「はい、生臭いのは死んだお魚です。磯臭いのは海藻の腐った臭いです。海の中には海の匂いしかありません」

太平は自分の竿をすべてしまった。今日は次寅さんと一緒に釣りをする。そう決めた。

「次寅さん、飛びっ切りを釣りませんか。でも坊主かも知れません」

何だか、次寅さんには大物がくる。そんな気がした。

「はい、ぜひ」

坊主は分からないが飛びっ切りは分かる。

太平が継虎の竿を、もう一回り太い糸の巻いてある竿に代え、餌もイカに代えた。糸は二十八尋にした、これ以上を出せば底を喰う。みおし丸が用意してくれたイカは、小振りとはいえ海老よりははるかに大きい。

そのイカを一発で食うほどの大物、それしか釣れない。小物に狙われたら、もそもそした当たりのうちに食い散らかされる。

だけど今日は底近くに小物はいない。太平はそう確信している。

「違ってたらごめんなさい」

釣りというのは、結局は釣り人の勘と運がすべてなのだ。

「あー、太平。わしも飛びっ切りを」

「どうぞご勝手に、そのかわり坊主覚悟ですからね」

太平の言葉で信久が「うーん」と考えこむ。釣りをして、何も釣れないほど哀しい事はない。時々ほどほどが釣れて、最後にどかんと大物がくればこんな幸せはないのだが、なかなかそうは問屋が卸さない。

悩んだ末にひとまずイカに代えた。当たりが無ければまた海老に戻す、そう決めた。仕方ない、それが釣り人の性《さが》だ。何も釣れなかったら、釣り人でさえなくなるのだから。


雲の切れ間から差す陽を受けて、海の一カ所が銀色に輝いていた。

「美しいな」

継虎がつぶやいて、直ぐに唇を噛む。

「和歌において、きれいや美しいは禁句とお心得ください」そう教わり教えてきたのに、つい口にしてしまった。

「はい、本当に美しいです。晴れていたらもっと銀色に輝いて、もっともっときれいなんですから」

太平は、和歌は一日で懲《こ》りたから禁句など気にしない。

「五七五、七八九なんて長すぎます。ええ、五七五で充分です」

当然、太平の俳句にきれいや美しいは常連だ。

『嬉しいな、今日の海はきれいだな』

太平の自信作の一つだ。師匠にも「良かったですね」と褒めてもらった。

「ええ、朝には金色に輝く時もあるんですよ。そりゃあもう、この世のものくらいに美しいんですから」

継虎が一言言いかけてやめた。言えば「あ、私、まだあの世に行った事ないんですよね」たぶん、そう答えるだろう。

「金色の海か。ぜひ見てみたいものだな」

太陽が雲に隠れて、銀色の海も消えた。

「時合《じあい》を外れたようです。お魚さんもお昼寝でしょう」

潮も上げ止まった。次に潮が動き出すまでは魚の食いも立たないだろう。

それで昼の支度に掛かった。朝に釣ったカサゴを三枚に下ろして昆布で締める。釣り立ての魚は、歯応えはあるがうま味は薄いから昆布を足す。頭と中骨は軽く炙って鍋に入れる。出汁が深くなり、脂がコクを増してくれる。

魚に齧られた海老や、噛み切った尾羽は唐鍋で炒って塩を振る。

「ええ、お酒には最高です」

五

「太平っ！」

艫のやじろが太平を呼ぶ。見るとやじろの向こうにこちらに向かう船が見えていた。

今、太平のいる沖之島の裏磯は、船には厄介だが格好の漁場でもある。だから腕に自信の一本釣り漁師は入る。

だが漁師の釣り時はとっくに終わっている。

「原さん」

座敷の中の原に声をかけた。少しでも不審があれば伝えるようにと言われている。

原はやじろの声で、直ぐに二膝ほど奥に退がった。やじろや太平ほどには遠目が利かないから、見るのは二人にまかせて、敵から見えないところに移動した。

「二丁櫓やで、どこ行くんやろう？」

「どこへ行くんでしょうねえ？」

やじろがのんびりと言い、太平がのんびりと返す。この辺りで二丁櫓といえば網船か荷積船だ。この海を目指す事はあり得ない。

「太平、三つや」

一列だった船が動いて数が見えた。

「原さん、三船です」

船首にいる太平よりは途中の原に直接言えばいいのだが、やじろは原が苦手だ。いかにも武士、といった原に武家言葉で話すよりは、いつも通りに太平に話す方が気が楽なのだ。

列から外れた一艘は、屋根船とお城を結ぶ線の上で止まった。まるで、太平とお城の間を通せん坊するかのように。

「剣呑《けんのん》」

釣雲の言葉が頭をよぎる。だったら最悪に備えなくちゃならない。だけど太平にはその最悪が分からない。どうすればいいかはもっと分からない。

「頑張ってください、やじろさん」

やじろに丸投げした。仕方ない、もうすぐ潮が下げに入って大きく動きだす。大潮前の中潮だ、これからこの海はもっと危険になる。だから、やじろに任せるしかない。


「狙いは私ですね」

継虎が淋し気につぶやく。海堂、その名は花房藩では忌み嫌われている。その事は知っていたが、想像以上だったようだ。

「いや」

信久の眉が険しくひそめられた。

「太平。前に竹の伐《き》り時を話してくれたな」

太平に声をかけながら自分の仕掛けを上げていく。どうやら釣りどころではなくなったようだ。

「はい、遅くても十月までには伐らないと虫が入ります」

「うむ」

どうやら伐り時を逸《のが》したようだ。信久の口元に苦い笑みが浮かぶ。獅子身中の虫は、獅子の体その物を喰い破る。すでにそう決めていたようだ。

「やじろ、逃げよ」

武士の勝手にやじろを巻き込むのは忍びない。

「はい、そん時には海に落ちます。そやけど、それまではここにおります。ここがおりの場所なんで」

やじろに武士の意地はない。だが船乗りの意地はある。船を棄《す》てるかどうかは船頭が決める。そして、やじろの船頭は太平だけだ。

「でもですね、竹の全部に虫が入る訳じゃないんですよ。それにですね、ええ、本当に小っちゃな穴なんです。ええ、上手に使えばちゃんと竿になるんです」

「そうか」

わしは上手く使えなんだか。そしてそのせいで、この船の全員《みな》が海に沈む。

「えっ！　あっ、おわっ！」

継虎の素っ頓狂な声とともに「ぎゅわわあああん」竿と糸が一斉に吼えだした。

竿は半月を越えて満月に近づき、糸は飛沫《しぶき》を散らしながら細かく震えている。竿を持つ継虎の顔はすでに真白となっていた。

これほどの竿鳴り、糸鳴りを聞くのは太平も初めてだった。竿は持てる限りの力で戦い、糸も必死で耐えている。太い糸に代えていたのが幸いした。

「寅さん、はっふー。はい、はっ、ふーっ」

太平は竿の途中の糸をつかみ、掛かる力がわずかに緩んだ時を見て、糸掛けに残っていた糸を解いた。糸は十尋ほど。これが出切れば、竿尻の環に別の糸をつないで竿を海に放る。

「ご安心ください。糸はどれだけだってあるんですから」

その言葉で、継虎の顔にわずかに血の気が戻った。

もちろん、嘘だ。スズキやカツオならそれでいいが、鯛は下にも泳ぐ。根に入られれば糸は擦れて切れる。残り五尋、そこが限界だと太平は見ている。それを超えれば、この飛びっ切りの勝ちとなる。

太平は継虎の隣りにしゃがんで糸を持ち、継虎にはそのまま竿を持たせた。普通なら竿は捨ててての手釣りとなるのだが、釣りが初めての継虎には荷が重すぎる。

それに、糸だけで戦うにはこの相手は強すぎる。どうしても竿の助けが要《い》る。継虎の持つ竿は太平の自慢の一本だ。魚との戦い方は竿自身が知っている。

「こ、これが、鯛なんですか！」

とても魚とは思えない強靭な力が、竿を通して継虎の全身に伝わってきていた。

「さあ」

カサゴだったらどんな大物でも、最初の合わせ切れを凌《しの》いだところで勝負はついている。後は口黒か口白か。

「いえ、やっぱり鯛です」

石鯛や石垣鯛だったら、とっくに根に潜って糸はびくともしなくなっているはずだ。だが、この相手は泳いでの戦いを選んだ。

「ええ、間違いありません」

先日来、ずい分と浅いタナで小型の鯛が釣れた。その時に「小の下には中、中の下には大」の徳造の言葉を思い出した。大物が下で目を光らせていれば小物は上に行くしかない。

「ええ、寅さんお見事です。これだけの大物を良く掛けました」

「うん」

魚が勝手に掛かった。継虎にはそうとしか思えない。

竿をしゃくろうとした時に、手の中にもぞりと何かを感じたがそのましゃくった。途端に「がつん」と、凄まじい力が竿を引っ張った。なるほど、魚が掛かれば誰でも分かる、か。物を考えたのはそこまでだった。

後は、竿と糸の音が自分の悲鳴とも聞こえて、ただただ必死に反応した。

「糸はどれだけだってあります」

その声で、ようやく我に返った。


「ひとまずは四人。梶取りに釣りが二人。何や、船頭は料理しとるみたいやな」

勇次は遠目が利く。一人一人の顔まではまだ見えないが、体と動きは見えている。

「梶取りがこっちに気づいた。ええ目しとる。それに腕もええ」

勇次が乗る白子廻船は大船だから、間違ってもこんな海には近づかない。あちこちに顔を出す岩礁、白く砕ける波頭。一目見ただけでも、そこには複雑な潮が巡っていると分かる。そんな海で、先ほどから一つところに船を止め続けている。

石動にも、屋根船の後ろと先の二人が見えて来た。赤茶の着物に赤茶の笠を被った男が二人。まず、そのどちらかを斬る。どちらが先になるかは船の動き次第だ。

「梶取りは刀を差してねえ。先っちょは差してる」

「うむ」

勇次の言葉で梶取りは斬らないと決めた。斬らないで海に落とす。先っちょは斬るしかない。相手の力量が分からない以上、必殺で臨むしかない。

「おいおい」

勇次が思わず声を上げた。

こちらに気づいたからには何らかの動きに出るだろう。そう思って見ていたら竿が大きくしなり、船頭がその竿のところに行ってしゃがんだ。当然糸を切る。そう思ったが、竿はたわんだままで、船も止まったままだった。

「釣り上げる気かよ」

「うむ」

石動の口が大きくへの字に曲がる。

あの先っちょの男は必ず斬る。命よりも釣りが大事なら、三途の川で好きなだけ釣れば良い。石動の腹が定《き》まった。

「信久さん、代わってください」

「よ、良いのか、わしで」

継虎の竿の下で、太平から糸を受け取る信久の声がうわずっている。

「だって、私の次に上手なのは信久さんなんですから」

この船の中では、とは言い忘れた。

「うむ、できうる限りをする」

目を輝かせて魚とのやり取りを始めた信久の後ろで、原はじっと座っている。「こんな時に釣りかっ！」と吠えたいところを、じっと我慢して座っている。

海での事は太平に任せるしかない。

「ああ見えても太平は……」次が出てこない。

「海の子だ……」

溜息とともにそうつぶやいた。

「原さん！　こんな時に何ぼやっとしてるんですか。はい、これっ」

太平が座敷の下に積んであった、物干竿ほどの長さの青竹を引きずり出しては、座敷の中に放り込んでいく。

屋根船は、柱を立てて屋根を乗せているだけで壁はない。座敷は船底に張った床板の上に、大きな縁台を並べて畳を敷いてある。そこに腰かけて釣りができるように、船縁とは二尺ほど間を空けてある。

当然座敷の下はがらん胴で、太平はそこに竹を何本も詰め込んでいる。

「ええ、竹ほど役に立つ物はありません」

誰かが海に落ちたら放ってやればいい。二本を両脇に抱えればまず沈まない。


継虎は必死で戦っていた。

信久も必死で戦っている。

少しでも相手の力が緩めばすかさず継虎が竿を上げて、竿が降りる間に信久が糸を手繰る。竿が鳴るほどに相手の力が強まれば糸をゆっくりと出す。一進一退の攻防が続いて行く。

「一体、いつまで続くんでしょうか」

時折りの竿鳴り以上に、継虎の全身の筋肉が悲鳴を上げている。たかが釣りが、これほどの重労働だとは思いもしなかった。

「継虎殿。命がけなのは魚の方です。釣り損ねてもあなたの命に別条はありません」

信久がにやりとする。一度は誰かに言ってみたかった。

「ま、あなたが悔しい思いをして、太平が実に哀しそうな顔をする。それだけの事です」

「太平の哀しそうな顔ですか。それだけは見たくありませんね」

できるだけを頑張るしかない。おかげで、自分たちの命の事はすっかり忘れた。

「あっ！」

「おっ！」

またしても、海の中の獣が暴れ始めた。


「太平、この竹をどうする？」

羽織を脱ぎ捨て、着物の袂を扱《しご》き紐で括った原が、脇に置いていた刀に手を掛けて聞く。

「原さん、刀は要りません。ええ、刀を使う時はもうお終《しま》いなんですから。それにですね」

自慢じゃないが太平は刀を抜いた事がない。大きなハマチを釣った時には脇差を抜いて捌いたが、刀を使うほどの大物はまだ釣っていない。

それに、船で刀は邪魔なだけだから、太平もやじろも最初から差していない。脇差は、身分の手前と殿様の手前があるから差しているが、やじろの脇差は船に乗った途端に外されて座敷の中に転がっている。「漕ぎづろうてしゃあない」のだそうだ。

「この竹で相手を突くのだな。ならば」

刀ですぱり、と思った原の手が止まる。地面に立てた竹をぱつりと斜めに斬った事は何度もある。だが、横になった竹を斬った事はまだない。

「太平、そちらを押さえていてくれ」

「原さん、あなた馬鹿ですか？　私、さっき言いましたよね。近づいたら終わりだって」

刀も竹槍も同じ事なのだ。

「あの人たちはやじろさんを狙ってきます。ええ、この船で一番大事なのはやじろさんなんですから」

ようやく原にも分かった。やじろと太平を失えば、この船はただ漂うしかないのだと。

「だから撃ちます。竹のお尻に右手を掛けてですね、左手で狙いをつけてどんと撃ち出します。あ、逆でもかまいません。ええ、左手を竹のお尻に掛けてですね」

「そんな事ができるのか」

原の知る武芸の中にそんな技はない。本来、槍は投げて獲物を倒すための物だった。その事は知っているが、その役はとっくに弓に、そして鉄砲へと代わっている。

「ええ、上を横にするだけなんですから」

釣り修行の時。気まぐれな釣雲は、ふいっとどこかに行ってしまう事が良くあった。そんな時太平は、雨戸の上で物干竿を投げては時間をつぶした。横には投げられないから上に投げる。

少しでも角度が狂えば池に落ちるから、真上に真っ直に打ち上げる。慣れてくるとずい分と高く上がり、恐ろしいほどの速さで落ちてきた。何度も取り損ねては一人で沈《ちん》をした。

「原さん、後ろに一本撃ってみてください」

敵の船は屋根船の左側に向かってきているから、船の右側、原の後ろは死角となる。まだこの武器の存在は知られたくない。

「一本だけですよ。数は限られてるんですからね」

「試しは要らぬ！」

原がムッとして答える。投げる。目的が分かれば体の動きも決まってくる。すでに何度かその動きを繰り返して体に覚えこませた。

「駄目です。ちゃんと撃ってみてください」

太平が真剣な顔で原を睨む。

「正面のあの岩の頭に打ちつける。それで文句はあるまい！」

まさか太平に、腕を試される時がくるとは思ってても見なかった。片膝立ちで構えて「むん」と気合いを込めて撃ち出す。竹はしゅんと風を切って飛び出し、十間ほど先の岩の頭に当たって向こうに跳ねた。

「はい、お見事です。さすが原さんです」

太平に褒められた原が顔を伏せる。

太平に対する意地からか力んでしまった。当然、岩の上を通り過ぎると思った竹は、言った通りの場所に当たった。

『思ったより飛ばぬ』

その事を肝に銘じた。

太平にとっては、岩に当たるかどうかはどうでもいい。狙った方向に真っ直に飛んだ、それで充分だ。これなら、二、三間先の的には充分に当たるはずだ。

「すまぬ太平。己れの馬鹿を思い知った。だが、命に懸けてもやじろは守って見せる」

「あ、やじろさんは大丈夫です。気にしないでください」

「はあ?」

「その時にはやじろさんは海に落ちてます」

危ないと思えば海に落ち、危険が去れば船に戻る。それもやじろの仕事の内だ。

「だから、やじろさんを海に落としちゃ駄目なんです」

「なるほど、そのために竹を積んでおったのか」

「はあ?」

原には申し訳ないが、太平にそこまでの深謀遠慮はない。

　敵が来る。戦えるのは原さん一人。寅さんと信久さんは、もっと大事な戦いの真っ最中だ。自分も何かしなきゃ、そう思った時に竹が目に入った。そして、昔の遊びを思い出した。それだけの事だった。

第五章

決戦！　太平対五艘の刺客船

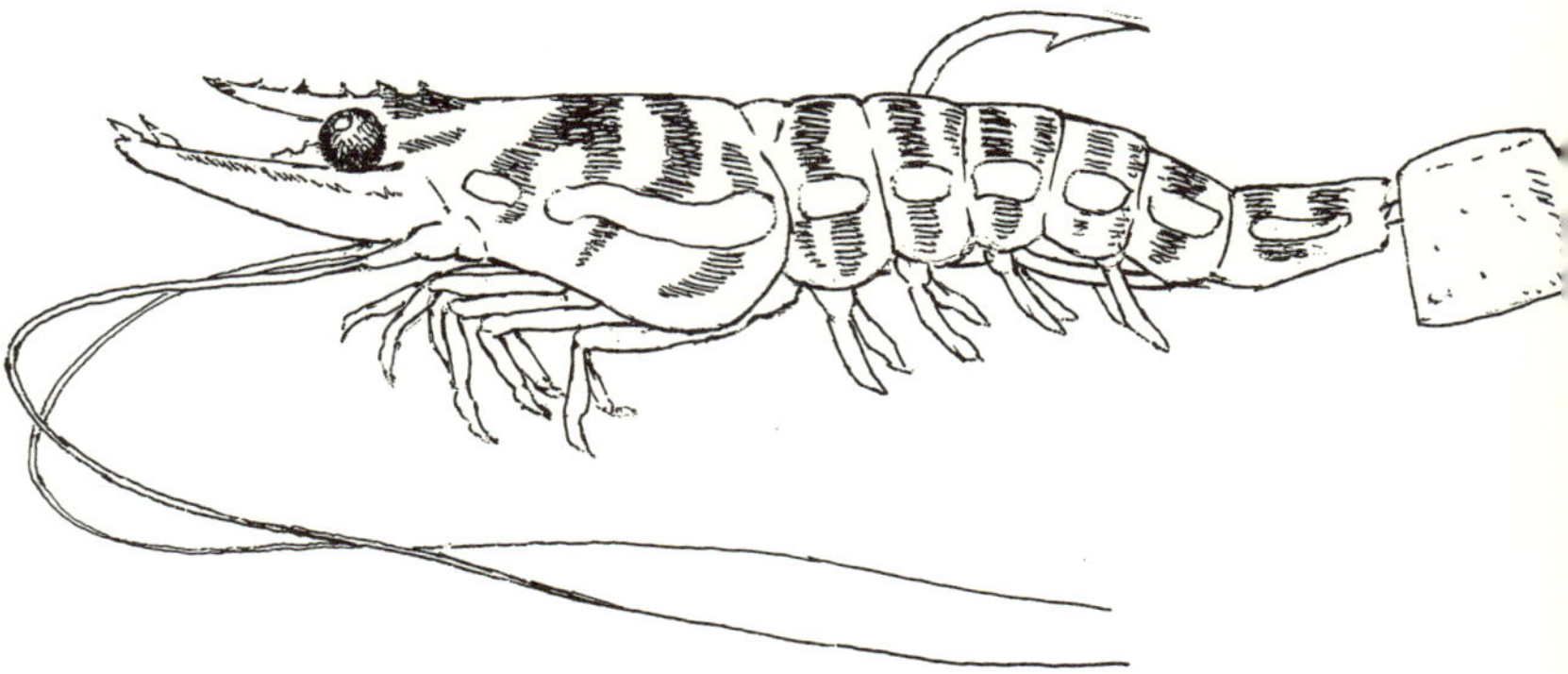

一

「なぜ嵐にそなえぬ！」

石動は怒《いか》っていた。

彼らにとって、自分たちは迫りくる嵐に他ならない。その嵐を前にまだ釣りをしている。梶取りは時折こちらを見ながらも、船を動かそうとはしない。竿を持った男とその隣の年寄りは、こちらを見ようともしない。先っちょの男は、今は船に隠れて見えもしない。

「大したもんや。ようあんな海で一つところに止めよる」

勇次はこの季節だから釣り物はキス、勝手にそう思い込んでいた。浜沖で釣っている船を、三船で囲んで人目の届かぬところに連れて行く、そう思っていた。

「何であん時に逃げんかった」

自分たちを見た時に動いていれば、あの海なら逃げおおせたはずだ。だが、すでに浜への道は堀江の船が塞ぎ、南への出口も山城の船が塞いだ。

「勇次、ぶつけてくれ」

「へい」

石動の静かな声に、勇次も静かに答える。

「伝助、休んどれ」

「伝二郎です！」

二番櫓を外させた。力量に差のありすぎる二番櫓は邪魔でしかない。

半纏と褌一丁の勇次の体と、胸の八咫烏に力が満ちていく。

「やじろさん、北に向けてください」

「おいよ」

やじろが船を回すに従って、継虎の正面にあった糸が右に流れ、やがて船の下へと消えた。

たわんだ竿から糸が真っ直に出ているから竿は戦える。だが、糸が穂先と直角になれば力はすべて穂先にかかって、折れる。

糸が船の下に入った時に、船と糸の間に竹が差し込まれて糸を持ち上げた。

「はい、寅さん。これからは船の向きがたびたび変ると思います。でも、糸は絶対に切らせませんから」

竹を持った太平がにっこりと笑っていた。

穂先と糸が真っ直となるように、竹を少し海側に突き出す。これで、竿は正しい形で戦える。

「ええ、でも私が戦えません。原さん、竹を一本ください」

その一本を座敷から舳先に差し渡し、その上に、両手で持っていた竹を乗せる。竹は舷側から斜めに、やや下向きに突き出す形となった。これなら片手で押さえるだけですむ。

「あれ、ひょっとしたらですよ」

船首の横梁に立ったら片足で押さえられた。これなら両手が使える。でも、そこからは動けない。

「ええ、贅沢を言ったら切りがありません。原さん、竹の尻尾を手の届くところに出しておいてください」

「ふーう」

小さく溜息をついた原の口元は笑っている。数に限りのある大事な竹を、何と二本も釣りのために使いやがった。

魚とのやり取りを続ける信久の口元にも笑みが浮かんだ。あの太平が、しっかりと手立てを考えている。しかも釣りも諦めない。

だったら釣りに集中するしかない。釣り損ねたら、太平に叱られるのは自分なのだから。

「原さん。これ、皆さんに届けてください」

太平が竹筒を放っていく。真竹の一節《ふし》を使った水筒だ。上の節は抜いて大きな栓をしてある。

「ぷはあ。うんめえ!」

やじろの声が響く。

「はい、カサゴのお味噌汁です。あ、身は入ってません。ええ、だってですね」

緊迫した海の上に、太平の一人言と満足の溜め息が流れていく。その中に継虎の溜め息はない。残念だが、継虎の両手は竿で塞がっている。

「しばし代わろうか？」

信久には糸の相手があるのだが、その気になれば竿と糸、両方の面倒はみられる。そのくらいの場数は踏んできている。

「あ、はい。でももう少し」

継虎の体はとっくに限界を超えている。だが、この怪物の顔は何としても自分の力で見届ける。その一心で踏ん張っている。

「そのお、よろしければ一口」

喉も体も乾き切っている。信久が継虎の口元に竹筒を近づける。

「ん。あれ？」

相手の力が消えていた。軽くなった訳ではない。ずしり、と重みだけが残っている。

信久も手に持った糸からそれを感じた。ここが潮時！　と一気に手繰ろうとした時に。

「気をつけて！　必ずもう一回暴れます」

太平の声が飛んだ。諦めてはいない。今、最後の一暴れのために体を休めている。

「はい、その時が最後の勝負になります。無理はしない、無茶はしない。ええ、それだけです」

片足で竹の角度を変え続ける太平の顔に、一抹の淋しさがのぞく。これだけの相手の顔はぜひ見てみたい、だけど。その、だけどの先は、太平にも良く分からない。

「うむ？」

屋根船がこちらに向きを変えた時には、戦うと決めた、のだと思った。だが、竿はまだたわんだままだった。

「あの竹は？」

船首に立った男の足元から竹が一本出ていて、それが時折りに角度を変えている。

「ああ、当て竹ですな。糸が切れんようにしとるんです。器用なもんや」

「うむぅ！」

つまり、釣りをやめる気はない。


「すげえな。あんなに速いの初めて見る」

二丁櫓の一人が引っ込んで、船足が落ちるかと思ったらもっと速くなった。

「大丈夫です。やじろさんの方がここの海を良く知ってます」

相手も知っていたら？　とは、やじろは聞かない。

「分かんない事は分かんないんですから。ええ、分かんない事を考えても仕方ありません」

太平ならそう答える。やじろもその通りだと思う。それに、今日の一日はとっくに太平に預けている。太平なら何とかしてくれる。

何といっても、太平は海の子、なのだから……

「うーん」

ほんの少しだけ不安がよぎった。


「むんっ」

石動は座ったまま、全身の筋肉に気合を入れた。船で立つ事は危険を増す上に漕ぎ手の邪魔となる。その時までは腰を据えて、船の揺れと速さを体になじませていく。

「まだ止まっとる。大したもんや」

勇次が声を洩らす。最初に見た時には下げに入った潮に対して逆櫓で船を止めていた。船を回してからは潮に向かって順櫓で漕いでいる。逆櫓で漕ぐよりはやさしいが、潮の勢いはこれからもどんどんと増していく。

「疲れるでぇー」


「やじろさん。三回漕いで一回休んで」

「おいよ」

声は聞こえるが、屋根に隠れて太平の顔は見えない。敵の船も太平の体に隠れて見えなくなった。ま、その方が気は楽だからやじろにはありがたい。

三回に一回を休むと船はわずかに後ろに流れる。正面の敵からは止まって見えるが、少しずつ退《さが》っている。もっとも、それに何の意味があるかはやじろには分からない。後ろの海にも、すでに敵が待ち構えているのだ。

太平の考えは簡単だ。少しでもやじろを休ませたい、それだけだ。

「ええ、こっちにきたいのはあっちなんですから。ええ、こっちが頑張る事はありません。」


「あー、残りは二十、ほどか」

櫓の軋む音と船の進みから、後二十漕ぎほど、そう見当をつけた。

「へい。相手が動かなきゃそんなもんです。鼻にぶつけますか、腹にぶつけますか？」

「あー、鼻の左をこすってもらえるか」

「へい」

勇次の声に安堵が混じる。船乗りとして、船をぶつける事だけはしたくなかった。

「あー、少し速すぎる」

この速さでは、何もできないままにすれ違ってしまう。

「ご安心を。その時にはぴたりと止めます。十から数えて四で足を押さえます。一で鼻をこすります。立つんなら三か二の辺りで」

相手の船に合わせながらも、そうするだけの自信が勇次にはある。

「うむ。よしなに頼む」

相手の梶取りの腕はいいが屋根船は重い。今、勇次の漕ぐ船よりは一回り小さいが、屋根と座敷のせいで重心が高くなる。無理に船を回せば引っ繰り返る。

しかも勇次からは相手の動きがはっきりと見えるのに、相手の梶取りからは座敷と屋根が邪魔をしてこちらが見えない。指示を出すべき船頭は時折りこちらを見ながらも──まだ足で釣りをしている。

「十《と》おーっ！」

勇次が数を刻んでいく。あんな船頭の下で働く梶取りが気の毒でならない。

「九《ここ》のつー！」

あの梶取りは絶対に助ける。あの船頭は──海に沈んでかまわない。

「四っつー！」

石動が腰を浮かせて片膝立ちとなる。まだ立たない。立てば背丈が分かり、間合いを読まれる。

「うわあ、やっぱり本気みたいですね」

船首に座っていた男が、中腰となり刀に手を掛けた。菅笠のせいで顔は見えないが、本気なのはその形で分かった。

「なぜ海なんですか。斬り合いだったら陸《おか》でやればいいじゃないですか。ええ、宮本さんと佐々木さんだって舟を降りてから勝負してます。海に自分の勝手を持ち込まないでください！　ええ、海が大迷惑です！」

太平は心底から腹を立てていた。こんなに腹が立つのは生まれて二度目だ。

ただ釣りをしている。そんな船を嵐のように呑み込もうとする、それが許せない。

「嵐だったら許せます。いえ、許せませんけど許します。ええ、嵐は嵐なんですから仕方ありません」

太平がぶつぶつと一人言を言いながら、帯のマカリを抜いて紐を解いていく。

「ええ、人が人にこういう事をしてはいけません。寅さんが釣り損なったらあなたたちのせいですからね！　ごめんなさい‼」

最後は涙まじりに叫びながら、マカリを思いっきりに投げた。


「三ぃっつー」

その時に、先っちょの男が刃物を投げた。鋭い勢いだったが、石動は直ぐに刃筋を見切った。笠をかすめて飛び過ぎる、よけるまでもない。

太平がごめんなさいと言ったのは、艫で櫓を漕ぐ男にだった。太平にとってやじろが一番大事なように、彼らにもあの男が一番大事なはずだ。

殺す気は無い、刺す気も無い。男の横をすぎるマカリを、紐で呼んで男の首に巻きつける。そして海に落とす。

問題は男の大きさだ。紐の引きっくらをして勝てる相手とは思えない。仕方ない、その時は太平が後ろに飛んで海に落ちる。

「ええ、こう見えて私けっこう重いんですから」

「ぱつん」

船首の侍の刀が一閃し、「かつん」とマカリが船床に突き立ち、紐がふわりと流れて海に落ちた。

「うわあ、お見事です！」

太平が何だか嬉しそうに、海に沈んだ紐を手繰っていく。少なくとも、太平が海に飛び込む必要はなくなった。

「太平、まさか鉄線入りか？」

信久が、顔だけを太平に向けて聞く。

「はい。それを空中でばつん、すぱりですもの。ええ、大したものです」

「ふう」

信久が小さく溜息をついた。


「信久さん。潮の事知りたくありませんか？」

何年か前に、太平が真剣な顔で言ってきた。

糸は潮に流される。潮に負けないほどに重い錘にすれば、糸は真っ直に沈むが潮の流れは分からない。

「ええ、ですから糸そのものを重くするんです」

そうすれば、糸は潮に乗りながら沈んでいく。

「ええ、異国にはですね」

それで、南蛮渡りの高価な鉄線を買ってやった。「ぴあーの」という楽器に使うという
その細い鉄線を、太平は嬉々として凧糸に撚《よ》り込んでいった。

「はい、実に良い感じで沈んでいきます」

だがそれだけの事だった。

「ええ、海の中でどうなっているかは見ないと分かりません。そうだ、異国には海の中を
動ける服が」

「だーめ」


太平が紐をまとめていると原が声をかけてきた。

「太平、斬り口を見せてくれ」

原は太平がマカリを投げるのを見、男の刃が光るのを見た。「居合か」だが、なぜ紐を
斬ったかが分からない。原だったら、迷う事なく飛んでくる刃を打っている。

「はい、後で」

太平が素っ気なく答える。太平にはもっと大きな心配がある。

「ええ、返してくれないでしょうねえ」

大事な想い出の詰まったマカリなのだ。

「うむ」

舟底に突き立った刃物を見ると、一寸（約三センチ）ほど残った紐の切り口に、きらりと光る物があった。その鉄線が幸いした。

刃の狙いは勇次！

そう気づくと同時に刀を抜き上げた。刃を打ちたかったがわずかに遅れた。刀が紐を押し上げて刃が下を向いた。もし鉄線がなければ紐はすぱりと切れて、刃はそのまま勇次を襲っていただろう。

「ふむ」

この包丁にこんな使い道もあるとは知らなかった。この期《ご》におよんでも釣りをする、それも納得できた。

石動は笠を上げて、太平を見た。

「あ、石動さん！」

太平の目が真ん丸のの字となり、直ぐにへへへの字と変る。

「今日は舟釣りですか？」

「あー、ちと違う」

勇次は、数を刻むのを止めた。

「勇次殿、浜に向けてくれ。あー、相済まぬ」

「へい」

勇次が素速く船を切り返すと、二艘は北を向いて並んだ。

艫のやじろが目を丸くして勇次を見ている。位置の変らないままに、くるりと船が回った。自分の目が信じられない。

「力技や。櫓が傷《いた》むから滅多にはせえへん」

勇次が少し照れたように言う。

この船には櫓がもう一本あるし、こんな技もあるんだと、この梶取りには伝えておきたかった。今日みたいな時にはきっと役に立つはずだ。

船の中ほどでは、継虎と信久の前の海を、長吉と伝二郎がのぞき込んでいる。

船首には太平と石動が並んだ。

「あ、寅さん。もう竿は降ろしてけっこうですよ」

太平はすでに釣りに戻っていた。

石動が座敷の中の男に軽く頭を下げる。その男は微塵《みじん》の隙もないままに片膝立ちで構えていた。嵐が過ぎ去った、と己れで得心するまではこの形を崩さないのだろう。

嵐の時には、こういう男にこそ近くにいて欲しい。刀ではなく物干竿を握っている。そこだけは良く分からない。

「すまぬ。玉網を取りたいのだが、動いて良いかの？」

年嵩の品の良い武士に言われて、石動は自分の左手がまだ刀に掛かったままなのに気づいた。

「御無礼をつかまつった。ご随意に」

刀から手を離して腰を下ろす。戦いは終わった。

「何言ってんですか信久さん！　タモに入る相手じゃありません！」

太平が手鉤《てかぎ》を手にして叫ぶ。こちらの戦いは今が大詰めだ。海の中から、大きな影がゆったりと浮かんでくる。

「嘘やろ！　本当に糸で釣ったんか」

勇次が絶句する。竿のしなりから大物とは思っていたが、これはもう怪物だ。

「む」

石動も絶句した。初めて釣った鯉と似たような背丈だが、はるかに幅と厚みがある。その体から出る力は見当もつかない。

「はい、ここからは私の仕事です。ええ、寅さんも信久さんも良く頑張りました」

鯛に手鉤を打ち込んだ太平の言葉で、「ふはあっ」と、大きな息とともに二人の体が崩れ落ちる。

「ふむ、あまり赤くないな」

石動が不審気につぶやく。その鯛は鮮やかな赤ではなく、赤味がかった灰色に見えた。

「へい、年無しはさびが入ります」

伝二郎に櫓を代わらせて近くにきた勇次が答える。

年無し。

どれだけの歳月を生きてきたか、見当もつかないから年無し。若い頃には鮮やかだった赤もくすみ、青い星もとっくに消えている。鰭《ひれ》の先は擦り切れ、体のあちこちに傷が入っている。

「荒武者」

継虎がつぶやいた。

落ち武者では無い。歴戦を逃げる事なく戦い続けて、今日初めて敗れた。戦いに敗れた今でさえ、威風堂々と回りを睥睨《へいげい》している。

「次は俺が勝つ！」

その眼は、怒りを込めてそう叫んでいた。

「はい。あなたは大変立派でした」

太平が脇差を抜いて、鯛の首根に刃を入れる。鯛の尾がびくんと一度跳ねて、眼から怒りが消えていった。

「あ、太平！」

「あ、えっ？」

原と継虎が同時に声を上げる。

「だってこれが丁度なんですから」

太平が口をとがらせる。太平が魚に小柄や脇差を使うと原が必ず文句を言う。だけど船に積んである小出刃や柳刃では、とてもこの鯛には太刀打ちできないのだ。

「ええ、刀は武士の魂だって言うんでしょ。でも原さんだってこないだ小柄で爪を切ってたじゃないですか」

小柄は元は鎧通しだ。倒した鎧武者の、鎧の隙間に通して止《とど》めを刺すための物だった。だが、鎧武者と戦う事などとっくの昔になくなった今は、髭を剃る、月代《さかやき》を剃る、ついでに爪を切る。と色々に使われている。

だったら脇差を魚に使って何が悪い。

「いや、そうではなくてだな」

「その、惻隠の情というかですね」

あれほどに戦った相手が、あっさりと魚として処理されるのが忍びない。

「はい。ですが、今をきちんとしておかないとおいしく食べられません」

「食べる？」

継虎の頭に、食べるは一度も浮かばなかった。

「えっえー！　じゃあ寅さんはどうするつもりだったんですか。猫にでも上げる気だったんですか。でもこのままだったらみいも五郎八《いろは》も見向きもしませんから」

太平の目が吊り上がっている。

「太平、抑えよ」

信久に言われて太平も思い出した。

そうだった、寅さんは今日が初めての釣りだった。

「はい。釣っている時は釣る事しか考えません。ええ、それが当たり前です。でも、釣り上げたらもっと大事な事があります」

太平の手が、優しく鯛の顔に当てられる。

「ええ、こんなに頑張ったんです。絶対においしく食べてあげなきゃいけません」

これだけ大きく、年を経た鯛は正直なところあまりおいしくはない。しかもこの鯛は戦い過ぎた。体の脂のほとんどが燃え尽きているはずだ。だからこそ手早く処理をする必要があったのだ。

「ええ、お刺身には無理です。ええ、でも、絶対においしくしてあげます」

太平が鯛に向かって合掌する。

「えっ」

継虎が信久を見ると、信久も神妙な面持ちで手を合わせていた。原は目を閉じて、何やら念仏のような物まで唱えている。

「継虎殿。魚の事は太平に従え。それが花房家のお家流です」

信久がにやりと笑う。

「なるほど」

継虎も、にこりと笑って手を合わせた。

船首に置いた大きなまな板の上に、はみ出るほどの鯛がいて、その向こうに太平がいる。鯛を拝んでいるのか太平を拝んでいるのか良く分からない。

だけどこの藩の養子になったら面白そうだ。その事だけは良く分かった。

「糸であの大きさは初めて見やった。いや、網でもあの大きさはまずないやろ。あの船頭、本当に大したもんや」

勇次は、釣り役などというお気楽な仕事があるとは知らないから、太平を船頭と受け取っている。

「うむ？」

「あの若侍とじい様も良う頑張りました。そやけど、鯛の力を当て竹で殺し続けたんはあの船頭の腕、いや、足です。そうでなかったら、とっくに糸が切れてます」

鯛のあの大きさを見たからこそ断言できる。

「あー、あの老人は花房信久公か？」

「船は殿様の船です」

長吉が答えた。船は知っているが、殿様の顔も名も知らない。

「うむ」

太平は、信久さんと呼んで叱りつけていた。普通ならあり得ない。だが、太平ならあっておかしくない。

石動も釣り役などというふざけた役がある事は知らない。だが太平が、自分にふさわしい場所で自分のお役をしっかりと勤めている。その事は良く分かった。

「あ、石動さん。明日」

遠ざかる船の中で、太平が鯛を少し持ち上げて何か言っていた。なぜか、その太平の隣りに五月の顔が見えた。

「うむ」

これで、未練はすべて無くなった。

「これ、どうしましょう？」

長吉の手に、あの変てこな包丁が握られていた。

「ふむ」

返し忘れた。

二

「太平、終わっとらんみたい」

やじろの声で後ろを見ると、南にいた二丁櫓が漕ぎ上がって来ていた。西にいた船もこちらに向かっている。

「はい、前門の虎、後門の狼です。やじろさん、南に向けてください。ええ、まずはお尻をきれいにします」

「おうよ！」

やじろが勇んで、さっきの勇次の真似をしてみた。途端に、船のあちこちがぎしぎしと悲鳴を上げる。

「やじろさあん！」

太平も柱にしがみついて悲鳴を上げる。

「すまん」

確かにこれは力技だった。これ以上をすれば、櫓が折れるか船が引っ繰り返る。

「わしは白子の勇次や。いつでも遊びにこいや」

去り際にそう言った、勇次の底抜けの笑顔が浮かんだ。

「待っとれや。必ず超えたるさかいな！」

「山城の旦那。手柄の立て時ですやん」

背後から半次が声をかけてきた。

石動の船が去るのを見て山城は、これで終わった、そう思った。

「何もせんと帰ったら、親分に何言われるか」

前にいた建二が言葉を重ねてくる。

他の水主たちに漕がせて、のんびりと座っているこの二人は地蔵の子分だ。勇次の前では猫を被っていたが、その性根は野良犬以下だ。強い相手には尻尾を振るが、弱いと見れば牙を剝く。

「舟を向けよ」

そう言うしかない。

「中の侍はわしが斬る。お前らは船頭と櫓漕ぎをやれ」

二人だけに楽はさせない。


「やじろさん、二間（約三・六メートル）の幅ですれ違ってください」

「おいよ」

軽く返したが、潮が揉み始めたこの海で、それがどんなに大変かはやじろが一番分かっている。だけど釣りに夢中になった太平の「やじろ、一尺前に。あ、三寸左に」それに較べたら二間は屁の河童だ。

「ええ、一、二寸（三〜六センチ）は違ってもかまいません。原さん、私は櫓を持っている人を狙います。仕損じたら原さんにお願いします」

「中の侍は？」

「どうでもいいです。ええ、侍なんか何の役にも立ちません」

太平は肝心なところで言葉が足りない。二間離れているんだから刀は役に立たない。その言葉が足りない。

「あ、もちろん、その時で変ります」

座敷の中でむっとしている原にはおかまいなしに話を続ける。

「ええ、原さんは撃ちやすい人を狙ってかまいません。なぜかと言うとですね」

「太平。やるべき事は分かっておる。だから黙れ」

「はい」

喜んで黙った。太平だってこんな時に色々を言いたくはない。だけど、分かっているかどうか、それが分からないから言うしかないのだ。

「あ、竹はぎりぎりまで見せないでくださいね。ええ、見られちゃった時はですね」

「太平」

「はい」

「黙れ」

互いの船が三間ほどの距離で向き合った時。太平が先刻まで当て竹に使っていた竹を足の甲で跳ね上げて左手で掴み、くるりと回して思いっ切りに撃ち出した。

竹は、船首で匕首を手に立ち上がった半次の胸を見事に撃って後ろに弾き飛ばした。

「あ、いけません。早すぎました」

やじろが船を並ばせる前に撃った竹は、半次を船の中に落としていた。船が二間の幅で並ぶと、太平が直ぐに二本目を撃ち出す。

狙ったのは、船の中ほどに立ち上がった建二だった。その手にも匕首が握られていた。

「ええ、短刀はいけません」

匕首は飛び道具ともなる。やじろを狙われてはたまらない。

「な、何やあ！」

竹は体に当たらず、袖に絡まっていた。建二が竹を外そうとするが竹は動かない。竹尻はまだ太平の手にあった。

「やじろ、一尺近づけて」

「おいよ」

「はい、ごめんなさい」

太平が海に乗り出すようにして竹を撃って、建二が竹とともに後ろの海に落ちていった。

「ん……」

原が竹を手に座敷から身を乗り出した時には、船の全員が船底に身を伏せていた。

「はい、皆さんご苦労様でした。お仲間を引き上げてお家に帰ってください」

「太平、櫓を取りあげよ」

まだ敵がいる。背後の危険は完全に潰しておきたい。

「何言ってるんですか原さん！」

太平の血相が変った。

「この下げ潮に櫓無しでどうしろっていうんですか。ええ、どっかの島に引っかかればいいですよ。でもそうじゃなかったら外の海まで行っちゃうんですよ」

そうなって黒潮に捉《つか》まればどこまでも流される。運良く外国船に拾われた人もいるというが、あくまで噂でしかない。

「ええ、この船だったらいいですよ。糸も仕掛けもいっぱい有るんだから私が何とかしますよ。でも毎日お刺身ですよ。炭はほんのちょこっとだし、舟を燃やす訳にはいきませんからね」

「太平」

「味噌も醤油も無くなった後は、毎日お刺身に汐水ですよ。原さんはそれでもいいんですか」

「太平」

「はい」

「すまん」

そう言うしかない。

「はい、分かって頂ければそれでけっこうです。ええ、で、何のお話でしたっけ？」

太平には敵わない。

「やじろさん、北に向けてください。左手のあの岩、あの右下一間で止めてください」

「おいよ」

やじろが、今度はゆったりと船を回す。船を止めるには、ますます勢いを増す下げ潮に逆らってひたすらに漕ぐしかない。

「ごめんなさい」

「おうよ」

太平といると、本当に退屈しない。


「も、物干竿でだぞ！」

堀江は猛り狂っていた。

最も信頼していた五月と勇次に裏切られ、南にいた船も太平のせいで戦いをやめた。もちろん、距離があるから見間違いかも知れないが、太平が放ったのは弓矢でも槍でもなく、ただの物干竿。堀江にはそうとしか見えなかった。

その物干竿のせいで、今、堀江の計画が潰《つい》えようとしていた。

「許さん！」

もう計画などどうでもいい。ただ太平だけは、己れの手で必ず斬って捨てる。

太平の前の海には、下げ潮に乗って迫る船。そしてその向こうに新たな二艘がこちらに向かっていた。

「船戦さ、か」

継虎とともに座敷に入った信久が、感慨深げにつぶやいた。

戦国期の御先祖様は、船で戦って花房藩五万三千石を勝ち取った。そして今、二百数十年振りの船戦さの真っただ中に信久がいる。

規模は違っていても、それぞれの命が懸かっている事に変りはない。


「ほんま、居合って意味が知れん」

先生の言葉に巳之助が相槌を打ち、梅宮はむっつりと座っている。

先生の隣りを行く船には、館林と地蔵の子分が乗っている。

玉井から船と人の手配を頼まれた時、地蔵は自分のための船と水主も用意した。金の匂いのする時にはどんな手間も惜しまない。

「抜く時間が無駄や」

先生も昔は居合を使っていた。

先生から教わった。居合は相手の虚を突いて斬る、いわば暗殺剣だ。だが、お互いに敵と分かっている時に油断はない。だから先生はとっくに刀を抜いている。

船首の横梁に腰かけた先生の足元には、抜き身が何本か転がり、後ろに一本、左右に二本を床板に突き立ててある。どの刀も名刀にはほど遠く、何本かには刃毀《こぼ》れや錆《さび》さえ浮いている。

「かまへん。刺身を下ろすんや無い。たかが人斬り包丁や、生くらでも人は殺せる」

却って良く切れる刀の方が危ない。相手が斬られた事に気づかずに向かってくる事があるのだ。(極度の興奮状態だと、アドレナリンが放出されて痛みを感じなくなる、らしい。それで新撰組は見回りに出る時には、壬生《みぶ》の屯所の前の石でわざわざ刃を潰したという)

「船をぶつけよ!」

堀江が吠えて立ち上がる。

「へい、まかせてくだせえ!」

水主の兵六《ひょうろく》が力まかせに漕ぎ進める。船は下げ潮と相まって鉄砲玉のように屋根船に向かって行った。兵六は元は荷積船の水主だった。当然こんな海には入った事がない。もちろん、堀江はどんな海にも入った事がない。

屋根船まで後少しとなり、堀江が刀に手を掛けた時。

「ガシッ」

嫌な音とともに船首が持ち上がり、堀江の体が後ろに吹っ飛んだ。船は底を噛んだ岩を支点に潮に回されて、太平の目の前に兵六がきた。

「ええ、あんな無茶な漕ぎ方をしてはいけません。良く見ていれば見えたはずですよ。ええ、海を馬鹿にしちゃいけません」

だから、ここに船を止めさせたのだ。

「あ、動かさないで！」

斜めに傾《かし》いだ船の上で櫓を漕ごうとする兵六を止めた。無理に動かそうとすれば引っ繰り返る。

「水が出てるかどうかを見てください」

「いんや、水は出とらん。乗っただけや」

胴の間にいた水主が答える。

「じゃあ次の上げの時に浮きますね。あ、そうだ。今落ちた人、これを」

太平が竹の一本を放る。竹は船を越えて、なす術《すべ》もなく潮に揉まれている堀江の前に落ちた。

「今落ちた人！　刀は捨てて袴も脱いだ方がいいですよ！　ええ、海の中では褌一丁が一番です」

船が邪魔をして、竹竿に掴まって立ち泳ぐ堀江の姿は太平からは見えない。

「申《もう》し！　今落ちた人、もう一本必要だったら投げますよ！」

返事は無い。

「あ、いけません。今落ちた人！　直ぐに船を回しますね！」

「無用!!」

堀江が大きく吠えた。

太平にもう一度、今落ちた人と呼ばれるくらいなら海に沈んでやる。刀はとっくに捨てた。今は袴を脱いでいる真っ最中だ。こんな姿を見られるくらいなら舌を噛み切ってやる。もちろん、太平の舌をだ。


「済まぬ。わしの勝手で仕事を降りた」

石動が船の中に頭を下げる。

「わしはかまいません」

勇次には、すでに金は不要となった。

「ようやめてくれました。ありがとうございます」

伝二郎が櫓を漕ぎながら礼を言う。狙う船が殿様の船と知ってからは、生きた心地がしないでいた。これで、命だけは持って帰れる。

「ええ、これでいいんです」

長吉がにこりと笑う。どうせ金は巳之助に巻き上げられるのだ。巳之助のいないところに行けるならそれで充分だ。

「あー、わしは五月馬之助、か、馬之進とかではない」

自分に命を預けてくれた男たちと、偽名のままで別れたくはない。

「はい、石動様」

「うむぅ」

勇次がにやりと笑い、石動が目を剝く。

「嵐奉行の石動様。あの辺りを走る船乗りで、嵐奉行の名を知らん者はおりません」

まず人の命、次に船。最後に自分の港を守るお人。「嵐の時には嵐奉行の言う通りにせえ」船頭からもきつく言われている。

「うむ。で、あるか」

石動が髭もじゃの顎を撫でながら、少し照れたように目を伏せる。嵐奉行。切腹奉行よりはるかにいい。

三

釣雲は道に迷っていた。

みおし丸に、沖之島の裏磯に渡してもらうつもりだったが釣り留《ど》めが出た。昨晩にお触れが回って、浜沖一帯での釣りも網も禁じられた。弥太太夫からそれを聞いて、釣雲の不安がさらに拡がった。

釣り留めを出せる人間など限られている。そしてそれは信久公ではない。「参の釣り」なのだ、そんな目立つ事をするはずがない。

「わしにできるんはここまでや」

弥太太夫が、沖之島の浜に釣雲を降ろして申し訳なさそうに言う。人を島に運ぶだけなら禁を犯した事にはならないが、釣り人を裏磯に渡すとなると話が変ってくる。

「充分だ。帰りは歩いて渡るから気にせんでくれ」

その頃には、今は隠れている砂洲も姿を現しているはずだ。

竿と玉網を斜《はす》っ交《か》いに背に掛け、腰にはお結びの入った兵糧包みを巻き、餌のサザエの入った手桶を持って、釣雲は颯爽と歩きだした。

島を左に回り込むように進むと、直ぐに磯が現れる。その磯伝いに行けば裏磯に出る。

「あちゃ、忘れてた」

今日は中潮で、しかも上げの真っ最中だった。目の前の磯のあちこちで、白い波が大きく砕け散っている。とても渡れる海じゃなかった。

大潮と中潮では磯釣りはしない。藩によっては禁令としているところもある。理由は簡単で、危険すぎるからだ。

一見穏やかに見える海でも、その中では巨大な力が渦を巻き、ひしめき合っている。それが絡まり合いぶつかり合って、突如噴き上がる。

高波、ヨタ波、三角波。呼び名は様々だが、絶対に安全。そう思っていた高台にも容赦なく襲いかかる。

磯伝いを諦めて山越えをする事にした。沖之島は、浜側から見ればなだらかな丘にすぎないし大きな島でもない。一刻もかからずに裏磯に出られるはずだ。

ただ、沖之島は人の入らない島だから道は無い。鹿や猪もいないから獣道も無い。兎や狸の道は、釣雲の役には立たない。

雑木林に踏み込んで、好き勝手に伸びた枝を脇差で切り払いながら藪を漕いでいく。進めないところでは進める方に進んでいく。

そのうちに、どっちから来てどっちに向かっているか、それすら分からなくなった。

「迷ったんじゃねえ！　元々道がねえんだから迷いようがねえ！」

昼なお暗い林の中で強がっていたら、左手に光が見えた。そこにたどり着くと、雑木林は唐突に終わった。

目の前には、胸丈ほどの灌木の林が小さな海のように広がっていた。その海が途切れて灰色の空と接するところ、その下が目指す裏磯だ。先は見えたが道は無い。

名も知らない灌木は人を拒むように枝を密集させて、不思議と同じ高さで葉を繁らせていた。下に道は無い。だったら上を行くしかない。

それで、泳いだ。

恐る恐る灌木の上に腹這いになってみたら、密集した枝と葉は体を支えてくれた。手を伸ばして枝先を掴んで引っ張りながら、両足で枝を蹴って前に進む。サザエの手桶は肩で押していく。

「これが本当の藪漕ぎでい！」

灌木の海の上を、釣雲が平泳ぎで泳いでいく。着物をかぎ裂きだらけにし、時に沈して、髷《まげ》と顔を蜘蛛の巣だらけにし、訳の分からん虫たちに、あちこちを齧られ刺されながら進んで行く。

そしてようやく灌木の海が終わり、目の下に本物の海が広がった。

そこには見慣れた屋根船と、それに向かう船。逃げ道を塞ぐかのように二艘。そして、さらに二艘が屋根船に向かっていた。

「監物ーっ！　手前ぇだな！」

釣雲が海に向かって吠える。あの平目面《づら》以外に、こんな事をする奴もできる奴もいない。

「すまねえ太平。おいらのせいだ」

釣雲の船酔いのせいで太平は船に乗っている。五艘の船に狙われた太平に逃げ道は無い。

「太平ー！　死ぬんじゃねえぞー！　殿公なんざどうでも良《い》いからよ、手前ぇだけは死ぬんじゃねえぞ！　そいつだけはおいらが絶対に許さねえ！」

吠えて叫んで、涯にへばりつきながら下を目指した。おかげで、それからの大半は見逃した。

四

「うむ」

石動の目に、別の嵐の兆《きざ》しが映った。

すれ違う船の中にゆらりと立った男が、石動を見てにやりと笑った。男は抜き身をぶら下げ、船の中にも何本かの刀が立っていた。

「醜《みにく》い」そう思った。

武士が武士で有るために、刀が刀で有るために鞘が有る。それを裸のままで持つならば、それは牙を剝いた狂い犬と変らない。

「あー、勇次殿」

少し迷ったが決めた。

子犬は斬らせない。あんな狂い犬に、百合と五月の大好きなたろは斬らせない。

「へい」

勇次が立って艫に行き、伝二郎と櫓を代わる。理由《わけ》は聞かない。石動の背に怒りがある。それで充分だ。

「長吉、おめえ泳ぎは？」

「良く分かりません。一度もした事がないんで」

「伝助！」

「伝二郎や！　長吉の面倒は俺が見る！　そやから好きにせえ！」

伝二郎が吠えて、勇次がにこりと笑う。

「二人とも舟底にへばりついとれ。これから荒れるでえ」

勇次が思いっ切りに船を廻し、渾身の力で漕ぎ出した。

「先生、さっきの船がこっちに向きを変えよった。どないしましょう？」

巳之助が先生におうかがいをたてる。

「どっちが近い」

「そりゃあ屋根船です」

「なら屋根が先や」

人を斬るのは久し振りだ。血が滾《たぎ》ってならない。

「ちゃう、後ろめっちゃ速い！　すぐに追いつかれる！」

櫓を握る水主が悲鳴を上げる。追いつかれたら、真っ先に斬られるのは自分なのだ。

「ほうか、なら居合を先に殺《や》ろ」

先生、後ろから斬るのは大好きだが、後ろから斬られるのは大っ嫌いなのだ。

「向きを合わせて止めとき」

お互いの船が動いていては間合いがつかめない。

「うん、よう見える」

船が止まったおかげで揺れも小さくなった。相手の船は、波に乗るたびに大きく上下に動いている。


指呼の間。

すでに相手の表情が見えるほどに互いの船が近づいていた。だが、相手はまだ中腰のまま、右手は軽く刀に掛けたままだった。

「まだ居合か。どこまであほやねん」

吐き捨てるように言って、ゆったりと大上段に振り被った。先生の剣術は単純だ。相手より速く、斬れるところを斬る。それだけだ。

「うむ」

相手が大上段に振り被るのが見えた。

間合いに入ればその刀が振り下ろされる。相手が示現流の遣い手ならば、その時に石動は終わる。

「チェストォォーッ！」

刀を自分の猿尾（尾骶骨《びていこつ》）に当たるほどに振り被り、猿のように叫びながら飛び上がって振り下ろす。

その迅《はや》さと力は尋常ではなかった。まったく刃筋も見えぬままに脳天に衝撃が走り、さらのごとくに弾ける竹刀が見えた。木刀だったら、間違いなく石動の命は終わっていた。

だが「一本」の声はかからなかった。余りの迅さに、師範もその動きを見失っていた。

平然と立っている、ように見える石動を見て、竹刀は面鉄に当たって割れたと判断した。

「それまで」の声がなければ試合は続く。

石動が朦朧とする目で捉えた相手は、すでに座って籠手を外していた。

「まだ、終わってはおらぬ」

石動が竹刀を向ける。

「我が示現流に、二の太刀はありもさん。最初の一太刀、それがすべてでござる」

そう言って、からりと笑った。

生涯の師と仰ぎ、生涯の友とも成った男の、その時の言葉は、今も石動の胸に刻まれている。二の太刀は無い。それは石動の居合も同じだった。

「お奉行、もう二つで鼻を擦《す》る」

「うむ」

石動は相手から視線を外した。もはや相手の動きはどうでもいい。互いの舟の舳先が合う時、その時に一歩を踏み込んで抜く。全神経を、相手の船の舳先に集中した。

「何で目えそらすねん」

相手の視線は先生の足元に注がれていた。

「あほか、足斬るんは難しいんやで。その前にあんさんの頭が真っ二つや」

二つの船は、一間ほどの距離で睨み合ったまま止まっていた。先生の船は、下げ潮に向かって必死で漕いで止まっている。勇次も必死に逆櫓で漕いで止めている。だが、船は潮に押されてじわりと近づいていく。

次。

次で鼻が合う。先生がそう思った時に、石動が動いた。

「あん？」

早すぎる。そう思ったが、すでに体は反応して刀を振り下ろしていた。

「手ぇっ！」

頭は遠すぎる。刀を持った手を斬る。そう体に命じた。だが、その手は船とともに消えた。

見上げるはるか上に、船底が見えていた。


「三角波や」

勇次の櫓が空を掻く。

海は川ではない。下げ潮や上げ潮といっても一方に流れている訳ではない。海の中では強大な力がぶつかり合い、せめぎ合いながら己れの向かう場所を探している。そして、行き場を失った力が突如として噴き上がる。

その真上に、勇次の船がいた。

石動は間合いを見誤った。

次。そう思った時に相手の舳先が沈んだ。船足が早まった、と眼と体が判断して刀を抜いていた。相手が沈んだのではなく、石動の船が持ち上がっていた。

目の前に敵の姿はなく、空があった。その空を、石動の剣が虚しく切り裂いていた。

「ふむ」

すべては終わった。


先生の剣は海を斬っていた。

初太刀が外れるくらいは慣れている。振り下ろした刀をそのまま地面に打ちつけて、その反動を使って斬り上げる。先生の得意の一つだ。

だが打ちつけるべき地面はなく、刃は盛り上がった海の中に沈んで行く。いつもの先生なら、とっくにその刀は捨てて別の刀を手にしていただろう。

だが、いつもとは勝手の違う海での戦い。それが先生の反応を微妙に狂わせていた。海に沈み込む刀を必死で止めて、持ち直したところに船が落ちてきた。

「チェストォォーッ！」

石動が、声を限りに吠えながら斬り下ろす。

「じゃかあぁしい！」

先生も吠えて、目に入った石動の足を目がけて刀を振る。

「ガッ」

刀は、船の水押《みお》しに当たって止まった。

「ちゃっ」

舌打ちする先生と先生の船の上に、砕け散る波頭とともに、石動の剣と船が落ちてきた。

目の前の海には、死んだ鯨のように腹を見せて横たわる船と、それに取り付く男たちがいた。

その中に、今斬ったはずの男はいない。海面にあった赤い色も、すでに海に消えた。

「うむ」

二の太刀を使った、その事に悔いはない。戦う、とはそういう事だと初めて知った。

石動は刀の血を拭わずに鞘に戻した。錆びてかまわない。この刀を抜く事は二度と無い。

「お奉行、戻りますか」

勇次が、再び腰を下ろした石動の背に声をかけた。

「うむ、あー、勇次」

「へい」

「石動で良い」

「お昼にしましょう」

「はあ？」

原の声が裏返る。

確かに今、すべての船はそれぞれの場所に向かっている。だが、すべての危険が去ったとは言い切れない。

「弁当なんか戻ってから食えば良い！」

「駄目です！　ええ、椿屋さんのお弁当は海の上で食べるのが一番おいしいんです！」

途端に皆の腹の虫が、きゅうんだのぐうだのと勝手に鳴きだした。その中に混じって、「たあいへえーい！」の声が聞こえていた。

「太平、釣雲さんや」

沖之島の涯下の口黒岩の上で、釣雲が声を限りに叫んでいた。


「大福だけは絶対に駄目ですからね！」

これだけ機嫌の悪い太平は珍しい。だが仕方ない。楽しみにしていた椿屋の弁当を釣雲に取られてしまったのだから。

釣雲は返事もせずに食べ続けている。仕方ない、船酔いがくる前に胃におさめるしかないのだ。

朝からの藪漕ぎで腹ぺこの上に、お結びは灌木の海に消えた。今頃は狸と野鼠たちが、お結びとサザエで大宴会の真っ最中だろう。

「あっ！　あっ、あーっ……」

太平の目がのの字を越えて、ぬの字だかねの字だかになっていた。釣雲が弁当の中の大福を二つとも食べてしまったのだ。

一つは刻んだ柚子を飾った大福で、塩餡に柚子の汁と皮を練り込んであり、暑い日には絶品なのだ。以前に太平が思いついて、巴恵と一緒に作ったのだから良く知っている。

それを小振りにして二つという事は、もう一つは巴恵が新しく工夫した物に違いないのだ。それを二つとも、ろくに味わいもせずに食べてしまった。

「私言いましたよね、大福は食べないでくださいって。ええ、確かに言いました」

太平の形相が変っている。憎っくき吉良上野介に斬りかかる寸前の浅野内匠頭、まさにそんな顔だ。だが幸いな事に、脇差は洗って、まな板とともに船首に干してある。

「太平、わしのを食べよ」

信久の言葉に継虎が続き、やじろも続いた。酒が飲めない代わりに甘い物には目のない原も一つを渋々出して、太平の前に大福が七つ並んだ。

「えー、本当にいいんですかあ」

太平の目がへの字に戻り、空もすっかり青空へと変っていた。

太平の大好きなぽっかり雲は浮かんでいないが、代わりに大福が七つもある。

「はい。日々是れ好日、天下太平。世はなべて事もなしです」

翌日、太平は四ツに登城して三木のところに行った。

三木への用の一つは釣り御用の届け書きを出す事だ。これを出さないと、みおし丸への餌代も椿屋の弁当代も下りないのだ。

「鯛大一番、やて」

三木の眼鏡がずり落ちた。

いつものように、書式をまったく無視した届け書きのどまん中に『鯛大一番釣って候』と大書してある。もちろん、その回りには大小様々なバッタが好き勝手に跳ね回っている。

「ひょっとして、それ？」

太平の横には、三尺ほどの長さの筒状の物が風呂敷に巻かれて置いてあった。

「はい、飛びっ切り中の飛びっ切りです。あんなの初めて見ました」

「見せて」

「駄目です」

殿様に頼まれた物を、殿様より先に見せる訳にはいかない。太平にだってそのくらいの常識はある。

「あれ？」

信久は本物を見ている。それにこれを取る時も一緒だったのだ。

昨日、天賀家に戻ってすぐに、釣雲は青い顔で離れに向かい、やじろはもう一つの船で継虎を安濃津の港へと送っていった。

そして太平は信久と原の前で魚拓を取ったのだ。太平は魚拓には興味がなかった、いつでも釣った魚のすべてを思い出せるのだから。

「太平、わしにはそれができん。それに、お前ほどしょっ中釣りには出られん」

だから、これはという一尾を釣った時には、それを形に残して時折りに眺めたい。

釣り友達にそう言われたら断れない。それで、江戸に行った折に魚拓を学んだ（江戸では多くの舟宿、釣り具屋が魚拓をサービスとしていた）。書や絵よりは太平に向いていたと見えて、今ではけっこうな腕前となっている。

「さすが太平や」

半畳ほどの紙に写し取られた鯛の姿を、しげしげと見て三木が声を上げる。糸一本でこれだけの鯛を釣り上げる。さすが、としか言いようがない。

「いいえ、私ではありません」

寅さんの名は決っして出すな、と強く言われている。

「では殿か？」

三木は信久とは三度ほど皮ハギ釣りをしている。殿様にしては上手いと思うが、ここまでの腕とは思えない。

本当に釣ったのだとしたら、「殿様にしとくのはもったいない」

「えー、殿様のようで、でなくもない。ええ、そこが実に玄妙でありまして」

「太平のようで、太平でなくもないか。ま、そうしとこ」

原が呼びにきたので、太平に裃を着せてやった。

「うーむ。ううーむ」

信久が、ただただ唸る。

墨色一色となった鯛が、威風堂々と真っ白な海を泳いでいた。

鯛以外は白のままだ。いつもならその余白に日付けや大きさ、時には思いついた詩などを揮毫《きごう》する（もちろん、太平には一文字だって入れさせない）。だが、「うーん」以外が浮かんでこない。

「大きさは？」

「計ってません。ええ、要りません」

確かに、これだけの鯛を、何尺何寸と、人の尺度に押し込めるのは失礼に違いない。

それで下の片隅に、朱で落款だけを押した。自分の目で確かにこの鯛を見た。その証《あかし》だ。

第六章

嵐奉行と切腹奉行

一

「五月ちゃんならおらんよ」

井戸端にぽつねんと座っていたお条ばあさんが、太平を見るなりにそう言った。

「昨日、お父はんが亡《の》うなったって。そんで、夕《ゆ》んべ出て行ったきりや」

それを伝えるために、ずっと太平を待っていた。

「お父はん？　石動さん？　え、だってですよ」

昨日、石動は相手を倒して帰っていったのだ。それに「明日、この鯛お持ちしますね」

太平の言葉にこくんとうなずいたのだ。

だから太平は、お城で炊いた鯛飯を持ってここにきている。

「太平、耳」

お条ばあさんが太平の耳を摘まんでささやく。

「切腹、やて」

「せ、切腹！」

「声が大きい！」

事が事だけに、まだ長屋の誰にも話していないのだ。

昨夕に、誰かが五月を訪ねてきた。

「切腹。父上が、ですか」

五月の声が聞こえて、すぐに壁に耳を押し当てたが、「なぜ?」「今、どこに?」五月の声は聞こえるのに、相手の声は一切聞こえなかった。戸の開け立ての音が聞こえて、慌てて外に出た時には木戸を抜ける五月の後ろ姿しか見えなかった。

「ごめんよ。もっと壁が薄けりゃちゃんと聞けたのによ」

太平は、三人分の鯛飯をお粂ばあさんに渡して長屋を後にした。

「切腹、ええ、ある事は知ってます」

だけど、何だか昔話の中の言葉、そんな風に思っていた。

「私はごめんです。ええ、死んだって絶対に嫌です」

もちろん太平だって武士の端くれだから、したくなくてもしなきゃいけない時がある、かも知れない。くらいは分かっている。

その時には好きな物を沢山作って、たら腹食べて、楽しい夢を見ながらぐっすりと寝て、起きたら元気な雲古をどっさりとして、お湯と羊羹を一切れいただいて、それから腹を切る。そのくらいの覚悟はしている。

「あ、お茶でもいいんです。ええ、もうお寝しょの心配はないんですから」

だけど、どう考えても分からない。

「石動さんは私たちを助けてくれたんですよ。それがどうして切腹なんですか」

太平にとって切腹は刑罰だ。決っして自らする物ではない。

「間違ってます。ええ、絶対に間違ってます。ええ、絶対に許せません」

だけど、何がどう間違い、何をどう許せないのか、そこが良く分からない。だけど、心の底から悔しくてたまらない。

知らぬ間に涙がにじんできて前が見えなくなった。立ち止まって上を向いたら、さらに涙が溢れてきた。気がつけば、天を仰いで立ち尽くしたまま、おんおんと声を上げて泣いていた。


「そのぉ、思い残す事とか、心残りとか」

「無い」

八兵衛に問われて、石動が即答した。

もちろん心残りは大いにある。だが、それを今さら数え上げても仕方がない。

「士は死である。常に死を覚悟して生きよ」

そう教わって生きてきた。そうでなければ、何も作らず何も生まない武士が、民の上に立つ理由など何一つ無い。

八兵衛たちとは船を降りた浜で会った。二人の顔を見た時には正直ほっとした。

「済まぬ、庭先を拝借できぬか」

それで、八兵衛の家にいる。

「石動様。せめて、もう少し形を整えさせてもらえませんか」

石動の決心を変えるのは無理と悟った。だが、庭の地べたの上ではあまりに寒々しい。

「うむ、よしなに」

それで伊兵が万十屋に走った。万十屋は口入のかたわらに損料屋も営んでいるから、蔵の中には色々の物が仕舞われている。

とはいっても、切腹に必要な物などさすがの伊兵にも分からない。それで、以前に見た芝居を必死で思い出しながら駆けている。

「鮒じゃ鮒じゃ、鮒侍い！」

切腹の段にはまだ間があるようだ。

「石動様、どうぞ」

食事も酒も断られた。それで茶を点てた。菓子は切らしていたので、伊兵の漬けた奈良漬を茶受けとした。

「馳走になる」

石動が一口で茶を飲み干して、奈良漬の一切れを口にする。

「うむ」

口の中に、酒の香りと甘さが広がっていく。

小さな池の手前に二畳ほどの白布を敷き、中央に白木の三宝。その上に懐紙と白木の短刀が置かれている。

すべて万十屋の蔵の中にあった。芝居で見たような金屏風もあったのだが、一人で運ぶのは無理と諦めた。

「やはり、金屏風があった方が？」

「金屏風？」

白の肌襦袢姿の石動が伊兵に聞き返す。

残念ながら石動は忠臣蔵を見た事はないし、人の切腹を見た事もない。父は城で腹を切って、戸板に乗せられて帰ってきた。

だが作法は身に染みている。三宝と短刀があればそれで充分だ。

「かたじけない」

背後に回った伊兵と、その脇に座った八兵衛に礼を言った。

浜で腹を切る。

勇次たちと別れたら一人で腹を切る。石動はそう決めていた。だが未練が出た。

五月だ。

一人で死ねば無縁仏となる。五月は何も知らないままに待ち続ける事となる。せめて、父は武士として死んだ。その事だけは伝えたかった。

その時に、八兵衛と伊兵の顔が見えた。

二

八兵衛は寺人長屋がもぬけの殻と知って、伊兵と仲間の一人を地蔵一家に張りつかせた。監物が、表に出せない仕事を頼むのは地蔵以外に有りえない。

そして地蔵一家の後をつけて浜にきた。波際には二艘の船があり、何人かが乗り込んだ。

「先生や」

伊兵が吐き捨てるように言う。

八兵衛も伊兵も地蔵とは顔見知りだ、もちろん万十屋としてだが。それで浜には降りずに、浜道の松並木越しに見張る事にした。もし顔が合っても、往来の上でなら何とでも言い抜けられる。

浜に子分を二人置いて、地蔵たちは浜小屋の一つに入った。海に出た船も見えなくなり、時だけがゆっくりと流れていく。

いつしか雲も消えて昼もだいぶ過ぎた頃。沖に船が見えてきて、浜にいた子分の一人が浜小屋に駆け込んだ。

「石動さんや！　無事や」

近づいた船に石動の形が見えた。屋根船は浜には向かわず、深入川の河口へと向かっていた。

「太平さんや。あ、何か口に入れた」

大福を口にして幸せそうな太平の顔。さすがに伊兵でも、そこまでは見えない。

「まさか殿様が狙いやったとはな」

八兵衛も、監物がそこまでやるとは思わなかった。


石動の船が浜に乗ると、地蔵たちが近づいてきた。

「わし、地蔵言います。よろしゅうに」

「うむ」

にこやかに挨拶する地蔵に対して、石動は素っ気ない。

「親分。先生死なはった」

長吉が小さな声で告げた。先生は、なぜか長吉には優しかった。だからこれだけは伝えないと、そう思った。

「はあ？」

地蔵の顔は、ただきょとりとしている。

「尋常の勝負をして負けなった」

伝二郎が言葉を加える。

「わしが斬った。あー、尋常かどうかは良く分からん。うむ、わしに運があった」

今振り返れば、ただそれだけの事でしかない。

「はあ」

地蔵の口からはそれしか出てこない。

「斬り合いに卑怯もひったくれもあるかいな。勝てばそんでええ。死人《しびと》は文句言わへん」

その先生が負けた。

「そうだっか。今頃地獄はてんやわんややな」

にやりと笑いながら、地獄の鬼どもを斬りまくっている先生の姿が浮かんだ。

「ちゃうな」

それだと何だか先生らしくない。多分今頃は、閻魔《えんま》様の後ろにそっと回り込んでいるのだろう。

「しゃあない。長吉、帰ろ。後でくわしい話を聞かせてや」

その言葉で長吉の顔が青ざめる。

「あー、それにはおよばん。長吉は船からは降りん。聞きたい事があればわしに聞け」

「親分、おれ帰らん。堪忍したって！」

長吉が船縁に額をすりつける。

「何やとぉ長吉！　寝ぼけた事抜かすとただではすまさへんぞ！」

子分たちが船に詰め寄ってくる。

「どう済まさぬ」

すっくと立ち上がった石動の、顔から胸が赤黒く染まっている。その中から、眼がぎろりと白く光って子分たちの顔を見据える。

すっかり腰の引けた子分たちが、縋《すが》るような目を地蔵に向けた。ようやく地蔵にも、先生の居なくなったのが実感された。こんな時には必ず先生が、近くにのそりと立っていてくれたのだ。

「親分さん。わしは白子の勇次いうもんや」

船縁に身を乗り出した勇次の、赤銅色の胸に刻まれた八咫烏が、地蔵をじっと睨みつけていた。

先生を斬った男と仁王様。この大男二人には関わるなと、地蔵の本能が告げている。だが子分の手前がある。意地と見栄、それを張り切れなければこの稼業は続かない。

「親分さん。この子わしにあずけてくれんやろか」

勇次が笑顔で地蔵に頼み込んだ。

「そやけどな。長吉は小っちゃな頃から、我が子同然に育ててきたんやで。この先の事も色々と考えとったとこや」

相変らず可愛い顔だがさすがに薹《とう》が立ってきて、稚児好みの坊主や年増後家の客が離れ始めた。後は人を苛《いた》ぶるのが好きな客に売るしかないのだが、さすがにそれは可哀そうかと思っていたところだった。

「そうか、船乗りか！　うん、白子の勇次さんならあずけんのに不足はない。どうか長吉を一人前の船乗りにしたってくださいよ」

勇次に頭を下げて、長吉に向き直る。

「長吉。今日からは勇次さんを親や思ってはげむんやで」

「は、はい。頑張ります」

何だか狐に抓《つま》まれたようだが、これで、晴れて巳之助から解放された。地蔵にも、なぜこうなったかは良く分からない。仕方ない、成りゆきだ。少なくとも面子は立った。見れば子分の何人かは、すでに涙を浮かべている。

「何めそめそしとんじゃ！　大事な家族の船出や、祝ったらんかい！」

現在《いま》ならば万歳三唱となるところだが、残念ながらその風習はまだない。皆が口々に「頑張れや長吉！」「わしの事忘れんなよ！」と勝手な事を言ううちにも船は進んでいく。

船の中から、長吉も涙ながらに何か叫んでいる。仕方ない、これも成りゆきだ。

「帰るで！」

子分に声をかけ、浜に一人残った石動に軽く頭を下げて浜を後にした。

「そうか。死んでもうたか」

何を仕出かすか見当もつかない先生との、胃のきりきりするような日々が次々に浮かんで来る。

「おもろいな。親分とおると退屈せえへん。親分だけは絶対に斬らへんさかい安心してや」

そう言った後で、「そやけど、弾みで斬ってしもたら堪忍やで」

その時の、先生の淋しそうな笑顔は今も忘れられない。

「前に出んな！」

今の涙は、子分たちには見せられない。

「ふむ」

思えば妙な縁だ。

太平と出会って鯉を釣り、ご隠居と伊兵とも知り合った。それからまだ七日と経っていないのに、その間に百合と五月の笑顔を幾つも見、五月ともゆっくりと話せた。

「うむ」

心残りは消えた。

石動は着物の前を大きく開けて短刀を手にした。鞘を払って刃を懐紙で包んで左手で持ち、右手で三宝を持って後ろに回して尻の下に当てる。

「世話をかける、伊兵殿」

背後で刀を構えた伊兵に声をかけた。

石動は当然一人で腹を切る気だったが、忠臣蔵をしっかりと思い出した伊兵が介錯人を申し出た。

切腹では即死はできない。失血死するまでの苦痛に耐えかねて、見苦しい事も起こりえる。そうなる前に、介錯人が命を断つ。

伊兵の申し出に石動は迷った。

「やはり、介錯人が町人では」

「いや」

そんな事はどうでもいい。石動は浪人だ。藩籍を持たない浪人は自称武士であって、身分は町人と何ら変らない。石動の気になる事は別にある。

今日、石動は生まれて初めて人を斬った。顔と体にかかった血は、海とここの井戸で洗い流した。だが、心の芯に染み込んだ血の匂いはまだ消えていない。その血の重さを、伊兵に負わせたくはない。

「三人、です」

伊兵が、石動の逡巡を察して自ら告げた。伊兵は過去に三人を手に掛けている。最初の一人は喧嘩の上での弾みだったが、後の二人は獲ると決めて獲った。後悔はしていないが、今でも魘される夜はある。

「むん」

石動が静かな気合とともに、左腹に刃を突き立てる。にじみ出る血を懐紙で押さえながら、刃をさらに送り込む。刃を充分に沈めると、一気に横一文字に切り裂いた。

不思議と痛みは感じなかった。ただ、灼けるような熱さが腹の中を疾って行く。

次は一度刀を抜いて、臍上から縦一文字に切り降ろす。頭は冷静に作法を追っていたが、刃が抜けない。刃が、腹の中の何かに絡め取られていた。

「ふむ」

なかなか思うようには行かぬ。ふっと微笑んだ時に、背中にちくりと痛みが疾り、そして、すべてが消えた。

「すんません。石動さん」


伊兵の手には、薄っすらと血の染んだ苦無《くない》（棒手裏剣の一種。十センチほどの細長い三角形の両刃と五センチほどの持ち手でできている）が握られていた。

石動の「ふむ」を合図と受け取った。だが、刀を振れなかった。もし仕損じれば余分の苦痛を与える。気づいた時には、いつも懐に忍ばせている苦無を手にしていた。

その苦無を肋骨の隙間に滑り込ませて、心の臓を突いた。

「すんません、親方」

伊兵が膝を突いて八兵衛に頭を下げる。武士として終わろうとしていた石動を、忍びの技で送ってしまった。

「こんでええ。こんでええんや伊兵。これがわしらの遺り方や。石動さんも分かってくれはる」

八兵衛が伊兵の肩に手を置き、

「そやけど、このままではすまさへん。この落とし前はきっちりと取ったるで」

八兵衛の小さな眼に怒りが燃え上がる。

「へい、必ず」

伊兵も悲しみを振り捨てた。

誰からどうやって、それはこれからじっくりと考える。だが、石動の仇は必ず取る。それだけは心に決めた。

石動は、笑みを浮かべたまま三宝に腰かけていた。目の前の、血の匂いに負けじと匂う梔子《くちなし》の花。その白い花を優しく見詰めていた。

三

五月は伊兵に連れられて来て父と会った。

八兵衛の隠居所の奥の十畳間、そこに父は寝ていた。掛け具から飛び出した大きな足、それがまず目に入った。

顔の白布を外すと、髭も髪もきれいに剃られていた。

「髭は石動さんがご自分で。髪は私がここで」

「道理で、顔が傷だらけです」

五月がくすりと笑う。

石動の髭は剛《こわ》いので、剃るたびに傷をこさえていた。それもあって、旅に出てからは伸ばし放題にしていたのだ。

旅の中で、父の顔が髭におおわれていく。それとともに父との距離が縮まっていく。そんな気がしていた。今、父の顔は昔に戻っている。

「でも、笑ってる」

部屋の中には、線香に混じって色濃く血の匂いもしていた。

「本当に、したんですね」

毎年、八朔（八月一日）に、石動は母と五月の前で切腹をした。

「後は二人よりおらぬ」

切腹を終えると必ずそう言った。切腹は不始末の上での事だから、同役も親類も頼れない。

武家ならどこでも行う儀式、と思っていたが、石動家だけとは後で知った。八月一日が、祖父が切腹をした日だともその時知った。だから、今さら父が切腹をした事には驚かない。

「なぜ」

どうして、あの日ではなく今日なのですか。


その日、父の帰りは遅かった。

「あー、食事はすませてきた。明日は出仕はせぬ」

それで、何かがあったと分かった。

石動は港番所に勤めてから一日も休んだ事がない。早朝に出かけて昼過ぎには帰ってくる。昼前に帰る事も多い。出るのは自分の勝手でやっている事だから、部下に余計の気を使わせないためだという。

「今夜は書斎で寝《やす》む」

「朝はいかがいたしましょう」

百合の言葉に、石動がわずかに考え込んだ。

「あー、食す。普段で良い」

そう言って、書斎にしている仏間に入った。

百合と五月から、安堵の息がもれた。石動は、八朔の前日の昼から当日の夕までは、茶以外を一切口にしない。


翌々日に、城からの使者がきて上意が伝えられた。

不行届《ふゆきとど》きの件あり。よって、家禄召し上げの上、領内所払いを命ず。

「うむ、寛大なお処置で有る」

不行届きが何かは語らなかった。

その日から、家財の処分と旅の支度が始まり、母は病いなど忘れたかのように立ち働いた。切腹ではなかった。母にはそれで充分だったのだろう。

旅に出てからの母は本当に楽しそうだった。

「おやまあ、まるで雪のよう」

桜の季節はすでに過ぎたのに、八重の枝垂れ桜が一本だけ満開に花をつけていた。丁度散り時でもあったのだろう。折からの突風に扇《あお》られて花びらがいっせいに舞い散り、三人を包み込んでいた。

「五月、お父様を」

母に袖を引かれて振り向くと、母の歩みに合わせるためにいつも後ろを歩く父が、今は二人に合わせて立ち止まっていた。そして目の前に降ってくる桜の花びらを、実に迷惑そうに、ふっ、ふっ、ふっっと息で払っていた。

「おやまあ」

母の笑顔が、吹雪く桜の中に消えていく。

「なぜ。なぜ今なのよ！」

大きく叫んだ五月の体が、ふわりと崩れて落ちた。

目の上に知らない天井があった。

目覚めると知らない天井、まるで旅の途中みたいだった。

「五月、気いついたんか」

小夏が五月の顔をのぞき込んでいた。

「お女将さん！」

慌てて起きようとする五月の肩を、小夏が優しく押さえこむ。

「頑張らんでええ。そのまんまでええ」

小夏らしい言葉をかけられた。

「はい、頑張りません。でも背中が痛くって」

痛いはずだ、帯の太鼓が背中でぺしゃんこになっていた。

「八兵衛はん！　あんた、帯解《と》いてやらんかったんか」

小夏にきっと睨まれた八兵衛が、小さな目をしばたたかせる。

「そら殺生や小夏さん。男所帯で若い娘さんの帯解くやなんて」

後で噂となれば、傷つくのは五月の方なのだ。

「そうかあ？　八兵衛はんは若い娘の帯解くんも、着物脱《べべ》がすんもめっぽう上手って聞いてるで」

「それ逆や。堪忍してえな小夏さん」

奉公前の山出しの娘たちに、口のきき方から着付けまでを教えるのも八兵衛の仕事の内なのだ。もちろん、小夏が冗談で言っている事は八兵衛も承知している。

他愛もない言葉のやり取りは五月のためにしている。ここにあるんはいつ・・・もやで、ここにおるんはあんたの仲間やで。それが伝わればそれでいい。

「五月が倒れたあ!?」

小夏は伊兵に報されて、取る物も取りあえずに松風を飛んででた。

五月は金魚の柄の湯衣をかけて眠っていた。顔は穏やかで寝息も健《すこ》やかだった。

「鼾《いびき》やないし、うなされてもおらん。目え覚ますまで寝かすのが一番、そう思うたんやが」

それで、医者ではなく小夏を呼んだ。

「うん、うちもそう思う」

小夏も異存はない。

「問題はそっちや」

小声で言って、五月の隣りを目で差す。そこには石動の大きな体が横たわっていた。

「目え覚めたら隣りにお父やんの亡骸《なきがら》って、何考えてんねん。直ぐにお寺に運びい」

今日の蒸し暑さに線香だけでは、寄ってくる蝿も臭いも止められない。

「そやけど、こんな大事を勝手には」

五月に聞いてから、と思っていたら倒れてしまったのだ。

「八兵衛はん。これは大人の仕事や」

小夏が八兵衛の小さな目をしっかりと見据える。

「子供に代わって嫌な事は背負《しょ》ってやる。それが大人の仕事やとうちは思う。そやから運んで。後の事は全部うちが取る」

後で五月に恨まれても仕方がない。これが五月のため、そう決めたのだ。

「頑張りいや、五月」

五月の顔に扇子で風を送りながら、小夏は何度もそうつぶやいていた。

母を失くした三日後に父が切腹。それがどれほどの事か見当もつかない。だが、心に空いた穴が大きすぎると、人は時として死を希《ねが》う。そのことは父で知っている。母が駆け落ちをした後の父は脱け殻だった。心を病み体を病み、見かねた番頭の進言で京に戻ったが、父の中身は戻らなかった。

「お父やん。うち、絶対に松風のお女将になったる。そん時はお父やんが板前やで。約束やで。な、げんまんこしよ」

小夏が差し出した小指を、父は床の中から伸ばした手でそっと包み込んだ。

「堪忍な、小夏」

そう言って、目を閉じた。

日も落ち、夜となる頃に鬼カサゴが玄太を連れて訪れた。お結びと味噌汁、それと、少しばかりのお菜を持ってきた。

「玄太、置いてこか？」

五月の枕元を八兵衛に預けて、台所に入った小夏に猪二が声をかけた。

「要らん。これはうちの仕事や、松風の仕事やない」

「およよ」

鬼カサゴの大きな目がさらに大きく開かれる。小夏が、うち、と松風《うち》、を分けるのを初めて聞いた。

「ま、無理はせんといて」

無理をするな、と無茶はするな。この二つが、猪二の小夏への口癖だ。

「うん、無理はせえへん。できる事をちゃんとやる」

無理をするに決まっている。だけど猪二はそれ以上は言わない。小夏が決めた事に逆らえるのは小夏だけだ。

「太平はどうする？」

太平が五月に惚れている事は松風の皆が知っている。知らないのは太平と五月くらいのものだ。

「うーん、それなん。太平がきたら、何ややややこし事になる思うねん」

「そやな、報せん方がええやろ。後で文句言うてきたらうまい魚を当てがったる。それで機嫌直るやろ」

まるで猫だ。

「うん、頼むわ。ほんに大きに、猪兄《いのに》い」

昔の呼び名で呼ばれて猪二がうろたえる。見れば小夏が、あの頃みたいな目で猪二を見詰めていた。

「あ、はい。どういたしまして」

慌てて外に飛びだした。

「かなんなあ、不意打ちやで」

いつもは男勝りの小夏が時に娘に帰る。十七の小夏に夜這いをかけられて以来、猪二は小夏に振り回され続けている。

「お女将さん、何や色っぽかったですね。そやけど芋にいって何ですのん？」

「玄」

「はい？」

「ちょっと頭貸して」

「ひょっとして」

「うん、殴《どや》す」


「お女将さん、すみませんでした」

五月が座り直して小夏に頭を下げる。

「謝る事やない。あんたは体の言う事聞いただけや。そやけど女子衆としての修行が足らん。ええか、寝る時はこうやってやな」

帯の胸前に親指を差し込み、摘まんでくいっくいっと回すと、背の太鼓が腹にきた。

「こうやって寝たらつぶさんですむ」

松風の仕事は昼と夕の間が空く。疲れていれば皆適当に横になる、そんな時の女子衆の常識だ。だが、時が空けば母の様子を見に行っていた五月にはまだ教えていなかった。

「はい。今度からはそうしてから倒れます」

大真面目で言って、帯を回す練習を始めた。

「ふう。そや、台所にお結びさんが残ったる。食べや」

「はい。お女将さんも」

「要らん。寝る」

言いながら、部屋の隅に畳んであった布団を広げると、五月の使っていた金魚の湯衣をかけて横になった。

「おやすみ」

とにかく疲れた。気はまだ張っているから眠れないかも知れないが、体と目を休めるだけでいい。眠るかどうかは体が決めてくれる。

「そやけど、何で赤金なん？」

薄い青地に、大きな赤い金魚を散らした湯衣。大きさからすれば伊兵の物のようだ。

苦虫を噛みつぶしたような顔の伊兵が赤金の湯衣を着ている。「くすり」と笑って、すとんと眠りに落ちた。


台所には白々と朝陽が差し込み、外からは雀たちの唾鳴《つばな》きの声が聞こえていた。

「これを」

「ひゃん！」

土間に下りようとした五月に、伊兵が後ろから下駄を差しだしていた。女物にしては大きな白木の下駄には、小さな赤い金魚を散らした鼻緒がすげられていた。

「ご安心を、一度も使ってません」

八兵衛が伊兵にと、湯衣と合わせて作らせた物だ。もちろん伊兵は断固として拒否をし、二つともに、昨日まで箪笥の中で眠っていた。

「旦那は時々そういう悪ふざけをします」

伊兵は五月が起きたのを知って下りてきた。

八兵衛も伊兵も小夏よりは、もっとのっぴきならない不幸を見てきている。傍目《はため》に大丈夫と見えた娘が、心の中に大きく不幸を育てている。そして、それがある日突然弾ける。外に弾ける者もいれば、内に弾ける者もいる。


「まるで料理屋さんですね」

台所に入った五月が思わず声をあげる。広々とした台所土間には、二連の竈に料理台。壁の棚には様々の鍋や壺、徳利が整然と並んでいる。

昨晩ここに入った鬼カサゴが「何や、わしの出る幕やなかったみたいやな」そう言ったほどに、料理好きと料理上手を思わせる台所だった。

「やっぱり、おじやですね」

お結びも煮物も、風通しの良いところに笊を被せて置いてあったが、やはりこの季節だ。火を通すに越した事はない。

「あっ」

煮物を薄く刻み始めたところに「あっさり――」と棒手振《ぼてふ》りの声が聞こえてきた。

「伊兵さん、あさり買って来てください。ええ、あさり仕立てであっさりと、あら」

くすりと口を押さえる五月を横目に、伊兵は笊を持って台所を出た。目は離したくない。だけど、笑える間は大丈夫。そう心に言い聞かせながら駆け出した。


「石動さんと、少しお話をしました」

石動が、五月が、そしてさっきまで小夏の寝ていた部屋で、八兵衛が話し始めた。


「ずいぶんと話した。まるで太平のようだ」

「とてもとても。太平さんだったらとっくに夜が明けてます」

八兵衛が笑みを浮かべ、石動も笑みを返す。

「あー、後はよしなに頼む」

五月に何を伝え、何を伝えないかも八兵衛に託された。

「すべてをお聞かせください」

五月が真剣なまなざしを八兵衛に向ける。

「はい、そのつもりです」

すべてを伝える、そう決めたのだ。それで、太平の恋が終わっても仕方ない。

「まずは、石動さんが藩を去られた原因《もと》を話されました。これは五月さんもご存知やと思いますけど」

「はい」

桜吹雪の夜に話してくれた。

その日、石動はいったん家に戻って早目の夕食をすませるとまた番所に戻った。南からの湿った風と、南にかかった雲が嵐を予感させていた。

番所に行くと泊り番のはずの横矢の姿がなかった。住み込みの爺さんに聞くと見回りに出たという。

「うむ」

嵐に備える。横矢にもその事が分かってきたかと、少し見直した。

石動のいない間に入った船の届け書きに目を通してから仮眠を取った。嵐が来るとしたら夜明け頃、海が騒ぎ出すのは夜半過ぎ、そう考えた。

半刻（約一時間）ほどで起きた時、横矢はまだ戻っていなかった。届け書きの中に気になる船があったのでその船に向かった。八ツ（午後二時頃）前に入った船で、組に属さない独り廻船だった。

航海の日数を少しでも少なくしたい廻船が、まだ充分海を行ける時刻に港に入る事はまずない。事故か急病人でないのであれば、「荷抜きであろう」客から預かった荷の一部を途中で抜いて売り捌く。途中で嵐に遭《あ》って荷の一部を捨てた。言い訳は何とでもなる。

もちろん御法度だが、あくまで荷主と船主の問題だから役所は口を出さない。「物にはしかるべき値がある」それを、他より安い。それだけで船を選んだ荷主も悪い。と石動は考える。もちろん、見れば見逃す気はない。

わずかな月明かりの下を進んで行くと、岸壁の中ほどにその船があった。他の船は皆帆柱を寝かしているのに、その船だけが帆柱を立てていた。その根元の辺りが仄かに明るんでいる。

廻船は積めるだけの荷を船倉にも甲板にも積むが、帆柱の周辺は空けておく。もちろん、帆柱を立てたり外したりの作業のためだが、そこが航海中の煮炊きの場となり、生活の場ともなる。

船に近づくと、三味線の音と嬌声が聞こえてきた。船と岸壁の間には渡し板が渡されたままとなっている。渡し板に乗って中を見ると、行灯を幾つか置き、女たちを交えての宴会の真っ最中だった。

「う、うーむ!」

船の中で酒を飲もうが女を連れ込もうが、それは船の勝手だ。だが、夕の煮炊きの後の火の使用は、港奉行の名の元に厳に禁じてある。

船は木でできている。積み荷も古着や俵物など燃えやすい物が多い。一旦火を出せば一気に燃え上がり、舫《もや》い綱も直ぐに焼き切れる。

そうなれば船は港を漂う巨大な松明《たいまつ》と化し、接した船も次々と燃え上がり、港すべてが燃え上がる。

「いやーん。お乳そんなに弄《いら》わんといてぇ」

薄明かりの中に女が三人、それを取り巻く四、五人の男たち。その中に横矢がいた。

「横矢ーッ！　何をしておるかあ‼」

大きく吠えて船に乗り込んだ。

突然の声に、横矢が腰に手を伸ばす。だが刀どころか、とっくに帯も袴も脱ぎ捨ててい
た。

「お、お奉行！」

まさか戻ってくるとは思わなかった。「切腹奉行」の異名は聞いていたが「嵐奉行」の
方はまだ知らなかった。

「何をしておる」

石動が声を抑えて再び聞く。

「あ、いえ。その、そいつが昔の知り合いでして」

横矢の指が、暗がりの中の誰かを指差す。

「港でばったり会いまして、うわあ懐かしいなあ。じゃあ酒でもって……」

横矢もこの船は胡散臭いと思って見張っていた。あんのじょう、夕暮れとともに小舟が
漕ぎ寄ってきて、荷を幾つか受け取った。

「弾《はじ》いたんか」

船頭に近づいて声をかけると、振り向いた船頭の手が懐にもぐる。

「やめとけ。役人刺したら大事《おおごと》になるぞ」

懐手をした横矢がにやりと笑う。

「幾らです？」

「話が早いな。何、大した事じゃない。馴染みの女がいるがなかなか遊びにいけん。その女と、朋輩の四、五人も呼んでやれば、俺も大きな顔ができるしそっちも楽しめる。そういう話だ」

にやりとする横矢に、船頭もにやりと返す。それをすれば、今日の儲けのあら方は吹き飛ぶ。だけど、役人を一人取り込めるとなると悪い話ではない。

「三人、それと酒。そんだけは持ちましょう」

女の数は値切られたが、酒が付いたのは上できだ。早速、船乗りの一人が店に向かった。

横矢は五月を嫁に望んでからは女遊びは控えていた。五月を手に入れれば、しばらくは五月で遊べるはずだった。

五月を手に入れ損ねた翌日、石動はいつもと変らなかった。知らないならそれでいい。知らぬ振りをしているならかえって都合がいい。石動も筆頭家老の子には何も言えない。結局はそういう事だ。

横矢も以前は、己れの働きで出世をして見せる、と思っていたが、どこででも家老横山の子としてしか扱われなかった。仕事で失敗《しくじ》っても咎められない。逆に上役の方が媚びてくる。

横矢が五才の時に父は家にこなくなった。代わりに父の用人の横矢が、月に一度金を届けにきた。十四の時に横矢の養子となって元服した。ついでに、母は横矢の奥方となった。

十七で出仕して父と会った。

「うん、わしに似て良い男や。女泣かすなよ。そのうちに他の兄弟にも紹介してやる。名は違うが気にするな。皆で力合わせてわしを盛り立ててな。そや、お母さんは元気か？名は、えーと……。まあいい、顔と体はちゃんと覚えとる」

脂ぎった笑顔で、話すだけ話して慌ただしく去っていった。

「化物《ばけもん》や」

徹頭徹尾自分の事しか考えない男。十二年振りに会った父の印象は、ただそれだけだった。

石動だけが、横矢を家老の子ではなく一人の部下として扱ってくれた。軽格の出でありながら奉行にまで成った男。それで、再び夢を見た。

藩の重職はすべて世襲だ。港奉行も当然そうだったが、当時の港奉行とその長男が、船の事故で二人ともに亡くなった。そこで、奉行補だった石動が急きょ港奉行となった。残された次男がふさわしい年となるまでの繋《つな》ぎだ。

だが、横矢が石動の養子となって筆頭家老の父が動けば、石動家が港奉行の家となるのも夢ではないのだ。

行き遅れの牛娘が港奉行の奥方となる。石動にとっても、これほど良い話はないはずなのだ。


「旦那あ、旦那も一杯いきやしょうや」

船頭が二合徳利をかざして、ふらりと立ち上がりながら仲間に目配せをする。積荷の陰から、仄白く浮かぶ女たちの乳房や太腿にじっと眼を凝らしていた男たちが、一物から手を離してそれぞれの得物《えもの》を手にする。

酔った振りをして近づき、抱きついて動きを封じる。後は仲間が背後から襲いかかる。仲間は屈強が八人、刀を抜かせなければあっという間に終わる。

「旦那あ、堅い事言わずに」

石動に抱きつこうとした船頭が「けほん」と息を吐いて崩れ落ちた。脇差の柄頭が、船頭の鳩尾に打ち込まれていた。

石動は振り向き様に、匕首をかざして背後から襲ってきた男の喉笛に鞘ごと抜いた脇差を打ちつけた。

「次は斬る！」

脇差を手にした石動の眼が、暗闇の中にぎろりと光る。

男たちが次々に得物を放して行く。女たちの姿はすでに無く、横矢の姿も無かった。

「ふむ」

嵐には使えぬ。少し淋しくそう思った。

「ぢゅっ」唾で濡らした指で、行灯の火を一つずつ確実に消していく。

「幾らだ？」

ようやく息を継げるようになった船頭に聞いた。どんな理由があろうと、公が民にたかる訳にはいかない。

「えー、二分。と二両」

つい、吹っかけてしまった。店に払った金が二分、女たちへの三分は、いなくなったのだから払う必要もなくなった。後は酒の少々だけだ。

「うむ」

石動は普段は財布を持ち歩かない。家と番所の往復だから必要ないのだ。日頃使いの布着には、銀の小粒と銭が十数文しか入っていなかった。

「二分と少々しか持ち合わせておらぬ。番所にて払う、ついて参れ」

「いえ、それには及ばねえんで。へい、ここはその二分と少々を」

「そうは行かぬ。二両と二分は二両と二分だ」

「へい、では明朝にでも」

欲を搔いたせいで二分も取り損ねた。

「死んでたまるか！」

横矢は帯と袴、両刀を抱えて駆けていた。一度は男たちとともに石動を斬ろうと思ったが、二人が呆っ気なく崩れるのを見て諦めた。

石動は怒らぬ人、感情を出さぬ人。半年ほどの付き合いの中で勝手にそう思っていた。怒髪天を衝《つ》く。船に乗り込んで来た時の石動は正にそうだった。その時に、「切腹奉行」の異名が思い出された。

「切腹なんてご免や！　まだ死にたくない！」

世の中を斜《はす》に見て生きてきた横矢が、今初めて心の底から叫んでいた。南からの風が、東に向きを変えた事にも気づかないままに。仕方ない、今はそれどころじゃない。

石動は渡し板に乗ってすぐに気づいた。

「うむ」

どうやら、嵐には成らずにすみそうだ。

港を一通り回って番所に戻ると、横矢の姿は無かった。

気まずくて家に戻ったのだろう。泊り番が勝手に抜けるのは許される事ではないが、石動が代わりに詰めればすむ話だ。泊り番の明けは非番だから、次に横矢と会うのは明後日となる。

「火の始末」

それだけは固く言いつける。そう決めて、石動は船見櫓に向かった。

港番所の一角に船見櫓は黒々と聳《そび》え立っている。四間（七、八メートル）四方の焼杉の板塀が、上に向かってわずかにすぼまりながら伸びていく。地面から四間（七、八メートル）ほどの高さに、六畳ほどの船見座が張り出している。部屋の片隅には半畳ほどの穴が切られていて、そこが下に通じる梯子口となっている。

船見座は、腰高の板塀以外は柱と屋根だけだから、四方が見通せるし風も抜ける。何か不審があれば、梁に吊るした摺り板を叩いて下に報せる。もし火事を見れば、四方の軒に吊るされた半鐘の、その方角を打ち鳴らす。

「あ、お奉行、ご苦労様です」

石動が梯子口から顔を出すと、谷田部が声をかけてきた。

火気厳禁の真っ暗な船見座には他に二人がいた。船見櫓は火の見櫓ではないから夜は無人となる。この三人は嵐が気になって勝手に詰めていたのだろう。

「うむ。板蔵殿、杉山殿、ご苦労をかける」

熊野廻船の船組だった板蔵。港番所の役人で今は隠居の杉山。そして石動の部下の谷田部。

「谷田部、お主は非番のはずだ」

「すみません。つい気になったものですから。でも、もう帰ります」

風が変った。その事の意味を、ここにいる全員が理解している。

「下り船は、昼までは停めといた方が良いでしょう」

杉山が、あの狭い梯子口をどうやって脱けたかと思う大きな太鼓腹を擦りながら言う。

嵐は向きを変えただけで消えた訳ではない。

「谷田部、ご苦労であった」

石動の言葉で、谷田部が渋々そうに梯子を下りていく。


「谷田部さんには、塩を打《ぶ》つけた事があります」

板蔵が、月明かりに仄かに光る海を見ながら話し出した。石動には初めての話だった。

石動は港番所に勤めてすぐに、港番所の役目は帆待銭の徴収と港の保守、それだけではないと思った。

嵐から人と船を守る。それを一番の大事と決めた。

そのためには嵐を知る必要がある。それからは、暇があれば過去の嵐、野分け、津波の事を聞いて回った。

自分の勝手でやっている事だから部下たちには何も言わなかった。だが、いつの間にか何人かが勝手に真似を始めた。その一人が谷田部だった。

「話す事なんかねえ」

谷田部が初めて板蔵の家を訪ねた時、酒の匂いをぷんぷんさせた板蔵にそう言われた。

「話したくねえ」

二度目の時にそう言われた。

「二度とくんじゃねえ！」

三度目の時に、そう言われて塩を撒《ま》かれた。

「何でや？」

四度目の時にそう聞かれた。

板蔵の家にはいつも線香の匂いがあった。垣間見えた室内も散らかってはいなかった。

「船を見れば船頭の性根が分かる。船が汚ければその船は信用できぬ」石動に言われた言葉だった。

板蔵は酒に逃げてはいるが、まだ船乗りの性根は失っていない。谷田部はそう信じた。

「次を無くしたい。それが石動様の願いです」

小さな港町だ、谷田部の知り合いには漁師も船乗りもいる。大きな嵐のたびに、その知り合いが欠けていく。

「次、か」

板蔵の目が、暗く遠くを見つめる。

出港の二日前に父が倒れて、板蔵は船に乗らなかった。

抜けるような青空から容赦なく陽が照りつける。そんな夏らしい朝に船は出て行った。昼を過ぎる頃、南の空に輝くような入道雲が湧き上がり、すぐに暗く色を変えながら空をおおっていった。

船は、次の港には着かなかった。

浜に出れば、消えた仲間の家族と顔が会う。

「なんであんただけが」そう言われている気がした。

「なんで俺だけが」それで酒に逃げた。

だが、板蔵が酒に溺れている間にも船は出ていく。その船には、かつての仲間の兄弟や子供たちが乗っている。

「上がってくれ」

東の空がかすかに白むのを見て石動は船見櫓を降りた。

朝日が海に浮かぶところは見たかったが、その前に下り船を止めなければならない。

「お奉行、少し」

番所に戻ると、勘定役の岩尾が強張《こわば》った顔で声をかけてきた。岩尾も嵐が気になって早出をした。そして役目柄、いの一番に金庫を確かめた。

「御用金が失くなってます」

いつもはのんびりと見える岩尾の目が吊り上がっている。

金庫は奉行部屋に置かれている。腰ほどの高さの頑丈な船簞笥で、幾つか有る引き出しの下三つには鍵が掛かるようになっている。

一つには徴収した帆待銭を入れてあるが、月末《つきずえ》にはお城に届けるから今は大した金は入っていない。

もう一つには、折れ釘やら錆びた鉄の何だかが詰め込まれている。察するに、金庫を持ち出されないための重し、らしい。馬鹿馬鹿しいとは思ったが、一応は藩の財産だからそのままにしてある。

そしてもう一つには、港番所運営のための一時金が入っている。それがすべて失くなっていると言う。

「鍵は掛かっていました」

誰かが中を盗り、また鍵を掛けた。発覚を遅らせる、そのためだろう。鍵は二つで、石動と岩尾が持っている。岩尾の鍵は今も岩尾の首に掛かっている。

石動は仮眠を取る時に、鍵を首から外して手文庫に入れた。見回りに出る時にも手文庫に納《しま》う。誰もが知っている事だ。

「金高は？」

「十五両と二分と二朱です（大雑把に二百万円ほど）」

「横矢様に何か御用を命じられましたか？」

番所の役人のほとんどは、お番町と呼ばれる町内で暮らしている。昨晩、旅姿の横矢と鉢合わせをした。

「お奉行に用を言いつかった。これから伊勢だ」と、横矢の方から言ってきた。

「追いかけますか」

気色ばんだ岩尾の言葉に石動が首を振る。

「無用」

伊勢に行く、が嘘ならば道は無数にある。

嵐は向きを変えただけでまだ海にある。だったら急な入船が必ずある。横矢に割く余分な人手はない。

「岩尾。金高を正確に出しておいてくれ。わしはこれから船を回る」

岩尾に抜かりのない事は分かっている。だが、書面に残す数字は正確の上にも正確であって欲しい。その書類が、石動の港奉行としての最後の仕事となる。

切腹は、私事にすぎない。

「お奉行、そのお」

何もなかった事にして後で金を埋める。そういう手もある。

「言うな岩尾。わしには、それはできぬ」

届け書きを書き終えて判を押し、城に早馬を走らせた。城までは馬で一刻（約二時間）。評議の時間を考えても、夕刻には沙汰が降《くだ》るはずだ。

藩金十五両二分と二朱の紛失。少し迷ったが横矢の失踪も記した。事実は事実に過ぎない。それに、いずれは分かる事だ。

「櫓におる」

沙汰が降るまでは藩に養われている身だ、勝手に腹は切れない。

櫓に上がると、まだ板蔵がいた。

「あ、例の船。明け前に出ていきましたで」

「うむ」

港に行って、あの船の姿がなかったのには少しほっとした。番所にこられても払う金はなかったのだから。

夕焼けが船見櫓を朱く照らし出した頃に、城からの使者がきた。上意ではなく、追って沙汰のあるまでは自宅にて謹慎せよ、との指示だった。

筆頭家老の子が絡むと、なかなかに難しいようだ。

「これを、返して欲しいと頼まれました」

八兵衛が前に置いた布包みを開くと、中からあの変てこな包丁が出てきた。

「なぜ、父がこれを？」

マカリを手にした五月の目が大きく開かれる。

海の上での話になった。

八兵衛がわずかに目を伏せながら話を進めていく『ごめんよ、太平さん』すべてを話し終えた時。多分、太平の恋は終わる。

太平は一人ぽつねんと縁側に座って、ぼんやりと庭を見ていた。

今日はみいもいない。舟屋の方では、船猫たちの必死の声が真っ盛りを迎えている。みいも中に混じって声を嗄《か》らしているのだろう。

「あっ！」

しのつく雨の中に咲く薄紅の紫陽花《あじさい》。思わず庭に降りて花のところに行った。

「はい、丁度です。ええ、こんな感じでした」

大振りの花の一つにふわりと手を当てると、五月の胸の形と重なった。

「はい、大きさは丁度です」

だけどあの時みたいに握りしめたら、儚くつぶれてしまうだろう。

その頃、すっかり鳴き疲れたみいは釣雲の離れに上がり込んでいた。

「おや、お寅さん（みいの本名は天賀寅次郎で、花房藩の俸禄帳にもちゃんとその名で載っている）がおいらんところに来るとは珍しい。母屋に帰る間も惜しいほどの別嬪《べっぴん》さんを見つけたってか」

「゛み゛い！」

みいが嗄れ声で釣雲を睨み上げる。

「わかった、わかった。腹が減っては戦さはできねえってか」

台所に行こうと、みいを抱き上げて離れを出ると、ぼんやりと紫陽花に手をかざしている太平が見えた。

「ああはなるんじゃねえぜ、お寅さんよ」

気にはなるが大して心配はしていない。二、三日放っておいて、釣りに誘うかうまい魚を当てがうか、それで元に戻る。今までがそうだったのだから今度もそうなるはずだ。

仏間の障子の隙間から、上、下に顔をのぞかせて、古狐二匹が太平をうかがっていた。

「何だかんだいって、あの二人ほど太平を気にかけてる奴はいねえわな」

そうつぶやいた時に、こちらを向いた楓と目が合って、思わず「こくん」と頷いてしまった。途端に楓が天に向かって「こおーん」と大きく吠えた。

「あちゃっ。こいつあ明日、いや、今晩にでも押しかけてくるぜ。くわばらくわばら」

まあそうなれば、船猫たちの声を気にせずにすむ。伸びた鼻の下を、みいに「ぱしん」とはたかれてすぐに台所に向かった。まったく、猫は人遣いが荒い。


「あのう、こちら天賀様のお宅でしょうか？」

玄関で声がした。

「客人。しかも女人！」

年は取っても、耳と口は達者なおばば様がいち早く気づいた。

「女人とは珍しいこと。もしや」

楓の言葉に、おばば様が深くうなずく。

「ふわあーい！」

二人が立ち上がる前に、太平が素っ頓狂な声とともに玄関に吹っ飛んでいった。

「やはり」「まさしく」

仏間の暗がりの中で、古狐二匹の目が妖しく光る。


「ご立派なお屋敷でびっくりしました」

五月が驚くのも無理はない。

かつての御三家にして、今でも殿のお成りのある家だ。門も玄関も殿様が馬で、あるいは乗物で、そのまま入ってこられるだけの高さと広さがある。

玄関を入ると、乗物を横付けしてそのまま降りるための立派な式台があり、一段上がって横長に二十畳ほどの玄関座敷がある。そこには裾に大きな青海波をあしらった、三畳ほどもある襖が立て回されて堂々たる威容を見せている。その襖に沿って廊下を行けば庭に出る。

ただし、立派なのはここまでだ。その昔には立派なお屋敷もあったのだが火事で焼けた。（そのせいで百七十石を削られた）襖の裏は応接の間だったのだが、今はほとんど物置きと化している。

そしてその薄暗い応接の間では、今、古狐二匹が耳と牙を研ぎ澄ましている。

「八兵衛さんにうかがってまいりました」

八兵衛が簡単な地図を書いて「お武家町の一番手前の大きな門のお屋敷です。向かいがお宮さんやからすぐに分かります」

確かに屋敷はすぐに分かった。ただ門が立派すぎて、とても太平の家とは思えなかった。(明治に郵便制度が始まるまでは、所番地も表札もないのだ)

門に気遅れして、勝手口を探して横路地に回った。突き当りの木戸からのぞいたら、大きな川が流れているだけだった。

「こんな格好でうろうろしていてはかえってご迷惑。そう思って、表から失礼しました」

五月は白の着物に白の帷子《かたびら》、白の手甲脚絆と、お遍路さんの巡礼姿となっている。

母のお骨を、母の実家のお墓に入れてあげたい。それに母の兄の「お兄ちゃん」には、母と父の最後をきちんと伝えたい。五月の決心を知った八兵衛が、女の一人旅を少しでも安心にと、巡礼姿の一式を揃えてくれた。

「きれいです。はい、これはもう花嫁人形です」

太平がうっとりと五月を見詰めている。

五月には、この人が父と戦おうとしたとは、どうしても本当とは思えない。

「あ、百合様！」

五月が白布で首からかけた白木の箱に、太平が手を合わせる。

父のお骨は八兵衛に託した。

「私らのお墓でよろしければ」

昔、八兵衛が奉公先を紹介した娘が不幸な死を遂げた。一年後のその娘の命日に、その店に忍び入った。それが初めての仕事だった。

「島に帰りたい」そう言っていた娘のために、その島の見える高台に、奪った金で墓を建てた。

その後も、身寄り頼りを持たぬ者たちを何人かそこに弔《とむら》っている。いずれは八兵衛も伊兵もそこに入ると決めている。表に南無阿弥陀仏、裏に卍の一文字を小さく刻んだその墓に。

「ただ、お武家さんはまだおりませんのや」

「父は気にしないと思います。かえって他の方にご迷惑ではありませんか。ほら」

あの世とやらに行っても「うむ」と「あー」しか言わないに決まってる。

それで、父は八兵衛に任せた。ただ、お骨のちょびっとをもらって母の壺に入れた。「おやまあ、ずい分と小さくなられたこと」母の楽しそうな声が聞こえた。

母と、父のちょびっとに手を合わせる太平の顔は、すでに泣き出す寸前となっていた。

「今日は、これをお返しにまいりました」

素っ気なく言って、白布に包んだマカリを太平の前に置いた。

「父と戦う気でしたか？」それを聞くためにやってきた。そのつもりだった。

だが、立派な玄関にちょこなんと座って、今にも泣きだしそうな太平を見て気がついた。五月はもう一度太平に会いたかったのだ。太平に会って、自分の口から、「さようなら」を言いたかっただけなのだと。

「あのう、これ、いただけませんか？」

五月が杖がわりにしていた竿袋を持ち上げる。中に入っているのは、太平が八兵衛から取り上げて石動に渡した鯉竿だ。

「あ、はい、もちろんです。じゃあすぐに金団を作ってきます」

五月が釣りをするなら大歓迎だ。それなら色々と教えて上げられる。勇んで立とうとする太平の前で、五月が「とん」と、竿で土間を突いた。

「杖にちょうどいいんです。私、これから母の実家にまいります。それで、これをいただきたいんです」

貸してください、とは言わなかった。

「あ、はい。でもですよ」

できるだけ軽くを考えて作った竿でも、四本継ぎ二本仕舞いの鯉竿は、杖にするには太すぎるし重すぎる。

だけど、五月の愛らしい顔に似合わぬ大きな体に、その竿はしっくりとなじんで見えた。

「はい、五月さんなら丁度です。でもそのままではいけません。ええ、竿が傷みます」

太平が五月の手から竿を取り上げると、そのまま廊下の奥へと駆け出した。

「あ、太平さん」

廊下を曲がって太平の姿は見えなくなり、駆ける音もどんどんと、どこかへ遠ざかって行く。

「本当に、太平さんは」

ふっと吐いた息とともに、心の中にあった強張《こわば》りも、ふわりと消えていった。

父は太平を守るために人を斬り、その責任を取って切腹をした。父を死に追い込んだのは太平。頑なにそう思い込もうとしていた。


「石動さんは、自分の生き方をまっとうするために死なはった。わしはそう思います」八兵衛の言葉が浮かんできた。父は、理由《わけ》は言わなかったという。

「これは詰め腹では無い。理由《わけ》はわしの腹の中にあれば良い」そうとだけ言ったという。

「本当に勝手なんだから」

だだっ広くて薄暗い玄関に、一人残された五月がつぶやいた時。目の前の大きな襖が静々と開かれて、優しそうなお婆さんと、品の良さそうな小母《おば》さんが現れた。

太平は釣雲の離れに飛び込むと、道具箪笥の引き出しの一つを引き抜いた。そこには、竿の手元に巻くための太糸が色々と入っている。

この箪笥は釣雲が古道具屋で見つけて来た。元は薬種屋で使われていた物で、肩丈ほどの高さに、五十ほどの小さな引き出しがついている。その一つ一つに、鈎やら錘やらが種類別に小分けされて入っている。釣雲、ああ見えて几帳面なのだ。

「どしたい、竿の直しでも頼まれたか？」

ぐっすりと眠るみいを膝に乗せた釣雲が聞いてきた。

「あ、釣雲さん。こんなところで何をしてるんですか。あ、みい。良かったですね、仲直りしたんですね」

「こんなところで悪かったな。人ん家に勝手に上がり込んどいて良く言いやがる。それにだ、おいらと寅は喧嘩なんざしちゃいねぇ。お寅坊が相手をしてくんなかっただけだ」

「あ、はい。ええまったくその通りです」

釣雲の話を上の空で聞き流して、竿袋から竿を取り出す。二本仕舞いだから竿は二本ある。その二本を薄布で包んで、太糸で何カ所かをしっかりと縛っていく。地面に当たる部分には布を足し、油紙で包んで縛り上げる。

「あ、これです。ええ、これがぴったりです」

部屋の隅に置いてあった柳行李を開けて太平が目を輝かせる。その行李には、色々の竿袋が入れてある。太平が手にしたのは、純白、本絹の竿袋だった。

「あっ、てめぇ！　そいつはおいらの千両竿のだぞ！」

釣雲が叫んで立ち上がり、放り出されたみいが「゛みぎゃあ！」と一声凄んで出ていった。みいが釣雲の膝に乗る事は、多分二度とないだろう。

その本絹の竿袋は、何年か前に釣雲が結構な値を払って仕立てさせた物だ。

「こいつはお姫《ひい》様の肌襦袢よ。一等に気に入った竿ができたらこいつでお蚕子《かいこ》ぐるみ。いざ嫁入りの時にゃあ、この上に金襴緞子《きんらんどんす》の着物《べべ》着せて送り出してやる。輿入金《こしいれきん》はしめて千両！　どうでい、豪儀なもんだろうが」

もちろん、まだ金襴緞子の竿袋はないし、当然、千両竿もまだない。


「はい、長さも丁度です」

今日の五月の真っ白な姿にもよく似合うはずだ。

「あっ！」

五月を玄関に放っぽったままだった。

「もしや、ひょっとして。ええ、すでに」

駆けた。

五月はまだいてくれた。

玄関の式台に腰かけた五月をはさむように、おばば様と楓も座っていた。ついでにお茶とお菓子まで出ていた。

「な、何をしてるんですか！」

思わず叫んでしまった。

「おや？」

「何を、とは何を？」

二人の顔がゆっくりと太平に向き直る。

「お客様にお茶をお出ししましたが、それが何か？」

「それとも、お客様を立たせたままにしておけとでも？」

二人にねっとりとそう言われたら、太平の答えは一つしかない。

「はい、ありがとうございました」

「では五月様、道中つつがなきように」

「では、私どもはこれにて」

静々と立ち上がった二人が襖の向こうの暗がりに消え、青海波の襖がゆっくりと閉まっていく。

「お二人とも、太平さんの事をとても大事に思ってらっしゃるんですね」

五月が少しうらやましそうに言う。

少し違うとも思ったが、五月に言われるとそんな気もしてきた。

「はい。あ、これ。これなら大丈夫です」

今は杖となった竿を渡した時に、五月がどこへ、何日くらいの旅をするのかまったく知らない事に気がついた。

「あのお？」

「まあ、とってもきれい」

五月が立ち上がって、純白の杖を地面にとんと突く。

「あのお？」

「はい。もう戻ってまいりません」

聞くんじゃなかった。

「本当に、ありがとうございました」

小夏さんと太平さん。だけど母と父。ここには楽しい想い出よりも、悲しい想い出の方が大きくなってしまった。

「さようなら。太平さん」

五月が、精一杯の笑顔で別れを告げる。

「ひゃい」

太平には、そう言うのが精一杯だった。

五月が門を出て、自分の道を歩き始めた時。太平は菓子盆の万頭を頬ばっていた。

「ええ、実においしいです。ええ、この塩加減が実に玄妙です」

まるで、涙と鼻水のような塩っぱさだった。

第七章
白い百日紅《さるすべり》

一

「太平さんなら、どっちを狙うやろか」

縁側で八兵衛が、庭の梔子を見ながらつぶやく。

「もし、あの刃が最初からわしを狙い、余分の糸が無ければ、多分受けそこねた」

それほどに鋭い刃筋だったという。石動にそう言われた時には耳を疑った。

八兵衛も伊兵も人を見る目にはそれなりの自負がある。だが、太平のそんな裏の顔にはまったく気づかなかった。

「そやない。太平さんには裏も表も無い。ただ素《す》があるだけや」

隠していたのではない。単に見せる時がなかった、それだけの事だ。釣りの時の無駄のない動きを、単に釣りの上手と、八兵衛たちが見過ごしてきたのだ。

「本当に、太平さんがやりますかねえ」

太平が石動の仇を討つ。やはり伊兵には信じられない。

「分からん。ただ、この理不尽を太平さんは許せるやろか」

八兵衛は、のれんの秀次から聞いた話を思いだしていた。

秀次は仕入れの帰りに、若侍の一団が釣りをしているのを見て眉をひそめた。

突堤の上で、昼から酒を飲んで騒ぐ姿にではない。アジかサバの群れにでも当たったのだろう、次々に魚を釣り上げては足元に打っちゃっていく。

「むげえ事をしやがる」

秀次も釣りをするから、入れ喰いとなって夢中になる気持ちは良く分かる。だが、要らない魚なら海に返してやればいい。

もちろん武士を相手に説教をする気はない。まして相手は集団で、酒を飲んで気が大きくなっている。そんな若者たちは時としてとんでもない暴走をする。それは江戸で身に染みている。

それに、たかが魚だ。そのまま通り過ぎようとした。

「恥を知りなさい！　お魚さんたちは必死で戦ったのですよ。それなのにこんなむごい事を。ええ、あなた方に釣りをする資格はありません！」

振り向くと、一人の子供が若者たちに駆けより、一人の竿を取って海に放り込むのが見えた。姿《なり》からすれば武家の子だったが、あまりに小さい。二人目の竿に手を掛けたところを若者たちに囲まれた。

「体格《がら》が違う上に多勢に無勢。ぼっこぼこよ。それでもよ、噛みついたり引っ掻いたりと頑張ってたぜ」

秀次が懐かしそうに話を続けていく。

「しかもその間中、お魚さんに謝ってくださいお魚さんに謝ってくださいって言い続けてやがんだぜ。あんな喧嘩見た事ねえや」

無様《ぶざま》だけど格好いいぜ坊主。秀次が一歩を踏み出そうとした時。

「そうだあ！　お魚さんに謝れぇ！」

「ぼん、負けんな！　わしらがついとるで！」

遠巻きの野次馬たちから勝手な声が飛び始めた。すぐ近くには雑魚場《ざこば》と野菜場《やっちゃば》があるのだ、無責任な野次馬には事欠かない。

「帰るぞ！」

兄貴格の若侍が吐き捨てるように言った。皆、似たような部屋住み同士だ。家はそれなりに裕福だが、そうそう飲みに行けるほどの小遣いはもらえない。それで、安上がりな憂さ晴らしをしていたら大事《おおごと》になってしまった。

もし役人でも出張《でば》ってくれれば家の問題となってしまう。万一勘当でもされたら、そう思ったら一気に酔いが醒めた。

帰り際に、子供の顔に思いっ切り拳固をくらわせた。

「痛《た》アッ！」

石みたいに固いおでこで受けられた。

帰って行く全員が、噛みつかれたところや引っ掻かれたところ、殴ったはずの手やらを痛そうに擦っている。子供の方はといえば、何事もなかったように魚を拾っている。どっちが勝ったんだか良く分からない。

「ぼん、大丈夫か？」

野次馬の何人かが、魚を拾うのを手伝い始めた。

「はい。大体の拳固はおでこで受けました。ええ、私のおでこは本当に堅いんです。お魚をいっぱい食べたおかげですってお凜様に言われました。あ、お凜様というのはですね」

椿屋の船で初めて釣りをした後に、その時の子供が太平だったと分かった。背こそ伸びてはいたが、顔は昔のまんまだった。

「だからよ、太平を怒らせると怖えぜ」

その言葉で秀次の話は終わった。


「怒りますね」

話を聞き終えた伊兵が大きくうなずく。

魚相手の理不尽を許せなかった太平が、今回の行き立てを知ったなら。ようやく伊兵にも、八兵衛の心配が見えてきた。だったら太平にはすべてを隠し通すしかない。

「伊兵。太平さんは阿呆やない」

太平は、自分たちが見ていたよりもはるかに大きな漢。今、八兵衛はそう思っている。

「伊兵。使える人間をすべて使って、監物と玉井を調べあげるんや」

八兵衛の金壺眼《かなつぼまなこ》がぎらりと光る。

「太平さんにはわしらが張りつく」

「へい、親方」

伊兵の眼も鋭く光る。太平の命は必ず守り抜く。

だが問題は、太平が何をする気なのか、そこがまったく分からない。

太平は台所の片隅で砥石に向かっていた。

太平は何も考えていない、良くそう言われるがそんな事はない。色々と考えるから、それが次々に口に出て際限のない一人言となるのだ。

そんな太平でも、時には頭と口を休めたくなる時がある。そんな時には砥石に向かう。一心に研いでいると頭の中が空っぽとなり、当然口も動かなくなる。

今太平が研いでいるのは、包丁ではなく釣り鈎だ。それも、鍛冶師に頼んで打ってもらった特注品だ。

その頃太平は石鯛釣りに夢中になっていた。ある日、口黒岩の近くでとてつもない当たりがあったが、ばれた。一番太い糸と一番大きな鈎を使っていたのだが、その鈎がのされて真っ直となっていた。

「鯨でも釣る気かよ、太平さんよ」

自分で打った鈎を見て鍛冶師が呆れた。ちもと（鈎の根本、糸を結ぶ部分）から鈎先まで四寸（約十二センチ）ほどもある。人差指と親指で作った「し」の字の中にやっとで収まる、大きくて太い鈎だ。

その鈎と鉄線入りの糸があれば、次は絶対に逃がさない。もちろん他には使いようのない鈎だから、普段は着物の襟の内側に刺してある。

「今日こそ、飛びっ切りの飛びっ切りと会えますように」

海に出るたびに、太平はその鈎に手を当ててつぶやく。もちろん太平のつぶやきだから皆に聞こえる。

「太平のお守り」

信久がそう名づけた。そのお守りを、今、太平は一心に研いでいる。

なぜ研ぎ始めたかは太平にも分かっていない。ただ、腹の中に居座っている「何か」を鎮めるにはこの鈎を研ぐしかない。そんな気がしたのだ。

差し込む夕陽に照らされて、朱く光る鈎をひたすらに研いでいく。

「あ、いけません。これでは釣れません」

気づけば鈎の懐にまで刃をつけていた。夕陽にかざした鈎は、小さな鎌のようにも、夏の三日月のようにも見えていた。


「えーい、太平め！」

おばば様がついに叫んだ。

いつもなら「おばば様、お膳が整いました」と言ってくる太平が、待てど暮らせど、うんともすんとも言ってこない。ついに空腹に耐えかねて台所に向かった。

すでに真っ暗となった台所に太平の姿はなかった。

台所の食間には三人分のお膳が置かれ、お膳にかけられた蝿よけの半紙には、それぞれに、『おばば様』『楓様』『釣雲様』と書かれていた。

名の横には小さな字で何行かが並んでいる。最初の「おしながき」は何とか読めたが、暗い、小さい、太平、この三つが重なったら、後は読む気にもなれない。

「見れば分かります」

紙をはぐると、伏せた飯椀に汁椀。焼き魚の皿に酢の物の小鉢、漬け物の小皿が乗っていた。

「お品書きをつけるほどのものですか！」

かますの干物は骨をむしって一口大にしてあり、漬け物も細かく刻んである。歯の悪いおばば様のためだ。

「なぜお前がいないのですか」

膳の前に座れば、いつも太平が給仕をしてくれた。

「どうですか、この浅蜊の身の厚いこと。ええ、これはもう絶対においしいに決まってます。だってですよ」

「黙って食べらっしゃい！」

いないのだから仕方ない。台所に降り立ち、自分で飯をよそった。多分、太平がきてからは初めての事だった。

御飯は浅蜊とごぼうの炊き込み御飯だった。その浅蜊も太平が採ってきて、一つ一つ殻を剥いて干したものだった。

御飯をよそうのは楽しかった。自分の好みのお焦げが取り放題なのだから。

「はい、ご馳走様でした」

おばば様が充ち足りた顔で仏間に戻っていく。もちろん、お膳はそのままで。

おばば様の読まなかったお品書きの最後には『ありがとうございました　太平』と書かれていたのだが、味噌汁を温め直す時の焚き付けとされてしまった。

少し後でやってきた、釣雲と楓の分も同じ運命をたどった。太平が三人にあてた「ありがとう」は、今は竈の中で灰となっている。残念。


五月十五日、望月―

いつもなら足元を煌々と照らしてくれるはずの満月も、今は雲に隠れている。

「ええ、このくらいが丁度です。だってですよ、こんな夜更けに人のお家《うち》に勝手に入ろうとしてるんですから」

それで、釣り御用の時の柿渋の着物と笠でしっかりと闇に溶け込んだ、つもりなのだが。肩に掛け持った二間ほど（約四メートル）の延べ竿は、夜目にも白々と浮き立っている。

「仕方ありません。だって、夜釣りに来て迷っちゃった。ええ、そういう事なんですから」

太平なりに言い訳も考えているようだ。だけど釣り場などない武家町の、しかもお城の近くまで迷い込む。これはどうしても無理がある。

「だって、迷っちゃったんだから仕方ないじゃないですか。ええ、迷うってのはそういう事なんですから。だってですよ」

今日の太平は竿だけで道具袋は持っていない。懐には仕掛けが二つと、金団の包みが入っている。仕掛けの一つは普通の鯉釣り用で、もう一つには太平の「お守り」が付いている。

「ええ、少し問題が出てきました」

一つには、目指す相手が今家にいるかどうかが分からない。いたとしても、家のどこにいるかが分からない。うまく出会えたとしても、何を言いたいのかがまだ分からない。

そして一番の問題は、その家が見つからない。

「はい、この百日紅《さるすべり》を見るのは四回目です。ええ、百日紅なのに真っ白な花だから良く覚えています」

太平は鈎を研ぎ出してすぐに、平目さんが鯉を飼っているという話を思い出した。釣るのでも食べるのでもないと聞いて、すっかり忘れていた。

鯉を飼っているなら池があるはずだ。池があって魚がいるのなら何とかなるだろう。それが太平の計画《おもいつき》のすべてだ。

だが、池の前に家が見つからない。

それらしき屋敷は見つけた。立派な長屋門の両側に黒い築地塀が続いている。元々正面から入る気はないから、勝手口をと思って横路地を探したのだが見つからない。上手《かみて》（お城に近い方）にも下手《しもて》にも別な門が出てくる。

何度か行ったり来たりするうちに閃《ひら》めいた。この屋敷に横門は無い。少し小さな立派な門が勝手口に違いない。

「はい、さすがにご家老さんのお家です」

勇んで勝手口に向かった。

『ちゃう！』

聞き覚えのある声が耳に飛び込んできた。

「あ、ご隠居さん！」

向かいのお稲荷さんの陰から豆狸さんが顔を出した。

「そっちは別ん家。今過ぎたのが監物《ち》の家。太平さんの今立ってるところが横路地の入り口」

八兵衛は太平が行ったり来たりするのを見ながら、このまま諦めて帰ってくれればと願った。だが太平の諦めの悪さも良く知っている。

「ええ、もうそろそろ釣れるはずです」

朝が駄目なら昼、昼が駄目なら夕。今日が駄目なら明日。太平は決っして諦めない。だったら、自分たちの目の届く時に思いを遂げて欲しい。八兵衛と伊兵が太平を助けられるのは、夜の闇の中でだけなのだ。

「あ、本当だ。何だ別々のお屋敷だったんですね。ええ、勝手口にしては立派だなあって思ったんですよ」

暗闇の中での黒い塀と黒い塀。それに。

「これは百日白と書くべきです。あ、百日といったら三月と十日ですよ。本当にそんなに咲くんでしょうか。ええ、咲き始めのようですから明日から数えてみましょう」

そんな事を思っているうちに、露地の入り口を通り過ぎていた。

「ずっと見てたんですか」

八兵衛を見る太平の目が吊り上がっている。

「はい、ずっと」

八兵衛の眉が申し訳なさそうに垂れ下がる。太平が家を出るのを見て先回りをした。

「だったら、もっと早く教えてくださいよ」

勝手口があまりに見つからないので、太平半べそとなっていたのだ。

「ええ、地獄の仏様です。池はどこですか？」

「叱《し》っ。もう少し小さく」

「あ、ごめんなさい」

そうだった。今日は忍んでいるのだった。

『池はこっちです』

路地奥の暗がりから声が届いた。

「あ、伊兵さん！」

「叱《し》っ」

「ごめんなさい」

路地の中ほどに、塀より三尺（約九十センチ）ほど下がって木戸門があった。その先は高さ一間半（三メートル近い）ほどの黒板塀が続いている。

「この門を越えると右に板塀があって、その中が内所の庭になってます」

その庭に面した母屋の二番目と三番目の部屋、そのどちらかが監物の寝間。そこまでの調べはついていたが確かめてはいない。八兵衛に止められた。「万に一つがある」もし見つかって警戒されれば太平がやりづらくなる。

「中にも塀があるんですか？」

「はい。でも、ここが一番低くなってます」

門の両脇壁は、確かに他よりは一尺ほど低くなっていた。

「二度は面倒です」

太平が路地をすたすたと進んでいく。

「ええ、この辺りでちょうどです」

先刻までは一軒と思っていたが、二軒となれば幅は大してない。中に入れば池はすぐに見つかるはずだ。池さえ見つかれば何とかなる、はずだ。

「あれ、お二人はなぜここに？」

少しほっとしたら「？」が浮かんできた。

「そりゃあ、助太刀ですよ、仇討ちの」

伊兵の言葉に、太平の目が真ん丸のの字となった。

「仇討ち？」

確かに太平の中には、今回の理不尽への怒りはある。だけど石動さんは自分で腹を切ったのだ。仇討ちなんか望むはずがない。

「帰ってください。私は仇討ちなんかしません」

「だったら！」

「何をしに！」

「叱《し》っ」

「ごめんなさい」

二人が頭を下げる。

「良く分かりません。会ってお話をする。ええ、今はそれだけなんです」

八兵衛と伊兵が石動の死に憤《いきどお》っている。そして太平を心配してくれている。その事だけは良く分かった。

「ごめんなさい」

太平に頭を下げられて、八兵衛と伊兵に笑みが浮かぶ。太平を血に汚さずにすむならこれ以上はない。だが、監物がどう出るかはまだ分からない。二人が笑みを消して目を交わす。

「どうぞ」

伊兵が腰をわずかに屈《かが》めて板塀に手を突いた。

「あ、大丈夫です」

言って太平が、手にしていた真竹の竿をとんと地に突くと、両手両足を器用に使って、つっつっと登って行く。竿は充分に塀を越えているが、竿は上に行くほどに細くなる。

「折れる！」

八兵衛が思わず声を漏らした時には太平はすでに屋根に取りつき、片足の指先で竿をはさんでいた。そのまま竿を手繰り上げながら塀屋根の上に立ち上がり、

「お寝《やす》みなさい」

そう言って塀の向こうに消えた。

「軽業師か」

「猿《ましら》ですわ」

八兵衛が唸って、伊兵が呆れる。

「親方」

伊兵が指差す先に草鞋が脱ぎ捨ててあった。

「裸足やったか？」

「いえ、革足袋でした」

磯や川の苔の着いたところでは草鞋は滑るから、太平は底に鮫皮を張った革足袋を履

く。ただ、高価な鮫皮を無駄に減らさないために、釣り場まではその上に草鞋を履く。

「届けてやんなさい」

八兵衛が塀に手を突く。

「へい」

草鞋を懐に納《しま》った伊兵が、ととん、と八兵衛の体を駆け上がり、肩を蹴って屋根に飛び上がる。そして、塀の向こうへと消えた。

「うーん」

八兵衛が、塀に手をついたまましばし唸る。伊兵が太ったのか、自分が衰えたのか。

「伊兵には、太平さんのあの技覚えてもらいましょ」

八兵衛は袂から折り畳みの小田原提灯を取り出すと、門の片隅に座り込んだ。

「へい。夜道を急いでおったら、何や気い悪うなりましてん。そんで、気がついたらここに倒れてましたん」

それで何とかなる。

八兵衛には、この塀はもう越せない。だから二人の無事を願って待つ。今の八兵衛にできる事はそれしかない。

太平は池の際《きわ》の庭石に腰かけていた。

池はすぐに見つかった。座るのに丁度の石もあったから、それに腰かけて竿に仕掛けをつないだ。

何となく「お守り」の方を選んだから釣りは諦めた。こんな物騒な鈎では、鯉の柔らかな口は簡単に裂けてしまう。

竿を軽く振ると、鈎はぽちゃんと落ちてすぐに底に着いた。

「ずい分と浅いですね。ええ、二尺（六十センチ）もありません」

太平が何度も没した天賀の池に較べたら盥みたいな物だ。仕方ない、深くては鯉が見えないし、捕まえるのも大変なのだ。

太平は竿先を池に沈めて、糸にたっぷりと水を吸わせた。水面に浮いていた糸がわずかに沈んでいく。

「はい、もう丁度でしょう」

ひょいっと竿を振り上げると、糸が飛沫《しぶき》を散らせて舞い上がる。

「はい、凧糸で正解でした」

藍や柿渋で染めていない糸は、夜の中でも白く鮮明に見えた。

そのまま竿を後ろに振ると、糸が後ろに飛び、その後を鈎が追っていく。糸が伸び切ると同時に、竿を鋭く前に振ってすぐに止める。

前に伸ばした手の中で、竿はやや前に傾いて止まっている。その竿先を糸が追い越し、鈎も続いていく。糸が伸びるのに合わせて竿を倒す。竿と糸が一直線となって、鈎が静かに水面に落ちた。

「はい、丁度です」

鉤の重さと糸の重さ、それに竿の強さがぴたりと合っている。これなら、いつでも狙ったところに落とせる。

「あ、緋鯉です。あ、紅白です。あ、三毛もいます」

暗さに慣れた太平の目に、色々の鯉が見えてきた。どれも堀溜では見る事のない鯉ばかりだった。

「ええ、これだったら朝までだって退屈しません。うわあ、あの紅白、丸々と太って本当においしそうです」

太平が池にきた時、母屋の二間《ふたま》に明かりがあった。どちらかに監物がいるのは間違いがない。

「ええ、でもですね、このまま二つとも消えちゃったらどうしましょう」

池で監物と出会って話をする。それが太平の計画のすべてだ。寝ているところに押しかけるのは計画に入っていない。

「だって、何て言うんですか。今晩はですか、お早うございますですか？　あっ、食べちゃ駄目ですよ！」

丸々の紅白が鉤に近づいていた。珍しい物には興味を示す、それは人も猫も魚も変らない。特に魚は光る物が大好きだ。下手に鉤を上げると反射的に食いつくかも知れない。

それで、竿先を細かく震わせた。それが糸に伝わって、異常を察知した魚が離れる、はずなのだが。鈎を見た事も釣られた事もない池の鯉たちは、かえって興味津々と寄ってくる。

「あっ、いけません！」

丸々の紅白が鈎を吸おうとするのを見て、太平が竿全体で水面を撃つ。

「びしーん！」

鞭を鳴らすような音が響いて、鯉が一斉に散っていった。

「ふう。良かったあ」

太平が胸を撫でおろすと同時に「たん」と障子の開く音がした。

「な、何や！　だ、誰や！」

平目さんが顔を出していた。

「あ、良かったあ。はい、一獲千金です」

「そ、そこで何をしとる！」

監物にとって鯉は魚ではない。金だ。

一両、二両で買った鯉が、育ち方次第で五両、十両と成る。いや、百両、千両だって夢ではないのだ。

今も江戸から届いた鯉相場の報せを見ながら算盤を弾いていた。五両で仕入れたあの紅白と、似たような鯉が江戸では三十両。思わずにんまりとした時に、庭で異様な音がした。

「あ、はい。釣り、のようなものをしていました。あ、ご安心ください。餌は付けてません」

夜に笠で顔は見えないが、その格好と、どこかのほほんとした声には覚えがあった。

「貴様、釣り役の天賀……」

その先は出てこないが、監物の乾坤一擲《けんこんいってき》の大勝負を水泡に帰した男に間違いない。

「あ、太平です。天賀太平。ええ、天下の天に賀正の賀。太平はですね」

庭の黒松の一本に陣取っていた伊兵が、思わず枝から落ちかけた。

まさか堂々と名乗るとは思わなかった。太平らしいと言えば太平らしいが、これで太平の逃げ道はなくなった。伊兵の指先が懐の苦無を数える。五本。多いか少ないかはまだ分からない。

「ええ、天下太平でもまったくかまいません」

忍び込んだ曲者が名を告げている。しかも実に楽しそうに。監物は中に戻ると刀架けの刀を手にした。怒りで手が震えて思わず取り落としかけた。


監物は剣には自信がある。

片桐家は代々が勘定方の家だったから、陰では算盤侍と揶揄《やゆ》された。実際に算盤は三才からみっちりと仕込まれた。さらに男子は元服前の一年間、親戚筋に当たる大坂の店に商売の修行に行かされる。

修行とはいっても、当時監物の父はすでに家老職に就いていたから、店では実に手厚くもてなされた。（ちなみに、監物の大阪弁はこの時に由来する。よほどに楽しかったらし

い。ちなみに、玉井は監物の真似をしているだけだ）

だからこそ監物は、算盤侍と言わせぬためにも剣術には人一倍励んだ。藩の道場でも二、三を争う腕となったが、一にはなれなかった。身長だ。同じくらいの技量だが、はるかに長身の男にはついに勝てなかった。

「武蔵と同じ背丈やったらわしが勝つ」

それだけの自信が監物にはある。

当然、自分と同じくらいの背丈の太平に負けるはずがない。しかも相手は脇差と釣り竿一本だ。いつでも斬れる。そう思ったら怒りも少しおさまった。

「で、何をしにきた」

太平がどこまで知っているか、斬るのはそれを確かめてからでいい。

「はい、そこが良く分からないんです。ええ、でもやっぱり許せないんです」

「ゆ、許せんやと！　釣り侍の分際でこのわしを許せんやと」

再び怒りが湧いてきた。たかが釣り役が、家老の自分に対等の口をきいてくる。監物にすればその事の方がよほど許せない。

「はい。一つが信久さんの命を狙った事です」

太平が開いた右手を見ながら親指を折る。

「次にやじろさん。寅さん。原さん」

名を上げながら指を折っていく。

「あ、私もです」

五本の指が折れて拳固となった。

「そして石動さん。堀江さん。五月さん」

太平の拳固が、一本、一本と開いていく。

「あ、五月さんは私事でした」

いったん指を戻したが、

「あ、やっぱり五月さんもです。ええ、だって石動さんの娘さんなんですから」

少し迷ったが、百合は数えなかった。

「それに、ごにょさんといにょさん」

ご隠居と伊兵は口の中で濁した。手は再び開き切った。

「殿のお命、何の事や？　ああ、堀江が勝手にやった事の話か」

あの日。屋敷に報告にきた堀江は直ぐに江戸に発たせた。本当はその場で斬り捨てたかったが、堀江は腕が立つ上に背も高いのだ。

その後で、江戸へは早飛脚を出した。堀江が藩邸に入れば、二度と生きて出る事はない。

「あいつ、わしの金を二十両も盗んで逃げよったんや。ほんま、飼い犬に手を噛まれる。てやっちゃ」

堀江には路銀として五両を渡したのだが、飛脚便には、堀江が公金二十両を横領したと書いた。もちろん、二十両は次の日に藩庫から抜いた。

「犬じゃありません！　堀江さんは犬なんかじゃありません！」

太平が吠えた。

「やっとで分かりました。ええ、お城であなたが信久さんに、お家のためです！　とか、大っ嫌いです！　そう言って斬りかかったのならこんなに腹は立ちません」

太平の眼が一直線に監物を見据える。

「本当に大事な事なら、なぜご自分でなさらないのですか！」

これは藩のためだと、真剣に語る堀江の顔が浮かんできた。だから堀江はちゃんと自分でやろうとした。たとえ海に落ちても。

あの時、褌一丁で船に這いあがろうとしていたのは確かに堀江だった。

「人にやらせておいて人のせいにする。堀江さんみたいに立派な人を勝手に汚して知らんぷりをする。ええ、まったく許せません。石動さんなんか切腹しちゃったんですよ。お母さんを亡くしてすぐにお父さんが切腹。五月さんの気持ちがあなたに分かりますか！」

太平の目からはすでに止めどなく涙が流れ落ちている。泣きながら、十人を数えた手の平を監物に向ける。

「恥じてください！　すべてはあなたが本当にバカだった。ええ、そのせいでみんな迷惑したんですから！」

手の平を向けられた監物の顔が見るみる真っ赤に燃え上がっていく。太平の言っている事が分からない。石動も五月も今初めて聞く名だ。分かったのは「恥じなさい」と「バカ」その二つだけだ。

藩のために必死で働いている自分が、毎日釣りをして遊んでいる男に「恥じよ」と言われ、「バカ」と呼ばれた。

斬る！

この小生意気な釣り侍は断じて斬って捨てる。屋敷に忍び入った鯉泥棒を成敗した、それだけの事だ。

それが天賀家の当主だったのなら、当然天賀家は取り潰し。太平の実家の安楽もただではすまさない。そう考えたら楽しくなってきた。

「そうか、許せんか。だったらどうする？」

にやり、と笑いながら太平を挑発した。

縁側に立つ監物と太平との間には四間（約七、八メートル）以上の距離がある。池の上に水平に出されている竿は二間ほどと見えた。

人は短い得物よりは長い得物に頼る。太平が二間に近づいて竿を振ろうとした時、縁側を蹴って飛び込んで斬る。竿が当たるくらいはかまわない。その時には、太平の命は終わっている。

「で、どうするんや？」

「はい、こうします」

太平が竿を右手に持ち替えて、竿を振り上げた。まだ竿の間合いですらない。池の中にあった糸が水飛沫《しぶき》を散らしながら宙に駆け上がる。

太平がすかさず竿を後ろに振ると、雲間に顔を出した月の光を受けて、ぎらりと光った鈎が太平の背後の闇へと消えて行く。

「はい、今です」

竿を鋭く前に振り込むと、白い糸が竿を追い越して監物に向かって行った。

白蛇。

暗闇から突如と現れて、白い体をくねらせながら鎌首をもたげ、牙を剝いて襲い来る白蛇。監物は一瞬恐怖に襲われたが、目はしっかりと瞠いていた。

白い糸と鈎、それだけの事だった。刃筋もしっかりと見切った。避《よ》けるまでもなく、その鈎は監物の顔の横を過ぎて行った。

「今度は、わしの番やな」

監物がにたりと笑って刀を抜き放つ。

「ごめんなさい、まだ続きが」

上体を前に屈め、腕と竿を一直線に伸ばしていた太平が、体を起こすと同時に腕を素速く跳ね上げる。

監物の耳元に「しゃっ」と糸が風を切る音が聞こえた。あの白蛇が背後から襲って来る。振り向けば目か喉が裂かれる。監物はただひたすらに首を縮めた。

「ぱつん」

乾いた音とともに、監物の目の前を黒い物が飛んでいき「ぽちょん」と池に落ちた。途端に水面が弾け、丸々の紅白がそれを咥《くわ》えて池に沈む。

「あっ！」

太平が必死で体を止める。反応すれば鯉の口が切れる。魚を釣らないためにこんなに必死になるのは、本日二度目で、当然、人生でも二度目だ。

「お願いです。食べないで！」

太平の願いが通じたかよほど口に合わなかったか、丸々の紅白はそれをぺっと吐き捨てると、悠然と池の奥へと泳ぎ去っていった。

「ご安心ください。紅白さんは無事です」

太平が竿を立てると、糸の先には黒い塊がぶら下がっていた。

「え？　あっ、うわっ！」

監物が頭に手をやって悲鳴を上げる。有るべき物が無くなっていた。

「き、貴様あ、こ、このためにぃ！」

「馬鹿にしないでください！　こんな事のためにわざわざくるもんですか」

本当に、ついさっき思いついたのだ。四角い顔を真っ赤にさせた平目さんの、太くて立派な髷を見て「あ、あれ取れますよ。ええ、丁度です」それで、やってみた。

竿も糸も鈎も、まるでそのためにあるかのように上手に働いてくれた。

「ふ、ふざけやがってえ！」

監物が庭に飛び降り、一歩を進んだところで。

「びしりっ」

竿が脳天を直撃した。さっきまで髷のあったところがみるみる赤く腫れ上がっていく。

次の一歩で右頬を、次の半歩で左頬を打たれて、前に出るのは諦めた。竿の動きが速すぎてまったく手も足も出ない。


「出合ええ！　曲者《くせもの》じゃ、あ……」

振り向いたら、表向きと内所の出入口のところに男たちが並んでこちらを見ていた。

庭での騒ぎに気づいてやってきたが、賊は釣り竿一本、片や監物は刀を抜いていた。監物の指示無しに動けば後で何やかや言われる。（指示通りにしたってごちゃごちゃ言われるのだが）それで見物をしていた。

「何しとる！　早くこいつを斬れ！」

片桐家は千三百石の大身だから、それなりに郎党を養っている。それに監物はあちこちでずい分恨みも買っているから、郎党以外にも腕の立つ男を何人か雇っている。

その場にいた屈強な男たち七人が、刀を抜いて庭に降り立つ。監物を入れて八人。のほほん面の釣り侍一匹を退治するには充分すぎる。

『太平さん、手伝いますか？』

伊兵が忍び術の遠話《おんわ》を使って太平の耳だけに声を届けた。

太平が監物の髷をぱつんとやった時には、思わず吹き出しかけた。

「太平さんには敵わん。こんな事太平さんしか思いつかん」

武士が髷を取られる。それがどれほどの事か、武士でない伊兵にも見当はつく。そして、これで監物が本気で太平を殺しにくる事も。

「あっ伊、いにょさん。姿は見せないでくださいね。ええ、ひとまず私一人で頑張ってみます」

太平は遠話など使えないから普通に話した。

男たちの足がぎくりと止まって、木々の作り出す暗闇に不安の眼を凝らす。

「芝居や！　こいつ一人や。斬れ！　斬った奴には一分、いや一両やる」

太平の命に一両の値がついた。

踏み出した男の鼻先を、太平の竿がぴしゃりとはたく。竿先が鼻筋を切って血が跳ねた。地味だけどこれはけっこう痛い。

前に出ようとすると、目の先を竿先がひゅんとよぎる。たかが竿一本がなかなかに侮《あなど》れない。

「囲め！　囲んで詰めるんや。竿が当たったら掴め、掴んだ奴には一分やる。動きを封じたら一分、いや、二分やる！」

太平の値が一両と三分に釣り上がった。監物にしては大盤振る舞いだ。

男たちの三人が素速く目を交わす。金ではない。主君を打ち据えた狼藉者を取り逃す訳には行かない。彼らにも武士の意地がある。

三人が、竿の間合いの外から太平を囲む。

正面の男が刀を大きく振り被って太平を誘う。太平はその男を無視して体を回すと、背後から踏み込んで来た男の側頭部を打ち据えた。竿先は耳を直撃していた。これは痛い、しかも耳の中で空気が炸裂して、ぐわんぐわんと鳴っている。

その竿をそのまま後ろに送り込む。「ぐごっ」と音がして、飛び込んできた男の喉笛に竿尻が喰い込んでいた。これは痛い。多分、今までで一番痛い。

「きえーい！」

横にいた男が大上段に振り被って飛び込んできた。すでに竿の間合いではなく、刀の間合いとなっていた。

鋭く振り下ろされる刀に太平が竿を突き上げる。竿の下三分の一ほどのところで辛《かろ》うじて刀を受けた。

「かしーん」

乾いた音を響かせて竿が斜めに真っ二つとなり、その切り口に沿って向きを変えた刃は、太平の頭ではなく男自身の足先を斬っていた。

「ヒャッ！」

足袋がみるみる朱に染まっていく。だがこれは痛くない。今は興奮しているし、刀も良く手入れされている。今は、まだ痛くない。

「あ、ごめん」

なさいと言いかけてやめた。自分で勝手に切ったのだ。太平のせいじゃない。

「気をつけてくださいね。ええ、刀って本当に危ないんですから」

糸は切れていなかった。竿の上の部分を拾い上げ、右手で竿とともに握り込んでいた鈎と糸を、束ねて左手に持ち替える。

「はい、まるで宮本さんです」

右手に竹槍のようになった竿の下三分の一。左手には、乗馬鞭のようになった竿の上三分の二。とんだ二天一流ができ上がった。

「ええい、行けい！　刺されたら一両や！」

監物が叫んで、監物を守るべく前に立っていた男の腰を思いっ切りに蹴飛ばした。

竿が竹槍に変ったのがかえって好都合。この男が刺されれば太平の動きが止まる。

「わっ！」

男が反射的に刀を振り被り、たたらを踏みながら太平に向かって行く。男の胴はガラ空きとなっているが、太平はそこを突けない。

「だって、絶対に痛いですよ」

太平の方から一歩を踏み込んで、しゃがむと同時に刀めがけて竹槍を突き上げる。大上段に振り被った刀の柄頭に、竹の切り口がすぽりとはまった。振り下ろす勢いを竹に削がれた男の左手が、竹の切り口に当たって血が噴き出す。

「あ、ごめんなさい！」

竹で切った時の痛さは太平にも経験がある。

「でも竹の傷は治りが早いですから。あれ、それって青竹の時でしたっけ」

言っている時に、背後から体をがっしりと掴まれた。

「獲《と》ったあ！　一両！」

太平を羽交《はが》い締めにした男が吠える。

男は釣り竿一本の賊を、それも背後から斬る気にはどうしてもなれなかった。それで捕まえた。

「あ、違います。斬るか刺されたら一両です。竿を掴むと一分で、動きを封じたら二分ですから、ええ、まだ二分です。あ、でもですよ」

男は太平よりもはるかに体格が良くて力も強い。両脇に手を入れられ、その手を首の後ろで結ばれた太平は、足を宙に浮かせたまま身動きを取れないでいる。

「ええ、これはもう一両の価値は充分にあると思いますよ。何でしたら私から平目さんにお話ししましょうか？」

『太平、喉を裂け！』

伊兵の切迫した声が届いた。

体は動かせないが手は動く。その手には、竹槍に刀がくっついて薙刀《なぎなた》のようになった物が握られている。

「ええ、ですけど」

多分、痛いどころではすまないだろう。

『人の心配してる時か！　喉が嫌なら足でも何でも刺せ！』

思わず声が大きくなって、最後の方は男にも聞こえた。

男の目が大きく瞠かれる。声の言う通りだった。男は太平を掴まえているだけで、男を殺す力を持っているのは太平の方だった。

「あのお、足刺してもいいですか？」

男が太平を捉えたのは分かった。

だが監物の位置からは男の背中しか見えなかった。それで、一緒に斬る事にした。

据え物斬りには自信がある。骨の無い腹なら二人まとめて斬って見せる。

「つあーっ！」

背後から、裂帛の横胴を放った。

「ガキン」

鈍い音を立てて刃が止まった。

地面に刀が突き立ち、その刀が竿となるところに監物の刀が喰い込んでいた。竿を切り、柄《つか》を切り、そして、中茎《なかご》で刃は止まった。

「恥を知りなさい！」

太平の言葉で、太平を掴んでいた腕からも力が抜けた。

太平の右手が動いた時には足を刺される、そう覚悟した。だがその手は竿を一閃させると男の腕を抱くように動いて、左脇の地面に刀を突き立てた。そして直後に、ガキッと音がした。

「何があぁーっ！」

刀を構え直した監物が、絶叫しながら太平に突っ込んで行く。

自由となった太平が振り向きざまに竿を振る。

「びしん」鞭のようにしなった竿が監物の手を撃ち、監物が思わず刀を取り落とした。

「お拾いなさい。あなたが自分の手で戦うというのなら、どこまでもお付き合いします」

太平の目には、すでに涙も怒りもない。ただただ哀しそうに監物を見ていた。

「三両や！　こいつを殺したら三両や！」

男たちに反応はない。監物が仲間を斬ろうとした、皆がそれを見ている。

「五両や。いや、十両やる！」

太平の命が十両に跳ね上がった。

十両はさすがに大きい、男の一人が一歩を踏み出し。

「ひやっ！」

悲鳴を上げた。男の足の甲に、細い刃物が深々と突き立っていた。

「く、苦無や！」

伊賀にほど近いこの地なら、忍び手裏剣くらいは皆知っている。

「次は命を取る」

闇の中から低い声が響いた。

釣り竿一本の太平に散々手子摺《てこず》ったあげくに、竿は二本（一本は薙刀だ）となり、そこに忍びまで加わった。

監物の目が大きく瞠かれて太平の背後の闇をさまよう。まさか信久が忍びまで飼っているとは思いもしなかった。

ならば太平は、噂通りに信久の隠密か。


伊兵は最初から監物を狙いたかった。

監物が死ねばすべては終わる。だが、これは太平の喧嘩だ、だから我慢した。喧嘩が終わった事に気づかない馬鹿の足に一本、それで我慢した。

「皆さん、もうやめませんか」

これ以上こんな事を続けても、何も楽しくない。

「はい。申し訳ありませんでした」

監物に腰を蹴られて太平に突っ込んだ男が太平に頭を下げる。左手に巻いた手拭いには血がにじんでいた。

「あ、こちらこそごめんなさい。あ、刀お返ししますね」

　薙刀が、元の竿の下三分の一に戻った。

「本日を限りで、お暇《いとま》を願います」

　男が監物に向き直って告げる。本当は一発ぶん殴ってから辞めたいのだが、今はまだ主従、それは我慢した。

「ふん、好きにせえ。役立たずは要らん！」

　やっぱり殴るべきだった。

「皆、世話になった。勝手ですまん」

　仲間に頭を下げる男に、皆も無言で頭を下げる。

　その男が誰よりもこの家に忠義を尽くしてきた事は皆が知っている。もし賊を取り逃がせば、真っ先に腹を切っていたであろう事も。

　皆も、男とともに辞めたいと思っている。だが、それぞれに家庭の事情もある。だから今は、黙って頭を下げるしかない。

「はい、皆さん本当にご苦労様でした」

　これで、やっとで帰れる。

「待て太平！　いや、太平殿。十石加増してやる。いや十二石。いや、わしと組めばそれ以上に儲けさせてやる。どうや？」

「ふーう」

太平の肩がとぼんと下がる。

まったく何も話す気がしない。こんな事は生まれて初めてだった。

竿とともに握り込んでいた糸と鈎を宙に放り上げて、竿を思いっ切りに振った。

「びしり」監物の額に鈎が貼りつく。

竿を振って鈎を手に戻し、糸を噛み切って、いつもの襟の内側に刺した。自分のわがままのせいで釣りには使えなくなってしまったけれど、大事なお守りなのは変らない。

「あのお、どなたか出口教えてくださいませんか？」

二つになった竿ではさっきの塀は越えられない。

「はい、こちらです」

一人が太平の前に立ち、一人は監物の部屋から勝手に行灯を持ち出してきて、太平の足元を照らしてくれている。気がつけば、太平を中心に七人がぞろぞろと歩いていた。

「あのお、太平さん。これ、もらってよろしいでしょうか？」

足に刺さったままの苦無を指差して聞いてきた。今抜けば血が噴き出すから、手当のできるところで抜く気なのだろうが、足底に一寸ほど飛び出た刃を、地面に着けぬようにと実に器用に歩いている。

「そのぉ、今日の記念にと言いますか」

生まれて初めての真剣勝負だったのだ。

「あ、はい。でも、私のじゃないんで聞いてみないと」

「どうぞ。そんなもんでよけりゃ」

聞く前に返事がきた。手拭いで頬被りをした伊兵が、ちゃっかりと後ろについてきていた。

「あ、そうだ。これ皆さんで召し上がってください。金団です。ええ、とてもおいしいんですから」

懐から出した金団を隣りの男に渡した。

男たちの目が点となる。手土産持参の盗っ人など前代未聞だ。

「ええ、金団て水気がないと食べづらいんですよ。この次はちゃんとお茶かお水を持ってきます」

その言葉で一人が吹き出し、続いて全員が笑い出した。笑っていないのは太平と、部屋で鏡をのぞき込んでいる監物だけだ。

何がおかしいかが太平には分からない。だけど、刀を持って睨《にら》み合うよりはこの方が断然いい。

「はい、笑う角には春遠からじです」

「先を越されたか」

信久が、手にしていた書面を原に渡す。

それは片桐監物の隠居届けだった。

「やられましたな」

三木という強力な助っ人を得て、ようやく監物の尻尾以上が見えてきたところだった。片桐監物と大野屋。この二つのお陰で藩の事業は巧くいっている。そう思っていたから、多少をくすねるくらいは大目に見るつもりだった。

「これはもう大泥棒ですな」

三木が調べた三年分だけでも巨額の金が消えていた。その前に何年分があるか見当もつかない。

三年分だけでも精査して監物を呼び出し、返答次第では蟄居《ちっきょ》閉門を命ずる。そう思っていた矢先の隠居だった。

監物と組んでいた大野屋は、海堂藩三十三万石の御用商人だから、花房藩が何かを言える相手ではない。

「ここで落とすしかない」

これ以上をすれば、藩自らも傷を負う。

「近いうちに、三木を勘定方目付とする」

三木にすべてを検分させて、二度とこんな事が起きぬようにする。今の信久にできるのはそこまでだ。

「それにしても、なぜ？」

船を襲わせた翌日にも平然とご機嫌うかがいにやってきた、あの傲岸《ごうがん》不遜な監物が、なぜ、今隠居なのか。

翌朝。

「殿、面白い話を聞きました」

原が、珍しく顔をにやにやさせながらやってきた。

原の面白い話が面白かった事は一度もない。

「何と全身真っ白で、尾も白い犬がおったそうです。あれ?」今回もその程度の話だろう。

「楽しみじゃ、聞かせてくれ」

仕方ない、これも殿様の仕事のうちだ。

「一昨晩、監物の屋敷に鯉泥棒が入ったそうです」

「恋泥棒?」

「はい、鯉泥棒です。賊が鯉を釣っているところを見た監物が」

「待て。釣っておったのか?　普通なら網を使って」

「殿」

「すまぬ、続けよ」

その鯉泥棒は監物の髷を切り取り、監物を始めとする腕達者十人を、釣り竿一本でことごとく打ち据えて、悠然と去って行ったという。

「何と、釣り竿一本で十人をか」

一瞬、信久の頭に一人の顔が浮かんだが、すぐに打ち払った。太平にそんな豪傑は似合わない。

「釣り竿一本の賊を取り逃した事を恥じて、翌朝には全員が屋敷を去ったそうです」

話は多少大きくなっているが、大筋では間違っていない。

「監物の髷は、その鯉泥棒が持ち去ったのか？」

「はい」

その髷は、今、原の懐にある。


『原様、面白い話がございます』

庭に入った原の耳元に声が届いた。

刀に手を掛けて顔を巡らすと、頬被りをした職人が、庭の片隅で植木に鋏を入れていた。だが、今日庭師が入るとは聞いていない。

「忍びか」

男までの距離を計りながら下駄を脱いだ。

『ただの職人です。それと、太平さんの知り合いです』

確かに面白い話だった。

男が道具箱を担いでの帰り際に、原の足元に紙包みを落とした。その紙包みと中身が、今、原の懐にある。

髷を失くせば出仕はできない。まして賊に取られたとなれば切腹ものの大失態だ。

「だが頭を丸められた訳ではなかろう？」

信久が不審気に聞いた。頭を丸めれば出家だ。戦国時代ならいざ知らず、武士の有りあまっているこの時代では、出家は即、隠居となる。

だが、残った髷に髪を足すくらいは髪結にはたやすいはずだ。現に城内にも、怪しい頭は幾つかある。

「他にも人前に出られない訳が」

脳天。両頬。眉間。手の甲に、くっきりとみみず腫れが走っている、らしい。しかも眉間の三日月傷はすでに青痣となって当分消える事はない、らしい。

「その傷は、大きな釣り鈎でつけられたそうです」

信久の頭に太平の「お守り」が浮かんだ。釣り竿一本でそれだけの事ができる人間。やはり太平以外に有りえない。

終章　最後の戦い

一

五月は母の実家にいた。

たった三日の旅だった。祖父も祖母ももういないその家で、母の兄の「お兄ちゃん」と、その家族が優しく迎えてくれた。

「わしは、間違ったか」

五月の話を聞き終えたお兄ちゃんが、深く歯を喰いしばる。

反対する両親を説得して、百合と石動を添わせた。だが、その二人がともに亡いと聞けば、後悔しかない。

「いいえ、お兄ちゃんは間違ってません。父も母も幸せでした」

もしあの事件がなく、旅に出る事もなければ、父も母もまだ生きていたのかも知れない。少なくとも父は生きていたはずだ。そして、港の近くのあの家で、心を閉ざしたままの五月と二人で暮らしていたのだろう。

そうだったら、桜吹雪の中のあのひと時も、三合のお酒を三人で飲んだあのひと時も。太平さんと四人で食事をしたあのひと時も、すべてが失くなってしまう。

「お兄ちゃんのおかげで私がいます」

そうだ。五月こそが、父と母の幸せの一番の証《あかし》なのだ。

「うん。飲むか」

「はい、いただきます」

すでに涙ぐんでいるお兄ちゃんの酒を、父と母に代わってしっかりと受けた。

母のお骨は無事にお墓に納まった。ついでに、父のちょびっとも一緒に納まった。

卒塔婆には、俗名、石動百合と書いてもらった。そして自分で、間に小さく点を打った。

石動、百合

石動と百合。父と母、二人のお墓となった。

お兄ちゃんとその家族も、一緒に暮らそうと言ってくれた。だけど人目を気にし、肩をすぼめる生き方はもうしたくない。

次の日から城下の料理屋、料理旅籠を回った。何軒もに断られ、何軒かは五月から断った。

断られるのは見た目、とはすぐに分かった。何といっても午娘だ、雇う方だって二の足を踏む。だけど昔のように顔は伏せなかった。

「そうですか。残念さんでした」

にっこりと笑って次に回った。気がつけば小夏の口調となり、小夏の目で店を見ていた。

あの小夏が五月を女子衆として認めてくれたのだ。松風に及びもつかない店に断られたって痛くも痒くもない。

何軒かでは主人や板前が、いつかの横矢のような目で体を見てきたので、こっちからとっとと出てきた。

「お母様、お父様。五月は強くなりました」

そう言って、自分の胸をとんと叩いた。

だが、すでに五日目だ。断られた店は二十を超えた。心はとっくに折れかけている。強がって胸を叩いた手を、そっと乳房に回してぐっと握りしめた。あの日、太平の手に包まれた時のように。

「何やってんだろ、私」

くすん、と笑って顔を上げたら、家並の間に、はるか遠くの海が見えていた。港までは馬で一刻（約二時間）ほど、高台からは海が見えるとは聞いていた。

「金色！」

海は昼に銀に、朝と夕に金に輝く。太平の言っていた金色の海が見えていた。

「あっ」

金色に輝く海を背に、小さく船見櫓が見えていた。家族三人で暮らした家がその近くにある。五月が閉じ籠《こ》もり、決っして海など見ようとはしなかった家が。

振り向くと藍色の空に、穏やかな山並が朱く浮かんでいた。その山の向こう、たった三日のところに松風が、小夏が、そして太平がいる。

「だいじょうぶ」

五月が大きくうなずく。

自分には帰る場所がある。待っていてくれる人がいる。だったらまだ頑張れる。

「あ、ごめんなさい、お女将さん」

そうだった。小夏は、頑張ると一生懸命が大っ嫌いだった。

「はい、もうほんのちょっとだけ」

自分にできる事を、もう少しだけ頑張ってみる。


堀江は城下にいた。

一度は江戸に向かったが、桑名宿で宮への渡し舟に乗ろうとして気が変った。

「なぜ俺が逃げねばならぬ」

確かに仕事を失敗った。その責《せき》は取る。

だが、その原因《もと》は太平だ。堀江が全幅の信を置いていた五月と勇次が、あろう事か堀江を裏切って太平についた。

「俺が、この俺が太平よりも劣っているというのか！」

断じてそんなはずはない。だが、それを証明する手段は一つしかない。

「太平を斬る！」

堀江は城下に戻ると例の寺人長屋に入った。そこで寝起きをしながら、太平の屋敷の前の神社に身をひそめて、太平の屋敷をうかがった。

幸いに天賀家は武家町の外れにあったから、顔見知りに会う危険は少なかった。しかも見張り始めたその日から雨となって、人通りもほとんど途絶えた。

見咎《とが》められる事もなく三日が過ぎた。

堀江の雨具は菅笠一つだ。さすがに合羽は目立ちすぎる。褌までぐっしょりと濡れそぼっても、太平はいっかな顔を出さない。

陽気はいいから、着物を着たまま風呂に入っていると思えばいい。そう強がったが、絞って部屋に吊るしても、生乾きのままの着物はそろそろ異臭を放ち始めている。

「やむを得ん、押し入る」

外で出会っての果たし合い。その形を取りたかったが、これ以上は耐えられない。

「片桐様、御免」

屋敷に押し入っての無法となれば、監物にも迷惑が及ぶかも知れない。

堀江は監物が隠居した事も、堀江の死刑宣告が江戸に向かっている事もまだ知らない。

（結局、一生知る事はなかったのだが）

今、堀江にあるのは、武士の意地と太平への怒り。そして、濡れそぼった褌の気色《きしょく》悪さ、それだけだ。

一歩を踏み出そうとした時に、表門の脇戸が開いて太平が顔を出した。

「はい、もうやんでます。ええ、やまない雨はありません。はい、今日は上天気間違いなしです」

太平は右手に釣り竿、左手に道具袋を提げて、背には玉網を斜っ交いにかけていた。

「つ、釣りい！」

堀江の怒りが沸騰する。

堀江はそのまま太平の後を追った。できれば町中では騒ぎを起こしたくない。それに、見失う心配もない。青空に突き立った竿についていけばいいのだ。


少し前に、太平は縁側で竿を振っていた。

石動が見事な巨鯉を釣り上げた、あの時の黒鯛竿だ。みいは太平から少し離れて、のったりと気怠そうに寝ている。

「大丈夫です、みいさん。来年があります」

その来年の前に、みいの子供たちが釣雲の離れを駆け回っている事は、太平もみいもまだ知らない。

「ええ、石動さん。今日は一緒に黒鯛を釣りましょうね」

太平が竿に語りかけて腰を上げる。西の空から青空が広がってきていた。


「太平！」

町屋を抜けて、海に降りる坂道に差しかかったところで声をかけた。

「あ、堀江さん。お久し振りです、お元気でしたか」

へへへの字の太平を見て、堀江の堪忍袋が破裂する。

「太平、勝負だ。抜けい！」

堀江が刀に手を掛けて吠える。

「はい、でも、そのですね」

太平には抜く刀が無い。晴れる、そう思ったら矢も盾もならずに飛び出していたのだ。

当然、刀の事なんかすっかり忘れていた。

「ごめんなさい。これしか」

帯に差していたマカリを、ちょこっと抜いて見せた。

「はああ⁉」

武士が他出するのに無腰。それだけでも武士の不心得だから、堀江はこのまま太平を斬り捨ててかまわない。だけど、包丁相手に勝っても嬉しくも何ともない。

刀を鞘ごと抜き取って太平の足元に放った。

「使え！」

言って脇差を抜き放つ。太平との身長差を考えれば、これで尋常の勝負となる。

「いざ！」

刀を顔脇に立てて太平を見据えた。

「えっ」

太平はくるりと背を向けて、とっとと坂道を駆け下りて行く。

「え？」

「ごめんなさいぃ。今日は大事な用があるんですぅ。ええ、また今度ぉ……」

坂に太平の姿が沈んで、竿だけが揺れながら遠ざかっていく。

「逃げた、のか」

だが、また今度と言っていた。

「ふはあーっ」

大きく息を一つ吐いて、脇差を鞘に収め、刀を拾って腰に戻した。

「釣りか」

思わず笑った。何年か振りに腹の底から笑った。武士の意地を賭けての勝負よりも、釣りの方が大事な男。

「太平、お前には敵わん」

江戸に行く気はなくなった。京にいって志を同じくする者と会う。何だかそれも馬鹿馬鹿しく思えてきた。

「そうだ、長崎へ行こう」

異人たちからこの国を守る。そう信じてきたが、まだ異人を見た事すらなかった。

幸い空も晴れた。次の宿に着く頃には襌も乾くだろう。

太平は海に向かって駆けている。

「ごめんなさぁいぃ、堀江さん。今日は黒鯛の飛びっ切りが釣れそうな気がするんですう。ええ、絶対に石動さんに見せてあげたいんですぅ」

空はすっかり青に晴れ上がり、太平の大好きなぽっかり雲も、二つほどゆったりと浮かんでいた。

「はい。天下太平、日々是れ好日、世はなべて事もなしです」

目の前の海は昼の陽を受けて銀色に輝いている。その銀色の海に向かって立つ男の竿が、満月のように大きくしなった。

「あ、駄目ですー釣雲さん！　それ私の飛びっ切りですぅー！」

完

〈著者紹介〉

石原しゅん（いしはら しゅん）

1954年岐阜県高山市に生まれる。多摩美術大学日本画科中退。

SF宝石にて「マミの旅」イラスト連作、早川SF文庫表紙等を手がける。

SF奇想天外にて「モーヴィドラゴン」でマンガ家デビュー。

月刊チャンピオン他でSF作品。釣りマンガ「黒鯛十番勝負」「釣人倶楽部」等。歴史マンガ「戦国アウトロー列伝」「戦国武将列伝」等々。

花房藩《はなぶさはん》 釣《つ》り役《やく》 天下太平《てんかたいへい》
天気晴朗《てんきせいろう》なれど波高《なみたか》し

2025年3月24日　第1刷発行

著　者　石原しゅん
発行人　久保田貴幸

発行元　株式会社 幻冬舎メディアコンサルティング
〒151-0051　東京都渋谷区千駄ヶ谷4-9-7
電話　03-5411-6440（編集）

発売元　株式会社 幻冬舎
〒151-0051　東京都渋谷区千駄ヶ谷4-9-7
電話　03-5411-6222（営業）

印刷・製本　中央精版印刷株式会社
装　丁　弓田和則

検印廃止

ISBN 978-4-344-69236-7 C0093
幻冬舎メディアコンサルティングＨＰ
https://www.gentosha-mc.com/